निशाचर

कहानी संकलन

निशाचर

भीष्म साहनी

राजकमल प्रकाशन

ISBN : 978-81-267-0542-9

मूल्य : ₹395

पहला संस्करण : 1983
छठा संस्करण : 2018

प्रकाशक : राजकमल प्रकाशन प्रा. लि.
1-बी, नेताजी सुभाष मार्ग, दरियागंज
नई दिल्ली-110 002

शाखाएँ : अशोक राजपथ, साइंस कॉलेज के सामने, पटना-800 006
पहली मंजिल, दरबारी बिल्डिंग, महात्मा गांधी मार्ग, इलाहाबाद-211 001
36 ए, शेक्सपियर सरणी, कोलकाता-700 017

वेबसाइट : www.rajkamalprakashan.com
ई-मेल : info@rajkamalprakashan.com

मुद्रक : बी.के. ऑफसेट
नवीन शाहदरा, दिल्ली-110 032

NISHACHAR
Stories by Bhishma Sahni

प्रिय मित्र
राधेश्याम दुबे को
सप्रेम

निशाचर

अनुक्रम

चाचा मंगलसैन

टेढ़ी-मेढ़ी गलियों में से केवल पैदल ही चला जा सकता था, वह भी बच-बचकर। जगह-जगह गन्दगी बिखरी हुई थी। बदबू थी, उससे भी बचकर। कहीं कोई रोगी गली में ही खाट बिछाए लेटा था, उससे भी बचकर। कहीं मैले का टोकरा सिर पर उठाए कोई बाहर निकल रही थी, उससे भी बचकर। एक जगह नाली बन्द थी और नाली का सारा गन्दा पानी गली में फैल गया था—यहाँ से लोग बच-बचकर, जैसे-तैसे गली के किनारे-किनारे चलते हुए निकल रहे थे।

क्या किया जाए, यही रास्ता होम्योपैथ डॉक्टर की दुकान की ओर जाता था। पर यहाँ पहुँचकर वह ठिठक गया। कहीं मैं भूल तो नहीं कर रहा हूँ! ऐसा न हो कि एक बीमारी का इलाज करवाने आया, तो उसके साथ कोई दूसरी, पहले से भी ज्यादा भयंकर बीमारी साथ लेता जाऊँ! एक बार उसके मन में आया, लौट जाए। पर वह फिर धीरे-धीरे चलता हुआ आगे बढ़ने लगा। जिस दोस्त ने उसे होम्योपैथ की सिफारिश की थी, उसने कहा था, 'मैं तो तीन पुड़ियों से ही ठीक हो गया था। तुम्हें वह जरूर ठीक कर देगा।'

परन्तु गली का गन्दा पानी पार करते समय वह सचमुच घबरा गया था। पैरों का इलाज ही वह करवाने आया था—उसके पैरों की उँगलियों में एक्जीमा फूट पड़ा था—और पैर ही गन्दे पानी में भीग गए तो, क्या खाक इलाज हो पाएगा?

बहुत दिन बाद वह इन गलियों में आया था। इन्हीं गलियों में कहीं चाचा मंगलसैन की कोठरी हुआ करती थी—सब्जीमंडी के पीछेवाली गलियों में। यहीं कहीं से वह चाचा मंगलसैन को अपने घर ले गया था। अच्छा-खासा ड्रामा किया था चाचा मंगलसैन ने उसके साथ। अब तो चाचा मर-खप गया होगा। यहीं कहीं वह रहता था। न जाने किस गली में उसका घर था!

तभी वह फिर से ठिठक गया। उसके अन्दर से आवाज उठी—तुम होम्योपैथ

का इलाज करवाने नहीं जा रहे हो, तुम चाचा मंगलसैन की टोह लेने जा रहे हो कि वह अभी जिन्दा है या नहीं!

यह ठीक ही था। कहीं अर्से से दबी, कोई अपराध-भावना उसे इस ओर खींच लाई थी। अपराध-भावना कह लो या संस्कार कह लो, बात एक ही थी। कभी-कभी चाचा मंगलसैन का चेहरा उसकी आँखों के सामने आ जाता था और वह उद्विग्न हो उठता था। तुम भी कैसे हो, इस बात की खबर तक नहीं ली कि चाचा मंगलसैन जिन्दा भी है या मर गया!

अपनी जगह होम्योपैथ डॉक्टर से मिलनेवाली बात भी सही थी। उसके पैरों पर एक्जीमा फूट पड़ा था, जो उसे पिछले तीन महीने से परेशान कर रहा था। और अब उसके मित्र ने बताया कि सब्जीमंडी के पिछवाड़े की गलियों में एक होम्योपैथ डॉक्टर बैठता है, जो इस बीमारी का विशेष रूप से इलाज कर सकता है तो वह झट से आने के लिए तैयार हो गया था। एक पन्थ दो काज! इलाज भी हो जाएगा और चाचा मंगलसैन का अता-पता भी लग जाएगा।

यों चाचा मंगलसैन के बारे में जानकारी हासिल करने का उसे बहुत उत्साह हो, ऐसा नहीं था। चाचा मंगलसैन उसका सगा चाचा भी नहीं था। उसके स्वर्गीय पिता का चचाजाद भाई था, और वह सारी उम्र गलियों में ही रहा था। इन्हीं गलियों में से उठाकर वह उसे डिफेंस कॉलोनी के अपने बँगले में ले गया था, केवल इसलिए कि किसी सम्बन्धी ने उससे कहा था कि मंगलसैन खाट से जुड़ गया है, कि सब्जीमंडी के पिछवाड़े एक गली में नाली के किनारे उसकी खाट बिछी रहती है और इलाज तक के लिए उसके पास पैसे नहीं हैं, और वह अक्सर अपने भतीजे को याद करता है, वगैरह-वगैरह। कहीं पुराने संस्कार उसके दिल को कचोटने लगे थे, और कुछ इस बात का डर भी कि लोग सुनेंगे तो क्या कहेंगे कि उसके रहते, मंगलसैन इस हालत में रह रहा है।

कभी-कभी ऐसा होता है कि कोई रग फड़कती है, कोई संस्कार जोर मारता है, कहीं कोई सोया उन्स जाग उठता है, ऐसा ही चाचा मंगलसैन के बारे में भी हुआ था। पर फिर, ऐसा ही होता है कि फड़कती रग फिर से सो जाती है, संस्कार फिर से दब जाता है और वर्षों तक दबा रहता है, और बेचैन उन्स शान्त हो जाता है। चाचा मंगलसैन के बारे में भी ऐसा ही हुआ था। इस सूचना से कुछ दिन तक उसका मन कचोटता रहा था, पर कहाँ डिफेंस कॉलोनी और कहाँ सब्जीमंडी के पिछवाड़े की गलियाँ! धीरे-धीरे अपने-आप ही दिल ने कचोटना बन्द कर दिया था।

पर फिर एक रात नींद में चाचा मंगलसैन का चेहरा उसकी आँखों के सामने

आ गया था और उसकी नींद उचट गई थी। कुछ चेहरे अनायास ही सपने में प्रकट हो जाते हैं। चाचा मंगलसैन भी शून्य में से निकलकर उसकी आँखों के सामने आ खड़ा हुआ था और उसकी नींद हराम कर दी थी।

जब उसकी नींद उचट गई तो उसने मन-ही-मन कहा—मैं चाचा मंगलसैन को अपने घर लिवा लाऊँगा, न जाने कहाँ वह लोगों की भीख के सहारे पड़ा है! पर यह विचार उसे तब आया था, जब वह अभी तन्द्रा में ही था और पूरी तरह जागा नहीं था। जाग जाने पर उसे यह विचार अव्यावहारिक लगा था। बुढ़ापे के मरीज को घर में लाकर रखना आसान काम नहीं था। घर की किसी कोठरी में पड़ा भी रहे, माना कि मैं एक छोटा-सा नौकर भी उसके लिए रख दूँ जो उसकी सेवा-टहल करे, पर मेरी पत्नी कहाँ मानेगी! वह कहेगी, तुम्हें अपने चाचा की बहुत फिक्र होने लगी, मेरे माँ-बाप की कभी तुमने सुध नहीं ली और इधर दूर-पार के किसी चाचा को लाकर मेरी छाती पर बिठा दिया। तुम तो दिन-भर बाहर रहोगे, पिसूँगी तो मैं!

तब तक उसकी नींद बिलकुल खुल चुकी थी और वह हाथ पीठ-पीछे बाँधे कमरे में टहल रहा था। इस प्रस्ताव को तो उसने जेहन में से रद्द कर दिया, पर दिल की खलिश अभी भी बाकी थी—आखिर है तो मेरा चाचा ही। मैंने कभी उसकी सुधि तक नहीं ली!

अन्त में उसने सोचा कि किसी से कुछ कहने की जरूरत नहीं, चाचा को अपने घर में लाने की भी जरूरत नहीं, पर चूँकि उसने प्रकट होकर सीधा अन्तःकरण पर प्रहार किया है, मैं उसे एक बार मिलने जरूर जाऊँगा और कुछ पैसे जरूर उसके हाथ में दे आऊँगा। और फिर गाहे-बगाहे मिलता रहूँगा, उसकी मदद करता रहूँगा।

इस पर वह आश्वस्त हो गया था। और पलंग की पाटी पर बैठते ही चाचा मंगलसैन का चेहरा धुँधलाने लगा था और एक-के-बाद एक नींद के झोंके आने लगे थे, और उसका सिर फिर से सिरहाने पर लुढ़क गया था और वह मीठी नींद की लहरों में डूबता चला गया था।

दूसरे दिन जब वह जागा, तो उसका अन्तःकरण बिलकुल साफ था। रात का सपना उसे भूल चुका था, दिल की कुरेदन भी शान्त हो चुकी थी। मंगलसैन की याद आई भी तो उसे अपने विचार बड़े भौंडे और बचकाने लगे। इस तरह पाँच-सात दिन में वह चाचा मंगलसैन को बिलकुल भूल चुका था।

पर एक दिन घर लौटते हुए, शाम के झुटपुटे में सड़क पर चलता एक आदमी उसे बिलकुल चाचा मंगलसैन-जैसा लगा—वही आड़ी-तिरछी चाल, दुबला-पतला आदमी, कुहनी से लटकता छाता!

चाचा मंगलसैन की गोद में वह खेला था, चाचा मंगलसैन उसे गँडेरियाँ लेकर दिया करता था।

और उस रात चाचा मंगलसैन उसकी नींद में प्रकट हो गया, और अबकी बार उसकी अन्तरात्मा को झिंझोड़ डाला।

अब तरस और भावुकता के बल पर बनाए गए मंसूबे कभी रास नहीं आते, जरूर इनमें गड़बड़ी होती है, पर उस रात उसने सचमुच प्रण कर लिया कि सुबह उठते ही वह सब काम छोड़कर सीधा मोटर में बैठकर सब्जीमंडी के इलाके में जाएगा और चाचा मंगलसैन को ढूँढ़कर घर पर लिवा लाएगा।

दूसरे दिन जब वह जागा तो उसका अन्त:करण शान्त नहीं था, उसे सपना याद था। उसे बड़ी कोफ्त हुई। अधजगे में दिये गए वचन बड़े महँगे पड़ते हैं, भले ही वह अपने ही साथ किया गया वचन क्यों न हो!

स्वयं जाकर, चाचा मंगलसैन को उन अँधेरी गलियों में से लाने का विचार तो उसने त्याग दिया, कौन जाए इतनी दूर और फिर चाचा मिले, न मिले! पर उसने अपने एक कारिन्दे को उसके पास भेज दिया, कि सब्जीमंडी के पिछवाड़े की गलियों में दर्याफ्त करना, वहाँ मंगलसैन सेठी नाम का कोई बुजुर्ग किसी कोठरी में रहता है, उसे मेरा नाम लेकर वहाँ से लिवा लाना और बँगले में पीछे की कोठरी में लाकर टिका देना, बाकी उसके आ जाने पर मैं स्वयं कर लूँगा।

और बूढ़ा मंगलसैन सचमुच पहुँच गया था। उसी तरह टेढ़ा चलता हुआ, एक आँख बड़ी, एक छोटी, मूँछें सस्ते तम्बाकू के कारण पीली पड़ चुकी थीं और छाती धौंकनी की तरह चलती थी। और उसने चाचा मंगलसैन की खाट पिछली कोठरी में डलवा दी थी।

अब चाचा मंगलसैन को वक्त का खाना मिलता था, वक्त पर दवाई मिलती थी। गाहे-बगाहे जब कभी वह पिछवाड़े की ओर जाता तो चाचा मंगलसैन से मुलाकात भी हो जाती थी। माली के बेटे को ही उसका टहलुवा बना दिया गया था।

पर चाचा मंगलसैन का व्यवहार सही नहीं निकला। गलियों में रहनेवाला आदमी भला बँगले का रहन-सहन क्या जाने! ज्योंही चाचा ने तन्दरुस्ती पकड़ी, कि अपने रंग दिखाने लगा। वक्त-बे-वक्त बैठक में घुस आता। किसी वक्त भी उसकी छड़ी की पट्-पट् बरामदे में सुनाई पड़ने लगती। थूकता-खँखारता हुआ आता।

"बलराम काम पर चला गया है या अभी घर पर ही है?"

आँखों में जाला उतर आने के कारण वह सिर टेढ़ा करके बात करता। लगता, हवा से बातें कर रहा है। बिना कुछ कहे-सुने अन्दर आता और सोफे पर दोनों पाँव चढ़ाकर बैठ जाता। सुड़क-सुड़क कर चाय पीता। यह क्या परेशानी मोल ले ली, बैठे-बैठाए झंझट! बड़ी कठिनाई से उसका बैठक के अन्दर घुसना बन्द किया।

'तुमसे तो यह नहीं होगा, मैं ही करूँगी।' पत्नी ने कहा था, और उसने सचमुच कर भी दिखाया था। बाद में उसने पत्नी से पूछने की जरूरत नहीं समझी कि उसने यह कैसे कर दिखाया था!

अब चाचा बैठक में तो नहीं घुसता, पर वक्त-बेवक्त घर के बाहर निकल जाने लगा था। सड़क पर जो भी मिल जाता, उसे रोककर खड़ा हो जाता और घर की बातें उसे सुनाने लगता, 'भतीजा ठीक है, पर बुजदिल है। बीवी से डरता है। इसका बाप भी बुजदिल था। मुझसे पूछो। वह भी रन-गुलाम था। यह भी रन-गुलाम है।' और कोई लम्बा किस्सा अलापने लगता।

कभी किसी से कह रहा होता, 'पहली लाम से मैं इटली गया था—खच्चर पातरी के साथ। पन्द्रह-पन्द्रह मील रोज चलते थे। मुझे तमगा मिला था।' और वहीं खड़े-खड़े छाती तानकर खड़ा हो जाता था।

एक बार टहलुवे ने माली को बताया कि चाचा किसी हमसाये से कह रहा था, 'इसके दादा ने मेरे बाप को जायदाद का हिस्सा नहीं दिया था, सब हड़प गया था। हराम का माल पचता तो है नहीं न! खाट के साथ वर्षों जुड़ा रहा। तिल-तिल कर मरा। पर यह लड़का ज्यादा इन्साफ-पसन्द है, पर बुजदिल है...'

हर दूसरे रोज कोई हमसाया मिलता तो चटखारे ले-लेकर चाचा मंगलसैन किस्से सुनाने लगता। घर में रहता हुआ बाप-दादा की पोल खोलने लगा था।

बलराम को बड़ी कोफ्त हुई। बैठे-बैठाए जंजाल मोल ले लिया!

'तुमसे कुछ नहीं होगा, मैं ही कोई रास्ता निकालूँगी।' पत्नी ने तुनककर कहा।

जब चाचा का बाहर निकलना बन्द हुआ तो वह बँगले के पिछवाड़े में अपनी मजलिस लगाने लगा। दोपहर को, घर के नौकरों को लेकर बैठकबाजी करने लगा। उन पर हुक्म भी चलाने लगा। चाचा को नसवार खींचने का शौक था। टीन की छोटी-सी डिबिया में से नसवार की चुटकी लेकर अपने नाक में खींचता, और नौकरों को भी देता, और बदले में नौकरों से बीड़ियाँ ले-लेकर पीता था। जब दोपहर को बीबी के आराम करने का वक्त होता तो यह पिछवाड़े में गेराज के बाहर नौकरों को लाम के अपने किस्से सुनाने लगता, और नौकर खीं-खीं कर हँसते थे। आसपास के घरों के नौकर भी आने लगे थे।

तभी उसकी पत्नी झुँझला उठी थी। एक नौकर को उसने निकाल बाहर किया और चाचा मंगलसैन की कोठरी के बाहर पहरा बैठा दिया। अब खाना भी वहीं और टहल-सेवा भी वहीं, और सब काम वहीं।

पर चौथे दिन नौकर ने आकर बताया कि चाचा मंगलसैन की कोठरी खाली पड़ी है, रात-ही-रात कहीं निकल गया है। जब बलराम को पता चला, तब पहले

तो उसने राहत की साँस ली कि चलो, झँझट खत्म हुआ, फिर जब पत्नी से पूछा तो उसने सदा की भाँति तुनककर जवाब दिया, 'तुम जानो और तुम्हारा चाचा जानें! मेरी बला से!' और सिर झटककर दूसरे कमरे में चली गई थी।

चाचा की कोठरी सचमुच खाली थी। आले में चिलम रखी थी, खूँटी पर से चाचा का खाकी रंग का एक कोट लटक रहा था लाम के दिनों का और कोठरी में से कसैली-सी बू आ रही थी। बाकी सबकुछ वहाँ पर था, केवल मंगलसैन वहाँ पर नहीं था। उसने नौकरों को बुरी तरह से डाँट दिया। अगर मंगलसेन को बाहर कॉलोनी में कुछ हो गया तो उसकी नाक कट जाएगी। अगर घर में से निकल भी गया तो रास्ते में कहीं बैठा होगा, या पड़ा होगा।

नौकर, चौकीदार और माली कॉलोनी का कोना-कोना छान आए। नाले में भी झाँक-झाँककर देखा, पुलों के नीचे भी, पर चाचा का कहीं पता नहीं चला। चाचा सनक गया था, और अपनी सनक में कहीं निकल गया होगा, यह वाक्य बार-बार बलराम के दिमाग में चक्कर काट रहा था, मानो अपने से न कहकर, वह यह वाक्य पुलिस के सामने बयान देते हुए कह रहा हो!

दूसरे दिन सुबह होने पर, उसने लपककर अखबार देखा, पर पन्ने उलटने के बाद आश्वस्त हो गया। कहीं किसी बूढ़े के सड़क पर पाए जाने, नाले में डूबने या बस के नीचे कुचले जाने की खबर नहीं थी। बूढ़ा कहीं शून्य में लुप्त हो गया था। घर में कोई पुलिस का आदमी पूछने नहीं आया था, किसी हमसाये ने चाचा को कहीं डोलते नहीं देखा था। अगर हफ्ता-भर अखबार में खबर नहीं आई तो समझो, मामला खत्म हो गया!

वक्त बीतते जब बात ठंडी पर गई, बँगले का जीवन पटरी पर आ गया, कोई झँझट नहीं हुआ, कोई स्कैंडल नहीं हुआ, और—सबसे खुशगवार बात—यहाँ तक कि बलराम के सपनों में चाचा मंगलसैन ने आना छोड़ दिया।

छह महीने-साल का अर्सा तो बीत ही गया होगा।

पर आज, होम्योपैथ की दुकान की ओर जाते हुए बलराम गलियाँ लाँघ रहा था और उड़ती नजर से दाएँ-बाएँ की कोठरियों में भी देखता जा रहा था कि कहीं चाचा मंगलसैन सचमुच ही किसी कोठरी में न पड़ा हो!

होम्योपैथ डॉक्टर अभी दुकान पर नहीं पहुँचा था। बगल की चाय की दुकानवाले ने बताया कि डॉक्टर का कोई पक्का नहीं कि कब आए, पर आम तौर पर दस-साढ़े दस-ग्यारह बजे पहुँच जाता है। पर अगर रात की ड्यूटी रही तो देर से

आता है। तब साढ़े ग्यारह भी बज जाते हैं।

"रात की ड्यूटी? कैसी रात की ड्यूटी?"

इस पर चायवाला, हँसकर, मजाकिया लहजे में बोला, "यहाँ बैठते हैं तो डॉक्टर होते हैं, और जब अखबार के दफ्तर में बैठते हैं तो अखबारनवीस होते हैं।"

बलराम पर घड़ों पानी पड़ गया। यह मैं कहाँ चला आया! यह तो कोई डॉक्टर नहीं, कोई नीम-हकीम है!

पर होम्योपैथ की दुकान पर अभी से मरीज इकट्ठा होने लगे थे। चाय की दुकानवाले के पास ही चाबी रहती थी, उसने ताला खोला और बेंच पोंछ दिये।

"इस डॉक्टर के पास कोई डिग्री भी है या नहीं?" बलराम ने चिन्तित-सी आवाज में सामने बैठे एक मैले, स्थूलकाय मरीज से पूछा, जिसने टाँगों पर पट्टियाँ बाँध रखी थीं और मुँह पर हफ्ते-भर का शेव था।

जवाब में उसने बुदबुदाकर कहा, 'हमें शफा से मतलब है साहिब, हमें इनकी डिग्री को चाटना है।' फिर तनिक ऊँची आवाज में बोला, "एक दिन की दवाई के चार आने लेता है, और हफ्ते-भर की दवाई का एक रुपया! अब कोई उसकी सनदें देखे या अपना पाकेट देखे, क्यों जी?" उसने टाँगें फैलाते हुए कहा, जिन पर पट्टियाँ बँधी थीं।

इस पर एक और मरीज बोला, "डिग्रीवाला होम्योपैथ उधर सामने बैठता है।"

उसने बाहर दाईं ओर, गली में झाँककर देखा। सचमुच सामनेवाली पाँत में एक दुकान पर तरह-तरह के अनगिनत बोर्ड लगे थे। एक बोर्ड पर होम्योपैथ की तस्वीर भी लगी थी, पर दुकान के बाहर चबूतरे पर केवल एक ही व्यक्ति खड़ा था, और मरीजों ने बताया कि वह स्वयं होम्योपैथ डॉक्टर ही था।

उसे कोफ्त होने लगी। बार-बार मन में आता कि उठ जाए। इलाज करनेवाला नीम-हकीम और इलाज करवानेवाले जाहिल।

दुकान के अन्दर, एक बड़ी मेज पर तरह-तरह की बड़ी-छोटी बोतलें रखी थीं। मेज पर धूल की परतें, बोतलों पर धूल, मेज के पीछे एक कुर्सी रखी थी, जिसकी गद्दी मैल के कारण चिकनी हो रही थी।

तभी दुकान के अन्दर हलचल हुई, किसी ने कहा, "आ गए, डॉक्टर साहिब, आ गए।"

एक ठिंगने कद का आदमी, बेढंगा-सा सूट पहले, मुँह से सिगरेट के कश उड़ाता, टेढ़ा-सा चलता हुआ आ रहा था। एक हाथ में गोभी का फूल उठाए हुए था। उस वक्त पौने ग्यारह का समय रहा होगा।

डॉक्टर अभी कुर्सी पर बैठा ही था कि चायवाले की आवाज आई, "डॉक्टरजी, चाय लाऊँ?"

और जवाब में डॉक्टर जी ने अपना कोट उतारकर कुर्सी की पीठ पर टाँगते हुए

कहा, "पिलाओ, पिलाओ, हमें भी पिलाओ, खुद भी पियो।"

सिगरेट होंठों में रखे-रखे ही डॉक्टर पास बैठे एक मरीज का मुआइना करने लगा। मरीज की बात सुनते हुए वह सिर हिलाता और बार-बार सिगरेट के कश लेता रहा। किसी-किसी वक्त वह चुटकी मारकर फर्श पर ही राख झाड़ देता।

फिर उसने चुपचाप सिर हिलाया और मुँह में से सिगरेट निकालकर राखदानी के सिरे पर रख दी और एक कागज को फाड़कर, उसके टुकड़े तरतीब से रखते हुए पुड़ियाँ बनाने लगा।

कड़क चाय का गरम-गरम प्याला डॉक्टर की मेज पर आ गया। मरीज को हिदायत करते हुए बोला, "दवाई लेने से आधा घंटे पहले और आधा घंटा बाद तक चाय नहीं पीना, और सिगरेट भी नहीं।"

उसने अपनी सिगरेट की राख चुटकी बजाते हुए इस बार राखदानी में डाली और तर्जनी और बीचवाली उँगली में सिगरेट को खोंसते हुए लम्बा कश खींचा।

मरीज ने चवन्नी मेज पर रखी और पुड़िया सँभालकर उठ खड़ा हुआ।

इस पर एक युवक, चबूतरे की सीढ़ी चढ़कर दुकान के अन्दर आया और सीधा डॉक्टर के पास जाकर उसे अपने घर ले चलने का आग्रह करने लगा।

"गली के नाके पर मोटर खड़ी है डॉक्टरजी, अभी आपको छोड़ जाऊँगा।"

पर चवन्नी डॉक्टर—उसे सभी लोग 'चवन्नी डॉक्टर' कहकर बुलाते थे, बड़े इत्मीनान से बोला, "यहाँ ले आओ तो देख लेंगे।"

"नहीं डॉक्टर साहब, आप घर चलिए।"

"घर हम नहीं जाते। यहाँ ले आओ तो देख लेंगे।" युवक को हत्प्रभ देखकर डॉक्टर बोला, "क्यों शर्मिन्दा करते हो यार, एक बार बोल जो दिया कि नहीं जाऊँगा। मोटर में जाऊँ और वहाँ जाकर तुमसे चवन्नी माँगूँ, इसमें क्या तुक है! मरीज को यहाँ ले आओ और चवन्नी भी।"

युवक ने इसरार किया तो डॉक्टर फिर हँसकर बोला। वह बोलता तब भी, और हँसता तब भी, उसके दाँत नजर नहीं आते और भ्रम बना रहता कि उसके मुँह में दाँत हैं भी या नहीं!

"क्यों मरवाते हो यार, मैं सनदयाफ्ता डॉक्टर नहीं हूँ, मैं तो शौकिया डॉक्टर हूँ, इन लोगों की खिदमत करने यहाँ आता हूँ।"

"डॉक्टरजी," एक मरीज बोला, "अगर यहाँ पर कोई आपसे सनद पूछने आए तो आप क्या कहिएगा?"

इस पर वह फिर हँसा, बटुए-जैसी हँसी, "मैं कहूँगा, ये हैं मेरी सनदें, मेरे सामने बैठी हैं।"

तभी बाहर गली में शोर होने लगा। कोई स्त्री ऊँचा-ऊँचा बोल रही थी। डॉक्टर पुड़ियाँ बनाना छोड़ अपनी कुर्सी पर से उठ खड़ा हुआ और सबकुछ भूल-भालकर

बच्चों की तरह दुकान के चबूतरे पर जा खड़ा हुआ।

जिस सँकरी, टेढ़ी-मेढ़ी गली को लाँघकर बलराम यहाँ आया था, वह एक छोटे-से आँगन में खुलती थी, जिसके एक सिरे पर इस 'चवन्नी डॉक्टर' की दुकान थी। यहाँ दो-तीन गलियाँ और मिलती थीं और एक खुला-सा आँगन अपने-आप बन गया था। इस पर ईंटों का फर्श बँधा था, वहीं पर एक ओर, कमेटी का नल था और नल पर औरतों की भीड़ थी। वहीं पर धूप का चकता-सा बनता था और उस पर गली-मुहल्ले के बच्चे खेल रहे थे। इसी आँगन के पार, जहाँ एक गली बाईं ओर ऊपर को चली गई थी, एक कच्चे मकान की छत पर खड़ी एक बड़ी उम्र की औरत, हाथ पसार-पसारकर चिल्ला रही थी :

"अब मुआ भाग गया है। तुम लोगों के सामने भागा और तुमने पकड़ा नहीं, यह भी कोई बात हुई!" फिर पीछे की कोठरी की ओर इशारा करती हुई बोली, "मुझे खटका हुआ, मैं अन्दर गई तो झट से खाट के नीचे घुस गया। तेरी बहन है तो तू खाट के नीचे क्यों घुसता है?" बुढ़िया फिर से चिल्लाई, "बहन से मिलने आता है तो खाट के नीचे क्यों छिपता है? अन्दर से दरवाजे को साँकल क्यों लगाता है? यह बहन से मिलने आया है!"

तभी एक युवक, जो नीचे धारीदार पाजामा और ऊपर मैली-सी बनियान पहने था और उसी घर की बगल से अपनी दुकान खोल रहा था, आगे बढ़ आया, "किधर को गया है?"

"मैं क्या जानूँ, किधर गया है! मैंने तो देखा, नीचे उतरा है और चढ़ती ओर घूम गया है।" बुढ़िया बोली।

और दूसरे क्षण, धारीदार पाजामेवाला, अपनी जाँघ पर हाथ मारकर 'हे बजरंग बली!' चिल्लाता हुआ इस तरह भागा, मानो जंग के मैदान में कूद रहा हो! कोई उधर आए और मुहल्ले की आँखों में धूल झोंककर निकल जाए, यह कैसे हो सकता है?

"मारा गया! अब आशिक मारा गया!" डॉक्टर ने बच्चों की तरह चहककर कहा, और चुटकी बजाकर सिगरेट की राख झटककर दुकान के अन्दर लौटने लगा।

तभी गली से एक ढीली-ढाली मगर जवान औरत, नंगे पाँव, हाथ में थाली उठाए पास से गुजरी।

"लो डॉक्टर जी, परसाद।"

डॉक्टर मुड़ पड़ा।

"यह किस खुशी में?" और दोनों हाथ आगे बढ़ा दिये।

"बेटा पास हुआ है।"

औरत का पल्ला सिर से खिसककर गले में लटक आया था—रूखे बाल, चील के घोंसले की तरह उलझे हुए थे, और पीठ पर छोटी-सी 'गूत्तड़ी' लटक रही थी। गहरे लाल रंग की मैली मुचड़ी हुई सलवार-कमीज पहने थी, और सलवार के

पायँचे जमीन पर घिसटने के कारण चीकट मैले हो रहे थे।

डॉक्टर अभी भी चौबारे की ओर देख रहा था। इस पर वह औरत बोली, "अब पकड़ाई दे चुका!" फिर हाथ हिला-हिलाकर कहने लगी, "लड़की खुद किसी को नहीं बुलाए तो यहाँ कोई क्यों आएगा? क्यों डॉक्टर?"

कमेटी के नल की ओर से, जहाँ पानी लेनेवालों की भीड़ थी और बड़ी चिल्ल-पों मची थी, गली के दो लड़के एक खाट उठाकर लाए और उसे धूपवाली तिकोन में डाल दिया और फिर से अपने दोस्तों के साथ खेलने के लिए भाग गए। खाट पर एक बूढ़ा आदमी उकड़ूँ बैठा खाँस रहा था।

बलराम का दिल धक्-से रह गया। खाट पर बैठे बूढ़े की पीठ बलराम की ओर थी, पर उसके दिल की धड़कन ने ही बता दिया कि वह चाचा मंगलसैन है, और कोई नहीं हो सकता।

"लो परसाद, चाचा!"

औरत थाली उठाए बूढ़े की ओर बढ़ गई थी, और थाली में से चुटकी-भर हलवा लेकर बूढ़े के मुँह में डालने लगी थी। इस पर होम्योपैथ डॉक्टर, अपनी दुकान के चबूतरे पर खड़े-खड़े चिल्लाया, "फूलाँ! क्यों बूढ़े को मारती है? मैंने हलवा मना कर रखा है। इसे कोई चिकनी चीज नहीं देनी है।"

"मुँह को छुवाया है, डॉक्टर जी, दिया कहाँ है! बेटा पास हुआ है, इनका मुँह मीठा न करूँ?" फूलाँ ने हँसकर कहा, "रीत भी तो करनी है न," फिर बूढ़े की ओर अपनी तर्जनी हिलाती हुई बोली, "और नहीं दूँगी। इस तरह बिट्-बिट् न देखो मेरी तरफ।" और हँसती हुई, थाली उठाए वहाँ से नल की ओर जाने लगी।

दो छोटे लड़के भागते हुए आए—एक लड़का दूसरे का पीछा कर रहा था, उसे पकड़ना चाहता था, पर उसने भागकर बूढ़े की खाट की पटिया पकड़ ली। दूसरा लड़का उस ओर आया तो यह खिसककर दूसरी पटिया की ओर हो गया। थोड़ी देर में दोनों बच्चे खटिया के इर्द-गिर्द भाग रहे थे।

इस पर बूढ़े ने लाठी उठा ली, जो उसके सिरहाने रखी थी।

"भागो यहाँ से!" वह चिल्लाया फिर होंठों-ही-होंठों में बुदबुदाते हुए बोला, "माएँ जनकर इन्हें मेरे सिरहाने भेज देती हैं।"

चाचा मंगलसैन ही था, बलराम ने पहचान लिया। बहुत दुबला हो गया है। अब सचमुच खाट से जुड़ गया है। मन में बेचैनी-सी उठी, पर बलराम दूर ही खड़ा रहा, चाचा के पास नहीं गया। उसके पास जाकर कहे भी तो क्या कहे!

फिर बूढ़ा घुड़ककर फूलाँ से बोला, जो अभी उसकी खाट के पास ही किसी को परसाद बाँट रही थी, "सौ बार कहा है, लड़की को ब्याह दो, जवान लड़की घर में बैठा रखी है।"

"मुझे क्या कहते हो चाचा, सुखदेई से कहो।"

"आज यह आया है, कल कोई और आएगा।" बूढ़ा अभी भी बड़बड़ाए जा रहा था।

फूलाँ इस बीच थाली उठाए, अपने कूल्हे मटकाती, पल्ला लहराती, कमेटी के नल की ओर परसाद बाँटने बढ़ रही थी, जहाँ मुहल्ले की बहुत-सी औरतें थीं। उसकी ढीली-ढाली पोशाक उसकी अलसाई भाव-भंगिमा के अनुरूप ही थी। सलवार के पायँचे जमीन के साथ बराबर घिसट रहे थे। किसी-किसी वक्त वह एक हाथ से दायाँ पायँचे ऊपर को थोड़ा उठा लेती, जिससे दाईं टाँग की पिंडली उघड़ आती। लापरवाही और अल्हड़पन उसकी हर अदा में झलकते थे। पल्ला अभी भी खिसककर गले में लटक रहा था। फूलाँ बात करती तो मुस्कराकर, चलती तो कमर मटकाकर रास्ते में पड़नेवाले हर बच्चे के सिर पर छोटी-सी चपत रसीद कर देती और बच्चे के फैले हुए हाथ पर चुटकी-भर हलवा रख देती। यों उसके पास इठलाने को कुछ नहीं था। कपड़े मैले, घिसे-पिटे और घर टूटा-फूटा, पर उसकी चाल में मस्ती थी, अपनी ठसक थी। जिस अपनेपन में मुहल्ले में घूम रही थी, लगता, मुहल्ले के जीवन में रची-बसी है, जैसे मुहल्ले की बहू हो, मुहल्ले के आँगन में घूम रही हो!

होम्योपैथ डॉक्टर देर तक गली का नजारा लेने के बाद दुकान के अन्दर लौट आया। उसके हाथ में अभी भी थोड़ा-सा हलवा था। अपनी मेज के पास खड़े होकर उसने हलवे की आखिरी बुरकी मुँह में डाली, फिर दोनों हाथ अपने बालों पर मलकर अपनी कुर्सी पर आ बैठा।

बलराम ने सोचा, अब आया हूँ तो डॉक्टर से दवाई लेता ही जाऊँ—मन हुआ तो खाऊँगा, मन नहीं माना तो नहीं खाऊँगा। वह इस बात की परवाह किए बिना कि अभी उसकी बारी है या नहीं, वह सरककर डॉक्टर के पास पहुँच गया और दायाँ पैर ऊँचा उठाकर डॉक्टर को दिखाने लगा।

इस पर डॉक्टर ने मुस्करा दिया, "आप पहली बार आए हैं न, इसलिए आपको पहले देखूँगा। यों इस दुकान में समाजवाद है, सब बराबर हैं, सबको बारी-बारी से देखता हूँ।"

फिर अपनी सिगरेट दाएँ हाथ से बाएँ हाथ में रखे हुए उसने अपना दायाँ हाथ उसके पैर की ओर बढ़ा दिया। चुटकी मारकर राख झाड़ी, फिर कश लिया, धुआँ छोड़ा और फिर सिर हिलाकर बोला, "ठीक कर दूँगा। वीपिंग एक्जीमा है, और कुछ नहीं है।" और सिगरेट मुँह में से निकालकर राखदानी में रखी और पुड़ियाँ बनाने लगा।

यह देखकर बलराम से न रहा गया, "डॉक्टर साहिब, तम्बाकू की बू से तो

होम्योपैथी की दवाई का असर जाता रहता है और इधर आप स्वयं सिगरेट पिए जा रहे हो!''

''कुछ नहीं होता, कुछ नहीं होता,'' डॉक्टर ने लापरवाही से कहा, ''डॉक्टर के पीने से कुछ नहीं होता।'' और कहकर हँसने लगा। उसके मुँह का बन्द बटुआ फैल गया, पर उसमें से दाँत अभी भी दिखाई नहीं दिये।

तभी बाहर फिर शोर हुआ, और डॉक्टर पुड़िया बनाना छोड़, फिर अपनी दुकान के चबूतरे पर आ गया। 'ये आज़ काम नहीं करने देंगे,' वह बड़बड़ाया।

पानी के नल पर झगड़ा हो गया था। नल के बन्द होने का वक्त आ गया था, पानी की धार पतली पड़ गई थी, पर अभी पाँच बर्तन भरने बाकी थे। पाँच बर्तनों की लाइन लगी थी। एक ने बाल्टी भरी और अपनी दूसरी बाल्टी खिसकाकर नल के नीचे रखने ही जा रही थी, जब दूसरी औरत ने खींचकर बाल्टी हटा दी और अपनी बटलोई रख दी। इस पर दोनों औरतें आपस में उलझ गईं, और शीघ्र ही बाल खींचने और गालियाँ बकने की नौबत आ गई थी।

इस पर इसे गुस्सा आ गया।

''डॉक्टर साहिब, मेरी पुड़ियाँ तो मुझे देते जाते।'' उसने रूखी आवाज में, ऊँचे से कहा। बाकी मरीज हैरान होकर उसकी ओर देखने लगे, मानो कह रहे हों—आपको किस बात की जल्दी है, इतने उतावले क्यों हो रहे हो!

डॉक्टर चबूतरे पर खड़े-खड़े ही मुड़कर बोला, ''बस, आता हूँ। एक पुड़िया आपको यहीं पर खिलाकर भेजूँगा।'' हँसकर बोला, ''आपका वक्त जाया नहीं होगा।''

बाहर शोर बढ़ गया था, और दुकान में बैठे तीन और मरीज भी उठकर चबूतरे पर आ गए थे।

बाएँ हाथवाली गली की ढलान पर से धारीदार पाजामा पहने छोटी-सी तोंदवाला दुकानदार आगे-आगे चला आ रहा था। उसके पीछे-पीछे लम्बे-लम्बे बालोंवाला एक युवक, जिसके गले में बँधा भड़कीले हरे रंग का रूमाल इस दुकानदार के हाथ में था, चलता आ रहा था। दुकानदार उसे खींचे ला रहा था।

उनके ढलान पर से उतरते-न-उतरते सारा मुहल्ला इकट्ठा हो गया।

''पकड़ लाया हूँ, इस कमीने मजनू को।'' दुकानदार विजय के-से अन्दाज में चिल्लाया, ''भागकर कहाँ जाएगा? मदनलाल से भागकर कोई नहीं जा सकता।''

दुकानदार के गोल-गोल गाल थिरक रहे थे और साँस फूली हुई थी, पर वह बार-बार कहे जा रहा था, ''मदनलाल के हाथ से भागकर तो दिखाए! पाताल से भी जाकर पकड़ लाऊँगा।'' फिर उस मजनू की ओर मुड़कर उसके गले का रूमाल झिंझोड़ते हुए बोला, ''मदनलाल के रहते मुहल्ले में आशिकी करने चला है! बंसी पहलवान के अखाड़े में डंड पेलकर बड़े हुए हैं, कोई भागकर तो दिखाए!''

मदनलाल ने कहा और हाथ बढ़ाकर पास खड़े आदमी के सिर पर से पगड़ी का खोल दोहरा किया और फिर उस लड़के को धकेलकर पास ही एक खम्भे के साथ बाँधने लगा।

"थूको इसके मुँह पर! बड़ा आशिकी करने चला है!" भीड़ में से कोई चिल्लाया।

"एक-एक जूता सभी मारो, इसके सिर पर।"

"ओ मजनू!" किसी ने उसके बालों को ऊपर की ओर खींचते हुए कहा, "फिर आएगा यहाँ इश्क करने?"

फूलाँ, बूढ़े की खाट के पास थाली उठाए खड़ी थी और एक पैर बूढ़े की खाट पर रखे, चुपचाप यों ही देख रही थी कि अब क्या होगा, उस 'मजनू' के साथ क्या बीतेगी।

"हाय, यह भी कोई तरीका है!" उसने टिप्पणी की, "अपनी लड़की को सम्हाल रखे, पराये लड़के को मारने से क्या मतलब?"

तभी बूढ़ा ऊँचा-ऊँचा बोलने लगा, "ओ इस सूअर के बच्चे से कोई पूछे तो कि यह कौन है? किसका बेटा है? कहाँ से आया है? बुलाओ इस मदन को।"

इस पर फूलाँ, बूढ़े को रोकती हुई बोली, "तू चाचा, चुप रह। चुप बैठा रह।" और उसे कन्धों पर से पकड़कर लिटाने की कोशिश करने लगी।

"क्यों? मैं मर गया हूँ क्या? जा, मदने से बोल, उस लड़के को इधर लाए।"

"तुमसे अपनी जान सँभाली नहीं जाती, रहो आराम से।"

"जाती है कि नहीं?" बूढ़े ने अपनी लाठी की ओर हाथ बढ़ाया।

"जाती हूँ, बाबा, जाती हूँ।" और फूलाँ हँसती हुई भीड़ की ओर बढ़ गई।

थोड़ी देर में सारी-की-सारी भीड़ बूढ़े की खाट के आस-पास खड़ी थी।

तभी डॉक्टर भी चबूतरे से उतर आया और उसके पीछे-पीछे मरीज भी आए।

बूढ़ा हाँफते हुए, अपनी खरज, खोखली आवाज में बोल रहा था, और अपनी लाठी खाट की पाटी पर पटपटा रहा था, "नालायक, जंगली! इधर आशिकी करने आया है? तेरी खोपड़ी फोड़ दूँ? कौन है तू? किसका बेटा है? कहाँ से आया है?"

मजनू भीड़ को देखकर सहम गया था। अभी कुछ कहे या न कहे, कि बूढ़े ने लाठी उठा ली।

"बोल!"

लड़का बोला कि उसका नाम मिलखी है, और वह पिछवाड़े के मुहल्ले में रहता है, और उसके बाप का नाम बिशनदास है।

"कौन बिशनदास? क्या काम करता है?"

"मनियारी की दुकान करता है जी!"

"बिशनदास कोहली?"

लड़का चुप रहा, पर जब बूढ़े ने कड़ककर पूछा, "बिशनदास कोहली?" तो वह हौले से बुदबुदाया, "जी!"

"नालायक, तू बिशनदास कोहली का बेटा है?"

लड़का चुप रहा।

बूढ़ा फूलाँ से बोला, "बिशने मनियारी का बेटा है।" बूढ़े ने फिर लाठी उठा ली, "यह काम करने इधर आता है, उधर के बच्चे? जा, बुला ला अपने बाप को!"

लड़के का रंग पीला पड़ गया। धीमे से बुदबुदाया, "जी, यह मेरी चचेरी बहन है।"

सुनते ही बूढ़े ने फिर लाठी उठा ली, "क्या कहा?"

"जी, दूर-पार की बहन है।"

इस बीच उस लड़की की विधवा माँ भी बाहर से लौट आई थी, और इस करतूत का पता चलने पर बड़बड़ाती जा रही थी।

बूढ़े ने उसे देखा तो बोला, "यह बिशने का बेटा है। मैं इसके बाप को जानता हूँ।" फिर आवाज तनिक धीमी करके, लाठी फर्श पर ठकोरते हुए बोला, "अब सुन मेरी बात। ध्यान से सुन।" फिर बिना उसके उत्तर का इन्तजार किए बूढ़े ने धारीदार पाजामेवाले मदन से कहा, "जा, इसके साथ इसके मुहल्ले में और इसके बाप को बुला ला।" और फिर आँखें तरेरकर उस लड़के से बोला, "अब इस मुहल्ले में आएगा तो बारात लेकर, उल्लू के पट्ठे! नहीं तो मैं तेरी हड्डी-पसली तोड़ दूँगा।"

बूढ़े का यह फैसला सुनकर मुहल्ले के लोग पहले तो कुछ हैरान हुए, फिर ढीले पड़ गए और हँसने-बुसकने लगे।

"किस लोफर के साथ ब्याह कर रहे हो लड़की का, हम नहीं होने देंगे।" एक बोला।

लड़की की विधवा माँ चुपचाप खड़ी थी—न हूँ, न हाँ!

"बाबा ने बचा लिया, नहीं तो मैं इसे खम्भे के साथ बाँध रहा था, इसकी आँतें बाहर निकल आतीं।" मदन ने उसके गले में से रूमाल हटाते हुए कहा।

"चुप ओए मदने, तमीज से बात कर! अब जीजाजी से बात कर रहा है।"

इस पर हँसी का फव्वारा छूटा।

"अब खाट के नीचे नहीं छिपना पड़ेगा, जीजाजी!" एक ने चुटकी ली और आशिक के सिर पर हल्का-सा धौल जमा दिया।

मदन लड़के का हाथ पकड़े उसे मुहल्ले के बाहर ले जाने लगा।

भीड़ छँट गई। हँसी-मजाक करते लोग अपने-अपने घरों-दुकानों की ओर

बिखर गए। इस बीच कमेटी का नल बन्द हो चुका था। वहाँ से भी औरतें-मर्द कब के हट गए थे।

दुकान के चबूतरे के पास खड़ा बलराम सोच रहा था कि अपने चाचा के सामने जाए या नहीं! यहाँ पर तो राज कर रहा है। क्या मालूम, मैं सामने जाऊँ तो मुझ पर भी बरसने लगे, गालियाँ बकने लगे, अपना लट्ठ उठा ले और सबके सामने मुझे बुरा-भला कहे!

होम्योपैथ के दुकान बन्द करने का वक्त हो रहा था। उसने चायवाले से गरम प्याला चाय का मँगवाया, सिगरेट सुलगाई और चायवाले की दुकान के बाहर ही बैठ गया।

तभी बूढ़े चाचा मंगलसैन को खाँसी का दौरा हुआ। दोनों हाथ खाट की पाटी पर रखे उसकी हड़ियल-सी काया काँपे जा रही थी। उसका सिर कभी एक ओर को, तो कभी दूसरी ओर को निढाल-सा होकर लुढ़क जाता।

इस पर कहीं से दो छोटे-से लड़के आए और बूढ़े की खाट को उठाकर धूप में ले आए। इस बीच बूढ़े की खाट साये में आ गई थी। अब बूढ़े की खाट ऐन नाली के ऊपर थी।

होम्योपैथ उठा और चलता हुआ बूढ़े चाचा मंगलसैन के पास आया, और अपनी जेब में से एक शीशी निकालकर वहीं खड़े-खड़े बूढ़े के मुँह में पाँच-छह छोटी--छोटी गोलियाँ डाल दीं और वापस चाय की दुकान पर चला गया।

गली में से जाते हुए एक आदमी ने, जिसने हाथ में थैला उठा रखा था, पास से गुजरते हुए, थैले में से दो बेर निकालकर बूढ़े के सिरहाने रख दिये।

"शूबेर हैं, चाचा, खा लेना। बड़े मीठे हैं।"

तभी एक ओर से फूलाँ चली आ रही थी। अब भी उसके हाथ में थाली थी। फूलाँ पहले की तुलना में साफ-सुथरी लग रही थी। नहा-धोकर आई जान पड़ती थी। वह सीधे बूढ़े की खाट पर आकर बैठ गई, दुपट्टे की ओट में से थाली निकाली, जिसमें दो रोटियाँ और दाल की एक कटोरी रखी थी, "ले चाचा, खा ले।"

बूढ़े न देखा और हाँफते हुए बोला, "आज तो भागो की बारी थी, तू कैसे ले आई?"

"उसी के घर से लाई हूँ। लो, खाओ।"

और थाली उसके सामने छोड़कर पाँव घिसटती फिर वापस चली गई।

चाचा मंगलसैन का भतीजा अभी भी होम्योपैथ की दुकान के पास ठिठका खड़ा था। चाचा से मिले या नहीं मिले! फिर उसके मन में आया, मैंने चाचा के साथ कोई बुराई तो नहीं की थी, चाचा खुद ही बिना कुछ कहे-सुने वहाँ से भाग आया था। मुझसे तो जो बन पड़ा, मैंने खिदमत ही दी है।

वह आगे बढ़ आया और चाचा की खाट के सामने जा खड़ा हुआ।

धूप के कारण बूढ़े को पहचानने में तनिक देर लगी। इस एक क्षण में भतीजा भी असमंजस में था कि वह अपने चाचा से क्या कहे, अपने आने का प्रयोजन क्या बताए?

भतीजे को देखते ही चाचा की अजीब प्रतिक्रिया हुई। वह घबरा गया। उसके चेहरे में से रहा-सहा रंग भी उड़ गया और हाथ काँपने लगे, "मैं नहीं जाऊँगा।" उसने काँपती आवाज में कहा और हाथ बाँध दिये।

"मैं उस मरन-कोठरी में नहीं जाऊँगा। वीरजी, आप बहुत अच्छे हो, भगवान तुम्हें सलामत रखे, पर मैं नहीं जाऊँगा। तुम मुझे बख्श दो।"

और भतीजा अभी कुछ कहे कि न कहे, बूढ़ा बोले जा रहा था, "मुझे अपनी मिट्टी में ही मरने दो। वीरजी, तुम्हें मेरा ध्यान आया, तुम इतनी दूर से मुझे फिर लेने चले आए, पर मुझे माफ कर दो। मैं नहीं जाऊँगा। मरने पर मेरे मुँह में गंगाजल डालनेवाले यहाँ बहुत हैं। मुझे फूक आएँगे।"

तभी होम्योपैथ डॉक्टर उसके पास आया और बलराम को धीरे से इशारा करके वहाँ से ले गया।

बाद में दोनों एकसाथ गली लाँघकर बाहर जाने लगे। गली का मोड़ मुड़ने पर बलराम ने मुड़कर देखा तो तीन-चार बच्चे बूढ़े की खाट के इर्द-गिर्द खड़े नाच रहे थे, ऊधम मचा रहे थे, और बूढ़ा, अपनी लाठी की ओर लपकता हुआ, कभी एक को धमका रहा था, कभी दूसरे को।

कंठहार

बड़े आईने के सामने अपने प्रसाधन को निहारते हुए मालती का चेहरा बार-बार खिल उठता। हीरे के टॉप कानों में डालने की देर थी कि चेहरे में निखार आ गया था। देखकर मालती को सन्तोष हुआ। एक हल्की-सी पुलक तन-बदन में दौड़ गई, आँखें चमकने लगीं। हल्के बैंगनी रंग की साड़ी पर हीरे निखर आए थे। नीची काट के ब्लाउज पर, छाती पर झूलते मोतियों और जड़ाऊ नगीनों के हार से, मानो ऐश्वर्य की किरणें फूटने लगी थीं। अपने चेहरे को निहारते हुए फिर से लगा, जैसे वह अभी भी अपनी उम्र से दो बरस छोटी नजर आती है। स्त्रियाँ उसके लम्बे बालों को अभी भी ईर्ष्या की नजर से देखती थीं।

मेहमानों के आने में अभी देर थी, लेकिन बँगला अभी से जगमगाने लगा था। कुछ देर पहले तक घर पर अटपटा-सा मौन छाया था। एक ऐसा मौन, जैसे अवसाद के घटाटोप के नीचे सारा घर हाँफ रहा हो! अशान्त-सा मौन, क्षुब्ध और विचलित। यही इस घर की विशिष्टता बन गई थी। कोई घर में आता तो घर जगमगाने लगता, मेहमान चहकते, कहकहे उठते, संगीत की स्वर-लहरियाँ भी फूटने लगतीं, पर जब लोग चले जाते तो फिर से मौन छा जाता। घर पर गहरे अवसाद के साये उतर आते। उस घर की कैफियत उस हवेली की-सी थी, जिसमें कोई कब्र पाई जाती हो और जहाँ लोगों के चले जाने पर कब्रिस्तान का-सा माहौल साँय-साँय करने लगता हो। घर बड़ा था। कमरे-ही-कमरे। फर्शों पर कालीन-ही-कालीन—एक दीवार से दूसरी दीवार तक बिछे हुए। छत पर से लटकते हुए झाड़-फानूस, शीशेवाली चमकती अलमारियों के अन्दर विलायती तोहफे, कहीं पर कोई बिल्लौरी राखदानी, कहीं कोई नाचती मुद्रा में नर्तकी, कहीं शराब पीने के छोटे-छोटे चमचमाते पात्र।

मालती कंठहार की छवि को अपने चौड़े वक्ष पर डोलते देख रही थी, जब उसके कानों में हल्की-सी आवाज पड़ी—किसी दबी-दबी आहट जैसी

और कंठहार को थामे मालती का हाथ काँप गया। वक्त-बेवक्त यह आहट उसके कानों में पड़ जाती थी और पड़ते ही मालती का चेहरा उतर जाता। आँखों के नीचे साये घिर आते, चेहरे पर सलवटें उभर आतीं।

हर पार्टी पर ऐसा ही होता था। आईने के सामने मालती अपने बचे-खुचे यौवन और रूप को निहार रही होती जब यही आवाज सुनाई पड़ती। उसे सुना-अनसुना करने की अब आदत-सी पड़ गई थी, पर फिर भी चेहरे पर सलवटें उभर आतीं, तन-बदन सिहर उठता, और वह आवाज तीर की तरह उसके दिल को बेध जाती। मालती की मन:स्थिति कुछ-कुछ उस व्यक्ति-जैसी हो रही थी, जो सारा वक्त कमरों में बत्तियाँ जलाता रहता है, फिर भी घर का अँधेरा दूर नहीं हो पाता। हर बार की तरह वह अपनी किस्मत को कोसती, झुंझलाती, अपने पति को कोसती और फिर, अपने जीवन में से दुर्भाग्य के दंश को तोड़ पाने के लिए, नए-नए ढंग के प्रसाधन करती, नई-नई साड़ियाँ खरीदती, नए-नए हीरों के टॉप और अँगूठियाँ पहनती, पार्टियों-क्लबों में जाती, पर दुर्भाग्य का साया टलने में नहीं आता था।

वही आवाज फिर सुनाई दी—पहले से ज्यादा साफ और ऊँची। और मालती का मन मसोस उठा और अन्तस जलने लगा। मालती को लगा, जैसे इसी आवाज को उसके पति ने भी सुना है और दबे-पाँव चलता हुआ, कमरे की दहलीज पर आकर खड़ा हो गया है।

'सुना तुमने?' मानो उसके पति ने कहा हो।

'सुना है,' मालती बोली, 'तुम जानो और तुम्हारा काम, मुझे कुछ भी लेना-देना नहीं है।'

'उसे कमरे में बन्द भी तो नहीं कर सकते न, सभी मेहमान उसके बारे में पूछेंगे, उससे मिलना चाहेंगे।'

'मेहमानों से मैं कह दूँगी कि वह सो रही है, डॉक्टर ने हिदायत की है कि शाम को सात बजे तक उसे सुला दिया करें।'

'अभी सात भी नहीं बजे और वह बिफरने लगी है। मेहमानों के रहते चीखने-चिल्लाने लगेगी तो क्या होगा?'

'मैं कह दूँगी कि नई दवाई का असर है, उसके अन्दर बेचैनी उठती है।' और मालती शीशे के सामने खड़े-खड़े ही बिफर उठी, 'तुम जाओ भाड़ में और तुम्हारी बेटी भी जाए भाड़ में। मुझे किसी वक्त चैन से बैठने भी दोगे या नहीं?'

झुँझलाहट के कारण मालती के चेहरे पर सलवटें उभर आई थीं, चेहरा विकराल हो रहा था।

कोई सुनता तो कहता कि यह वार्तालाप इस घर में पहले भी कई बार दोहराया

जा चुका है, बरसों से दोहराया जा रहा है। मालती को लगा, जैसे सदा की भाँति रमेश ने चुपचाप उसकी बात सुन ली है। उसके बोझिल कन्धे झुके हुए, सदा की भाँति भावहीन चेहरा, मानो सोया हुआ, बरसों से सुनता हुआ। उसे यों खड़ा देखकर ही मालती की धारणा पक्की हो जाती है कि उसका पति ही दोषी है, उसी ने इसके जीवन में विष घोला है।

'मैं दरवाजा खोलने जा रहा हूँ। बीच का दरवाजा बन्द करने से वह झुंझलाने लगी है। इस तरह से उसे बन्द नहीं किया जा सकता। घर से बाहर जाते वक्त उसके कमरे को ताला लगा देना और बात है। तब वह जानती है कि हम लोग बाहर जा रहे हैं। तब वह जानती है कि रोने-चिल्लाने से कोई लाभ नहीं होगा। लेकिन हमारे घर में रहते...'

मालती को लगा, जैसे पीठ-पीछे से रमेश हट गया है, रमेश के पाँवों की बोझिल-सी आहट गलियारे में से आ रही है और मद्धिम पड़ने के बजाय उत्तरोत्तर ऊँची होती जा रही है—धप-धप, धप-धप उसके कानों के पर्दे फाड़ने लगी है।

मालती ने पीठ नहीं मोड़ी, सिर झटककर आईने के सामने बराबर खड़ी रही।

कभी-कभी ऐसे मौकों पर घर में कोहराम मच जाता था। ऐसा तब होता जब रमेश के लिए यह बात असह्य हो उठती कि विकलांग बच्चे को संसार में लाने में उसी का दोष है। उसमें दोष होता तो दूसरे बच्चे क्योंकर भले-चंगे होते? तब वह भी चिल्लाता, अपने बाल नोंचता, घर में से भाग जाने की धमकी देता, मालती को डायन कहता, पर फिर उसकी साँस फूलने लगती, वह दिल पकड़कर धम्म से कुर्सी पर पड़ जाता और उस बन्दी जानवर जैसा महसूस करने लगता जो चीख-चिल्ला तो सकता है, पर पिंजरे में से भाग नहीं सकता। वह गुमसुम पड़ा हाँफता रहता और थोड़ी देर बाद उठकर मेहमानों की अगवानी करने चला जाता। उधर मालती मन मसोसकर रह जाती, अब कुछ नहीं हो सकता। जिन्दगी के सोते में ही विष घुल जाए तो रोने-चिल्लाने से क्या लाभ?

यों मालती जीवन में बिलकुल ही असन्तुष्ट हो, ऐसा नहीं था। पार्टी जब शुरू होगी तो मालती चहकने लगेगी। वह अपने चटपटे, अश्लील लतीफों के लिए मशहूर थी, अपने चाबुक जैसे व्यंग्य के लिए भी। उसे अपने कद-बुत और आकर्षक चेहरे का पूरा-पूरा भास भी था। अपने पति की ऊँची नौकरी पर इठलाती भी थी, चुपके-चुपके सोना और हीरे भी खरीदती और जमा करती रहती थी और पति की छाती पर अपनी टाँग रखकर घर में राज भी कर रही थी। दो बार यूरोप की सैर भी कर आई थी। किसी से रश्क नहीं खाती थी। कोई एक कहता तो दस सुनाती थी। कुछ लोगों का कहना था कि घर में रुग्ण बच्ची न होती तो मालती का स्वभाव अधिक शान्त

होता। पर कुछ लोगों का यह भी कहना था कि दिल में कुलबुलाती लालसाओं के कारण ही वह रुग्ण बच्ची को अपने जीवन का अभिशाप मानती थी।

मालती को लगा, जैसे रमेश अपने बोझिल कदम बढ़ाता, धीरे-धीरे चलता, गलियारे में अभी भी आगे बढ़ता जा रहा है, और अब वह दूर उस कमरे के बाहर खड़ा है, जहाँ से आवाज आई थी...और अब चाबी लगाकर दरवाजा खोल रहा है।

उजला, साफ-सुथरा कमरा। कमरे के बीचोबीच, धुले-उजले बिस्तर पर, पलंग की पीठ से पीठ लगाए वह दुबकी-सी पड़ी थी। उसकी बड़ी-बड़ी आँखें ऊपर की ओर उठीं और पिता की ओर देखकर उठी रह गईं। उसकी पतली-पतली बाँहें, उसकी गोद में पड़ी थीं। पीला चेहरा और चेहरे पर काले घुँघराले बाल और उत्तरोत्तर टेढ़ी होती हुई उसकी रीढ़ की हड्डी जिससे अब वह पलंग की पीठ से पीठ लगाकर बैठी हुई भी लगता, जैसे दोहरी होकर एक ओर को पड़ी हो!

आईने के सामने खड़ी मालती को लगा, जैसे दरवाजा खोलने पर भी रमेश वैसे ही गुमसुम खड़ा है, जैसे कुछ देर पहले वह उसके सामने खड़ा था। यह उसे डाँट क्यों नहीं देता कि खबरदार जो रोई या चिल्लाई तो, आज मेहमान घर में आनेवाले हैं। यह उसके सामने भी दब्बू बना खड़ा है।

'क्यों सुषमा, चिल्ला क्यों रही हो? तुम्हें मालूम है, आज मेहमान घर में आनेवाले हैं?'

लड़की हाँप रही थी। पिता को देखकर उसने आँखें नीची कर लीं, 'माँ कहाँ है?'

आईने के सामने खड़ी माँ को यह वाक्य तीर की तरह लगा।

'माँ तैयार हो रही है, मेहमान आनेवाले हैं।'

'मैं भी पार्टी में बैठूँगी। मैं कमरे में नहीं बैठूँगी। मैं भी सबके साथ बैठूँगी।'

फर्श पर प्याला टूटा पड़ा था और बच्ची की देखभाल करनेवाली अधेड़ उम्र की माई फर्श पर से प्याले के टुकड़े बटोर रही थी।

बच्ची से कुछ भी कहे बगैर रमेश ने माई को फटकारना शुरू कर दिया, 'तुमसे बच्ची की देखभाल नहीं हो सकती तो नौकरी छोड़ दो। मैंने पहले ही तुमसे कहा था, हर आए-दिन बच्ची बिफरने लगती है।'

माई उठ खड़ी हुई। गाँव की औरत, जो जिन्दगी के रास्तों पर घिसटती, ठोकरें खाती इस किनारे आ लगी थी, बात-बात पर हतबुद्धि-सी घरमालिकों के चेहरे की ओर देखने लगती थी। काँपते हाथों से टूटे प्याले के टुकड़े उठाते हुए उठ खड़ी हुई, 'मैंने कहा, अभी से दूध पी लो बिटिया, फिर रात जल्दी सो जाना होगा, आज मेहमान आनेवाले हैं, तो बेबी ने प्याला फर्श पर दे मारा।'

रमेश समझ गया कि इसमें माई का कोई दोष नहीं था, कि घर में मेहमानों को बुलाया गया है और बाहर से दरवाजा बन्द किया है, इसी कारण बच्ची बिफर उठी है और प्याला तोड़ा है, पर वह फिर भी माई पर बरसने लगा, 'यह काम तुम्हारे बस का नहीं है। मैं कल से कोई दूसरा इन्तजाम करूँगा।'

आईने के सामने खड़ी मालती ने सुना तो व्यंग्य से उसके होंठ टेढ़े हो गए, 'यह मुझे सुनाने के लिए उसे डाँट रहा है, करे-कराएगा कुछ नहीं। नौकरों को डाँटना तक नहीं जानता!'

वास्तव में मालती ने ठीक समझा था। रमेश को उस माई का बहुत सहारा था। दिन-रात वह बच्ची की खिदमत करती थी। रात को जागकर अगर रमेश बच्ची के कमरे में जाता तो माई अक्सर सुषमा के पलंग के पाये से लगी बैठी ऊँघ रही होती। बच्ची के कमरे में से निकलती ही नहीं थी। बार-बार यही कहती, 'मैं तो पुण्य कमा रही हूँ जी! बच्ची अच्छी हो जाए तो मुझ कर्मजली का भी जनम सफल हो जाए।'

मालती ने मानो माई की बात सुन ली हो, 'बड़ी आई पुण्य कमानेवाली! लड़की का आधा भोजन खुद चट कर जाती है। यह पुण्य कमा रही है! सभी अपना मतलब साधते हैं...' मालती को माई फूटी आँख नहीं सुहाती थी।

आईने के सामने खड़े-खड़े मालती सुबक उठी, 'मैंने किसी का क्या बिगाड़ा था कि मुझे यह सजा मिल रही है? और लोग भी हँसते-खेलते हैं, इधर यह घर नरक बना हुआ है,' और वह सिसकने लगी।

बेटी के जन्म के बाद जीवन के पहले सात साल तो आशा और निराशा के बीच झूलते बीत गए थे। तब भी मालती कई-कई बार पलंग पर लेटे-लेटे रात आँखों में काट देती थी और उसका तकिया आँसुओं से भीग जाता था। पास में सोया रमेश खर्राटे भरता रहता था। रमेश से सहानुभूति न पाकर उसे अपने पर और भी ज्यादा तरस आने लगता था।

फिर एक ही दिन में दो घटनाएँ एकसाथ घट गई थीं। एक तो रमेश को दफ्तर में बहुत बड़ी तरक्की मिली थी, फैक्टरी में सीधा अफसरों की पाँत में आ गया था, और मालती की आँखों के सामने हीरे जगमगाने लगे थे। उज्ज्वल सम्भावनाओं के कितने ही द्वार एकसाथ खुल गए थे और यह जैसे पलक झपकते ही हो गया था। और दूसरी, उसी दिन शाम को, मेडिकल इंस्टीट्यूट के बड़े डॉक्टर ने सिर हिलाकर कह दिया था कि बच्ची का रोग असाध्य है, उसका कोई इलाज नहीं। और सुनते ही मालती के अन्दर बुरी तरह से टूटन का भास हुआ था। उसे लगा था, जैसे उसे किसी ने ऊँचा उछालकर धरती पर पटक दिया हो!

उसी रात मालती ने वह सपना भी देखा था जब सोने से पहले, वह पलंग पर लेटे-लेटे सुबकने लगी थी। साथवाली खाट पर रमेश रोज की तरह खर्राटे भरने लगा था और वह बिलख उठी थी, और उसे लगा था, जैसे यह मुसीबत उस अकेली पर टूटी है, और उसे झेलने के लिए रमेश ने उसे अकेला छोड़ दिया है। अँधेरे में छत पर आँखें गाड़े वह रोती रही थी, गर्म-गर्म आँसू तकिए को भिगोते रहे थे। उसे पता नहीं चला कि रोते-सुबकते कब उसकी आँख लग गई, कब वह नींद की गोद में लुढ़क गई थी। पर शीघ्र ही सोए-सोए उसने देखा कि रौशनदान के रास्ते कोई भयावह-सा जन्तु पर फड़फड़ाता हुआ उतरा है और हवा में डोलता हुआ उसके पायताने आकर बैठ गया है। उसकी बड़ी-बड़ी आँखें अपलक उसकी ओर देखे जा रही हैं और छोटे-छोटे पंजे पायताने की पाटी को जोर से दबोचे हुए हैं। उसे देखते ही मालती की चीख निकल गई थी...और हाँफते हुए उसने आँखें खोल दी थीं। अँधेरे में अभी उसे लग रहा था, जैसे उस जन्तु की बड़ी-बड़ी आँखें उसे घूर रही हैं।

उसी वक्त, खाट के पायताने पर सचमुच उसकी विकलांग बेटी बैठी थी और उसकी बड़ी-बड़ी आँखें, अँधेरे में अपनी माँ को घूरे जा रही थीं और वह बार-बार कह रही थी, 'मत रो माँ, मत रो माँ, मुझे डर लगता है!' माँ की सुबकियाँ सुनकर सुषमा गिरती-पड़ती उसके पायताने तक पहुँच गई थी।

उसी रात से मालती के मन में यह विश्वास बैठ गया था कि किसी दैवी अभिशाप के रूप में सुषमा उसके जीवन में उतरी है, कि वह उस भयावह जन्तु की तरह उसे यातना पहुँचाने के लिए ही उसके जीवन में आई है। डर और घृणा और आतंक से वह छटपटाने लगी थी, और उसकी बेटी उसे सचमुच ही कोई अमानवीय जन्तु लगने लगी थी, जिसकी बड़ी-बड़ी आँखें सारा वक्त घूरती रहती थीं। तभी वह ऊँचा-ऊँचा रोने-कुरलाने लगी थी, जिस पर रमेश जाग गया था और मालती को यों रोते-छटपटाते देख उसने बत्ती जलाई थी और उसे विश्वास हो गया था कि मालती को हिस्टीरिया का दौरा पड़ा है।

उसी दिन से ही जैसे मालती ने बेटी की ओर अपनी पीठ फेर ली थी। उसे अपनी बेटी के कमरे में भी जाने से डर लगने लगा और उस रोज से ही जैसे किसी हड़बड़ी में वह लपक-लपककर अपने लिए अधिकाधिक खुशियाँ बटोरने लगी थी।

इस छोटी-सी घटना को घटे बरसों बीत चुके थे। अब तो रुग्ण बेटी पन्द्रह साल की हो चुकी थी। अब तो लुढ़क-लुढ़ककर चलना, उसके लिए भी, अतीत की सुखद याद बनकर रह गया था, क्योंकि अब तो वह बरसों से खाट के साथ जुड़ी

हुई थी। टाँगें सूखकर दो पतली-पतली खपचियाँ जैसी लटक आई थीं, देह हड्डियों का पिंजर, पीठ टेढ़ी हो चुकी थी। उसे देखनेवाले लोग कहते कि अगर उसकी नियमानुसार मालिश की जाती रही होती और उसे सही ढंग से बिठाते-लिटाते रहे होते, उसकी करवट बदलते रहे होते, तो उसकी रीढ़ की हड्डी टेढ़ी नहीं हुई होती। पर इस तरह की अगर-मगर से तो कभी छुटकारा ही नहीं मिलता। सचाई यह थी कि हिस्टीरिया के इस दौरे के बाद मालती को अपने पर पहले से भी ज्यादा तरस आने लगा था। और रमेश ने भी यही उचित समझा था कि अगर बेटी को अलग कमरे में रख दिया जाए तो बेहतर होगा। अगर बीवी भी बीमार पड़ गई तो दो-दो रोगियों की देखभाल वह अकेला नहीं कर पाएगा। एक बार उसने बच्ची को अस्पताल में दाखिल करवा देने को कहा था पर मालती नहीं मानी थी, 'नाक कटवाओगे? लोग क्या कहेंगे कि बेटी को अस्पताल में फेंक आए हैं? हमारे पास इतने पैसे कहाँ से आए कि अस्पतालों के खर्चे उठाते फिरें? और इस बीमारी का कोई इलाज हो, तो भी कोई कहे...' और सुझाव को वहीं तोड़कर फेंक दिया गया था, तभी रमेश ने इस माई को सुषमा की देखभाल के लिए रख लिया था।

यों बच्ची का शरीर इतना हल्का था कि रमेश उसे बड़ी आसानी से बाँहों में उठाकर बाहर बरामदे में कुर्सी पर बिठा देता। डॉक्टर के पास ले जाना होता तो मोटर में बिठा देता। घुमाना होता तो पहियोंवाली कुर्सी में बिठा देता। पर अब तो वह अपने कमरे की ही होकर रह गई थी।

बच्ची की स्थिति की अपनी विडम्बना थी। एक ओर उसका शरीर सूख-सूखकर काँटा हुआ जा रहा था, दूसरी ओर उम्र के लिहाज से वह जवानी में पैर रख रही थी। एक ओर वह खाट से जुड़ती जा रही थी, दूसरी ओर जैसे दुनिया पर आँखें खोल रही थी और अदम्य इच्छाएँ उसके दिल में कसमसाने लगी थीं। वह चाहती कि उसे बाहर खुलनेवाली खिड़की के पास बिठाया जाए। जिद पकड़ लेती कि उसे मेले-ठेले में ले जाएँ। माँ-बाप कहीं जाने लगते तो रूठ जाती, मुँह फुला लेती। उसके भाई-बहन—अरुण और शोभा—जो बचपन में तो उसके साथ थे पर बड़ा होने पर उन्हें बाहर स्कूलों में पढ़ने के लिए भेज दिया गया था ताकि वे अधिक स्वस्थ वातावरण में पलकर बड़े हों—बाहर अपने मित्रों के पास जाते तो यह उनके साथ झगड़ा करने लगती थी। उसके हाथ-पैर तो जवाब देने लगे पर उसकी सूझ का पैनापन बराबर बना हुआ था। उसकी बड़ी-बड़ी आँखें जैसे सारा वक्त खुली रहतीं और घर की प्रत्येक गतिविधि को देखती रहतीं। उसके कान सारा वक्त घर की छोटी-से-छोटी आहट पर लगे रहते। पाँवों की आहट से उसे मालूम हो जाता कि माँ शॉपिंग के लिए बाहर जा रही है। माँ के पाँवों की आहट एक कमरे से दूसरे

कमरे की ओर जाती हुई सुनाई देती। गलियारे में माँ के पाँवों की आहट कई बार बहुत नजदीक आ जाती, और सुषमा का दिल उछलने को होता, पर शीघ्र ही पैरों की आहट धीमी पड़ने लगती और लड़की जान जाती कि माँ दूसरे कमरे की ओर घूम गई है। घर की आहटों से ही उसे मालूम हो जाता कि घर में मेहमान आनेवाले हैं। जब उसके बन्द दरवाजे को बाहर से ताला लगाया जाता तो सुषमा समझ जाती कि माँ और बाप, दोनों किसी पार्टी पर जा रहे हैं। जब भाई-बहन घर में थे, तो उनकी दिनचर्या के बारे में तो वह आँखें बन्द करके बता सकती थी। अब शोभा मेरे लिए दूध का गिलास ला रही है, अब उसकी सहेली उसे अपने साथ चलने का आग्रह कर रही है। आहटों से ही उसे पता चल जाता कि बाहर जाने से पहले डैडी उसके कमरे में आएँगे या नहीं। आएँगे तो केवल यह कहने के लिए, 'अच्छा, सुषी, हम जा रहे हैं, अपना ध्यान रखना, पलंग पर से उठने की कोशिश नहीं करना। टा-टा, बाई-बाई!'

सारा वक्त उसके कान माँ के पाँवों की आहटों की ओर लगे रहते। दिल में तरह-तरह के उद्वेग उठते रहते। डैडी जब उसे बाँहों में उठाकर बरामदे में लाते तो उनके गले में हाथ डाल देती और छुड़ाने पर भी छोड़ती नहीं थी। यह सही था कि शरीर से वह दुबला रही थी, पर जब चीखती तो न जाने उसमें कहाँ से ताकत आ जाती! उसका मस्तिष्क भी साफ था, इतना साफ कि कभी-कभी चाकू के तेज धार की तरह काटती हुई बात कह जाती।

'तुम दोनों में से कोई रोगी होगा, जिससे मैं ऐसी पैदा हुई हूँ।' उसने एक बार अपने माँ-बाप से कह दिया था, जो बाहर से लौटे थे और यह बरामदे में बैठी देर से उनकी राह देखती रही थी।

पर अब तो यह भी बरसों पुरानी याद बनकर रह गई थी। अब तो सफर का दूसरा छोर भी नजर आने लगा था। क्योंकि सुषमा शरीर से बहुत लाचार होती जा रही थी और उसका मस्तिष्क भी धुँधलाने लगा था। मेडिकल इंस्टीट्यूट के डॉक्टर ने निराशा में सिर हिलाया था और फिर ढाढ़स बँधाते हुए कहा था, 'आप यही समझिए कि बच्ची अपनी यातना से छुटकारा पा जाएगी।'

पर यह अवधि कितनी लम्बी होगी, डॉक्टर के लिए भी कह पाना कठिन था। मालती देर तक डॉक्टर के चेहरे की ओर देखती रही थी कि शायद डॉक्टर कुछ कहे, पर डॉक्टर ने कुछ नहीं कहा था। उसने केवल इतना ही कहा था कि अब उसके शरीर में कुछ भी नहीं रह गया है।

तब मालती रो दी थी। बैग में से रूमाल निकालकर वह देर तक नाक और आँखें पोंछती रही थी, फिर निढाल होकर डॉक्टर की मेज के सामने बैठ गई थी।

फिर उसे रमेश ने सहारा देकर उठाया था और दोनों मेडिकल इंस्टीट्यूट का लम्बा गलियारा पार करने लगे थे, जहाँ खम्भों के कारण गलियारे के फर्श पर रोशनी और साये की धारियाँ पड़ रही थीं। तभी मालती के पाँव सहसा हल्का-हल्का-सा महसूस करने लगे थे और उसे लगा था, जैसे वह बरसों बाद खुलकर चलने लगी है। जैसे कोई चंगुल उस पर से ढीला पड़ने लगा है। जैसे वह साँस लेने के काबिल हो गई है।

गलियारे के दूसरे छोर तक पहुँचते-पहुँचते मालती की आँखें फिर से छलछला आई थीं।

'बेचारी, बरसों से खाट के साथ जुड़ी है। ये दिन उसके हँसने-खेलने के थे।' फिर बड़े आग्रह से अपने पति से बोली, 'हमें चाहिए, उसके हाथों से खूब दान करवा दें। किसी गरीब का वजीफा बाँध दो, इसके नाम पर किसी अस्पताल में कमरा बनवा दो। कम-से-कम उसके पीछे उसका नाम तो बना रहे!'

और मालती का गला फिर से रुँध गया था।

और रमेश को यकीन होने लगा था कि मातृत्व का सोता फूट निकला है, मालती के अन्दर की माँ छटपटाने लगी है।

मालती का रवैया बेटी के प्रति कुछ-कुछ बदलने लगा था। अब वह कभी-कभी उसके कमरे में झाँक लेती। कभी-कभी बुढ़िया माई को उसका कमरा साफ करने, चादरें बदलने की हिदायत भी करने लगी। कभी-कभी सुषमा के कमरे में फूल सजाने लगी। मालती को अब थकान भी कम महसूस होने लगी थी। उसकी आँखें बार-बार भर आती थीं।

तभी एक व्यवधान पैदा हो गया था। मालती की बड़ी भानजी, जो विदेश में पढ़ने के लिए गई थी, लौटकर आई और अपनी रुग्ण मौसेरी बहन को बाँहों में घेर लेने के बाद किसी तिब्बती डॉक्टर की चर्चा करने लगी, कि तिब्बती डॉक्टर एक महिला है और उसके हाथों में बड़ी शफा है और यह भी कि वह स्वयं डॉक्टर को बुला लाएगी। बच्चों के दिल तो उछाह का सोता होते हैं, उन्हें तो समझाना ही बेसूद है। और सचमुच दूसरे ही दिन भांजी उस तिब्बती डॉक्टरनी को पकड़ लाई थी। और बच्ची के जीवन में आशा की बुझती किरण फिर से टिमटिमाने, लौ देने लगी थी।

डॉक्टरनी छोटी-सी महिला थी—गोल-मटोल, तेल-सने बालों का कसा हुआ जूड़ा किए हुए थी। हरे रंग का लम्बा, तिब्बती चोगा पहने हुए थी। देखने में लड़की-सी लगती थी। भला डॉक्टर कभी ऐसे होते हैं? यह क्या जानती होगी? मालती उसे देखकर मन-ही-मन बुदबुदाई थी।

डॉक्टरनी ने बच्ची की नब्ज देखी। देर तक सिर नीचा किए उसकी धड़कन सुनती रही। फिर उसकी टाँगों के जोड़ हिला-हिलाकर देखे, बाँहों के जोड़ देखे, देर तक देखती-जाँचती रही। फिर मुस्कराकर बच्ची के सिर पर हाथ फेरते हुए बोली थी, 'मैं तुम्हें चंगा कर दूँगी।'

पास में ही रमेश खड़ा था, आभार में उसके हाथ अपने-आप जुड़ गए। पास ही के दरवाजे की ओट में खड़ी बुढ़िया माई के भी हाथ जुड़ गए और वह बार-बार प्रार्थना के वचन बुदबुदाने लगी। बच्ची की बड़ी-बड़ी आँखों में भी हल्की-सी आशा की चमक आई, फिर अन्दर से अविश्वास का झोंका उठा और चमक बुझ गई। शुरू में सभी डॉक्टर इसी तरह ढाढ़स बँधाते हैं।

डॉक्टरनी कमरे के बाहर गलियारे में आ गई, पीछे-पीछे पति-पत्नी बाहर आ गए।

'आप इसे ठीक कर दें तो मैं आपके चरण धो-धोकर पिऊँगी।'' मालती ने कहा।

इस पर डॉक्टरनी धीरे से बोली, 'तकलीफ पुरानी है। मैं इसे पूरी शफा तो शायद न दे पाऊँ, पर इसे चलने-फिरने लायक बना दूँगी। यह अपना काम कर सकेगी।'

मालती निस्तेज आँखों से उसकी ओर देखती रह गई।

'कितनी देर में यह चलने-फिरने लायक हो जाएगी?' उसने फुसफुसाकर कहा।

'कुछ दिन तो लगेंगे, शुरू-शुरू में शायद आपको लगे कि दवाई का उल्टा असर हो रहा है, पर आप घबराइएगा नहीं।'

'फिर भी कितनी देर लगेगी? यह कब अपना पलंग छोड़ पाएगी, डॉक्टर?' मालती ने जैसे घबराकर पूछा था।

'तीन-चार साल भी लग सकते हैं—कम भी, ज्यादा भी...'

'तब तक मेरा क्या रह जाएगा?' मालती के मुँह से निकल गया, पर शीघ्र ही वह सँभल गई और बड़ी विनम्रता से बोली, 'जितने भी लगें, एक बार यह उठ खड़ी हो, मैं आपके चरण धो-धोकर पिऊँगी।'

तिब्बती डॉक्टरनी मालती के चेहरे की ओर अपलक देखे जा रही थी। डॉक्टरनी को लगा, जैसे मालती की आँखें काँच की बनी हों! इस पर डॉक्टरनी धीरे से बोली, 'ऐसा रोगी स्वयं तो दुख उठाता ही है, घरवालों को भी बड़ी परेशानी उठानी पड़ती है।'

सुनकर वह झेंप गई थी, अपने में सिकुड़कर रह गई थी।

उस दिन घर का वातावरण बड़ा हल्का-हल्का-सा लग रहा था। मालती की भांजी देर तक बच्ची के सिरहाने बैठी तिब्बती डॉक्टरनी के गुण गाती रही थी। रमेश ने वहीं चाय मँगवाई थी। कोने में खड़ी माई बार-बार अपनें दुपट्टे के आँचल से आँखें पोंछती रही थी। बार-बार प्रार्थना के शब्द बुदबुदाती रही थी। बार-बार डॉक्टरनी को असीसें देती रही थी। हाँ, मालती के पाँव बोझिल हो गए थे और सिर भारी होने लगा था। और अन्त में वह अपने कमरे में जाकर, बत्ती बुझाकर बिस्तर पर पड़ रही थी। डॉक्टरनी तो अपना काम करके, फीस जेब में डाल, फिर से मुक्त और निश्चिन्त वहाँ से चली गई है, जबकि मालती को आशा-आशंका, विश्वास-अविश्वास के भँवर में झोंक गई है। इस लम्बे इलाज का अनन्त विस्तार, मानो फिर से मालती किसी लम्बी बीहड़ यात्रा पर चल पड़ी हो! क्षण-भर के लिए उसे लगा, जैसे वह आईने के सामने खड़ी है, उसके सिर के बाल खिचड़ी-सफेद हो गए हैं, गाल ढलक गए हैं और सामने के दो दाँत टूट चुके हैं। लेटे-लेटे वह सिहर उठी।

दूसरे दिन तिब्बती डॉक्टरनी का इलाज शुरू होनेवाला था। सभी दवाइयाँ आ गई थीं, सभी हिदायतें समझ ली गई थीं। सुषमा के कमरे में जाते हुए मालती के होंठों पर एक ठंडी-सी मुस्कराहट भी थी। और उसने अपना ठंडा हाथ बच्ची के माथे पर भी रखा था और किसी बात पर बच्ची के इसरार करने पर तनिक खीजकर यह भी कहा था कि वह रात-भर सो नहीं पाई। और बेटी के पूछने पर तुनककर बोली थी, 'अब पूरी समझदारी से इलाज करना। बीच में नहीं छोड़ देना। हम रोज-रोज नए डॉक्टर नहीं बुला सकते। तेरा इलाज करते-करते तो हम अगले जहान में पहुँच जाएँगे।'

तभी माँ-बेटी की आँखें मिली थीं और आँखों-आँखों में ही जैसे बहुत कुछ स्पष्ट हो गया था।

माई को मुस्तैदी से काम करने, वक्त पर दवाई देने, मालिश करने की हिदायत देकर मालती बाहर निकल आई थी। पर अभी वह गलियारा भी नहीं लाँघ पाई थी कि सुषमा के कमरे में शोर हुआ था, किसी चीज के टूटने की आवाज आई थी, फिर बेटी पागलों की तरह चिल्लाने लगी थी। रमेश भागा हुआ उसके कमरे में आ गया था। मालती का पारा तेज हो गया था और वह भी सैंडल पटपटाती बच्ची के कमरे में पहुँची थी। बच्ची ने दवाई की प्याली फर्श पर पटक दी थी और बराबर चिल्लाए जा रही थी, 'नहीं पिऊँगी, नहीं पिऊँगी! मार डालो, तब भी नहीं पिऊँगी!...'

कांड उठ खड़ा हुआ था। भांजी को टेलीफोन किया गया, और वह डॉक्टरनी को साथ लेकर आई थी। सुषमा बुरी तरह हाँफ रही थी। बहुत देर के बाद उसकी फूलती साँस शान्त हो पाई थी और निश्चय हुआ था कि सुषमा को अस्पताल में

भरती करवा दिया जाए, कि वहीं पर इसकी देखभाल हो। और ना-ना करती, चीखती-चिल्लाती सुषमा को स्ट्रैचर पर डालकर बाहर ले गए थे।

और उस शाम, माई का हिसाब करके उसे रुख्सत करने के बाद मालती घर के सामान की जाँच-पड़ताल करने के लिए बच्ची के कमरे में भी गई थी तो उसके पलंग के पास देर तक ठिठकी खड़ी रह गई थी। पलंग पर, सिरहाने के नीचे, बच्ची ने अनगिनत चीजें बटोर रखी थीं। एक पूरा-का-पूरा खजाना जमा कर रखा था। छोटे-छोटे मणके, माँ के बालों का टूटा हुआ क्लिप, माँ की तीन-चार तस्वीरें, एक चित्र में सुषमा माँ की गोद में बैठी है और अपना हाथ उठाकर सिर पर से अपना रिबन खींच रही है। दूसरा, माँ और डैडी के साथ सुषमा का चित्र, जिसमें डैडी ने सुषमा को कन्धों पर बिठा रखा है। और दो चित्र केवल माँ के जिसमें सुषमा रंग भरती रही थी—गालों पर सुर्खी, होंठों पर लाली, आँखों में काली लकीर...

आइने के सामने खड़ी मालती को फिर से आवाज आई। कुछ फिर से टूटा था। मालती सिर से पाँव तक सिहर उठी।

'यहाँ मुझे कोई जीने नहीं देगा। यह लड़की मेरी जान लेकर रहेगी।' और उसके चेहरे पर सलवटें उभर आई थीं।

उसे लगा, जैसे दबे-पाँव चलता हुआ रमेश उसके पीछे आकर खड़ा हो गया है।

'तुम जानो, तुम्हारा काम। मैं उसके कमरे में नहीं जाऊँगी।' मालती ने कहा।

इस पर उसे लगा, जैसे रमेश ने कन्धे बिचका दिये हैं और आगे बढ़कर कह रहा है, 'हम उसे बन्द भी तो नहीं कर सकते, मालती।'

'मेहमानों से मैं कह दूँगी कि वह सो रही है। नया इलाज चल रहा है न! डॉक्टर ने हिदायत की है कि उसे जल्दी सुला दिया करें।'

रमेश की ओर से कोई जवाब नहीं आया।

मालती ने मुड़कर देखा, रमेश वहाँ पर नहीं था। मालती को उसके पाँवों की आहट सुनाई दी। वह दबे-पाँव सुषमा के कमरे की ओर जा रहा था। वह सदा ऐसे ही करता है। मैं कुछ भी कहती रहूँ, वह हमेशा मनमानी करता है।

कंठहार छाती पर फिर चमकने लगा था। मालती ने उसे अपने दाएँ हाथ से सहलाया। मैं कहूँगी, 'पाँच हजार में आया है। जो कोई पूछेगी, उसी से यह कहूँगी, पाँच हजार में आया है...पाँच साल में मेरा क्या रह जाएगा!'

किसी ने पीछे से आकर धीरे से उसके कन्धों पर हाथ रखा। मालती मुड़ी नहीं, बराबर आईने में देखती रही।

''अब आईने के सामने से हट जाओ मालती, अब आओ, इधर बैठ जाओ।''

तैरती-सी नजर से शून्य में देखते हुए मालती मुड़ गई और चुप हो गई। रमेश ने, जो उसके कन्धे थामे पीछे खड़ा था, उसके कन्धे छोड़ दिये, ''इधर बैठ जाओ।''

''मेहमान पहुँच गए?'' मालती ने कहा।

''कौन-से मेहमान, मालती?''

मालती चुप रही। और कुर्सी पर से उठकर धीरे-धीरे गलियारे की ओर बढ़ने लगी। यह भी अब रोज का आलम हो गया था, कोई कुछ नहीं कहता था। धीरे-धीरे चलती हुई मालती सुषमा के कमरे के सामने जा खड़ी हुई। दरवाजे को हल्का-सा धक्का देने पर ही दरवाजा खुल गया। कमरा साफ-सुथरा था—उजला-उजला। खिड़कियों में से रोशनी छन-छनकर अन्दर आ रही थी, पर कमरा खाली था। कमरे के बीचोबीच रखा पलंग खाली था। नहीं तो, खाली कहाँ था? पलंग के सिरहाने के ऊपर अपने छोटे-छोटे पाँव रखे कौन बैठा था, कोई परी थी। हाय, कितनी सुन्दर है! बड़ी-बड़ी आँखें, सफेद-सफेद अंग, फूल-जैसी...

'क्या तुम रौशनदान के रास्ते नीचे आई हो?' मालती ने कहा।

'हाँ, माँ।'

रमेश ने मालती के कन्धों पर हाथ रखा और उसे वापस लिवा ले चलने के लिए उसे मोड़ दिया।

''तुम किसके साथ बातें कर रही थीं मालती?''

मालती लौट पड़ी। गलियारे एक-दूसरे को काटते चले गए थे। जब से सुषमा का कमरा खाली हुआ था, घर भूल-भुलैया बन गया था।

''तुम बैठ जाओ मालती, इधर आराम से बैठ जाओ।''

''तुमने बत्तियाँ क्यों बुझा दी हैं? घर में अँधेरा हो गया है। मेहमान देखेंगे तो क्या कहेंगे?''

''बत्तियाँ तो सभी जल रही हैं, मालती, पर चलो, यहाँ अँधेरा है, तुम अपने कमरे में चलो।''

''मैं अपने कमरे में नहीं जाऊँगी, नहीं जाऊँगी, नहीं जाऊँगी...

''यह चलने-फिरने लायक हो जाए डॉक्टर, मैं तुम्हारे पाँव धो-धोकर पिऊँगी...''

''बैठ जाओ मालती, इधर आराम से बैठ जाओ।''

सलमा आपा

बातों में से बात निकलती है। तुमने अन्त:प्रेरणा की बात कही तो मुझे अपना एक किस्सा याद हो आया। अन्त:प्रेरणा नाम की कोई चीज है या नहीं, यह तो मैं नहीं जानता, मन की सूक्ष्म अनुभूतियों के बारे में अन्तिम रूप से कुछ भी कह पाना असम्भव है, पर कभी-कभी इनसान की सूझ ऐन निशाने पर जा बैठती है, और वह खुद ताज्जुब करने लगता है कि यह कैसे हो गया! अब जो मेरे साथ हुआ, उसकी गुत्थी मैं आज तक नहीं सुलझा पाया हूँ।

जाम्बिया से मैं हिन्दुस्तान लौट रहा था। हवाई जहाज को कराची के रास्ते होकर जाना था, और मैंने सोचा कि क्यों न दो-तीन दिन कराची की सैर करते हुए जाएँ! मेरा परिवार मेरे साथ था—मेरी माँ, मेरी बीवी, दोनों बच्चे! पर मैंने सोचा, कौन रोज-रोज ऐसे मौके मिलते हैं, और अब तो मैं जाम्बिया को विदा कहकर अपने वतन लौट रहा हूँ। हिन्दुस्तान पहुँचकर कौन कराची देखने आएगा, अब मौका है, देखते चलो! चुनाँचे रवाना होने से पहले मैंने अपने एक सम्पादक मित्र को कराची में तार दे दिया कि हम फलाँ दिन पहुँच रहे हैं। मेरी कहानियाँ उसकी पत्रिका में छपा करती थीं, और आपस में खतो-किताबत भी चलती थी, खासी बेतकल्लुफी थी।

यों उन दिनों कराची में जाना जोखिम मोल लेना था। हमारे दोनों देशों के बीच तनाव बढ़ रहा था, और किसी वक्त कुछ भी हो सकता था। और बाद में हुआ भी। मुनासिब तो यही था कि बीच में सफर को नहीं तोड़ा जाए। और हम लोग, बँधे-बँधाए अपने घर पहुँच जाएँ। पर मन में कोई धुन समा जाए तो उसका क्या इलाज है? बेहतर तो यही था कि सीधा घर पहुँचूँ। मैं अपने बाल-बच्चों को साथ ले जा रहा था, मेरी बूढ़ी माँ मेरे साथ थीं, और छोटा बच्चा अस्वस्थ भी था। पर मेरी फितरत ही ऐसी है, मैं क्या करूँ! बस, मन में हिलोर उठने की देर है कि मैं बुचका उठाकर जहाँ मन आए, चल देता हूँ। अगर जिन्दगी में हर कदम सोच-समझकर उठाया होता तो बात ही क्या थी! पर यहाँ न ढर्रा, न ढंग! एक बार मन में कोई बात

समा जाए तो मैं अपना सारा सन्तुलन खो बैठता हूँ। सँभल ही नहीं पाता, सारी सोच खत्म हो जाती है।

जाम्बिया में भी ऐसा ही हुआ था। दस साल की पक्की नौकरी को एक दिन मैं लात मारकर चला आया था। और बात क्या थी, बस, इतनी-सी कि एक राह जाते आदमी ने, जिसके साथ मेरी केवल दुआ-सलाम थी, इतना-भर कह दिया था कि 'अब तो साहिब, आप यहीं के हो गए, अब तो आप जाम्बिया में ही रहेंगे।' और कहकर हँस दिया था।

उस वक्त तो मैं भी हँस दिया था, पर बाद में दिल में कहीं खलिश-सी उठने लगी थी। उस रात मैं सो नहीं पाया। रात-भर करवटें बदलता रहा, और दूसरे दिन से ही वह देश मुझे पराया लगने लगा। उसके बाद मन वहाँ लगा ही नहीं, और हफ्ते-भर के अन्दर मैं दस साल की पक्की नौकरी से इस्तीफा दे चुका था और अपना बिस्तर-बोरिया बाँध रहा था।

अपने इस स्वभाव के कारण मैंने जिन्दगी में क्या-क्या नहीं भोगा और फिर भाग्य का विधान, उस दिन उसी राह-गुजर को मुझे जरूर मिलना था। क्या कोई और पड़ोसी नहीं मिल सकता था? बीसियों परिवार हमारे आसपास रहते थे। अगर वह नहीं मिलता, तो क्या मालूम, मैं आज भी जाम्बिया में ही बैठा होता और आपसे जिन्दगी में कभी मुलाकात ही नहीं हो पाती। उस आदमी ने भी कोई ऐसी खास बात नहीं कही थी। जाहिर है, मेरे अन्दर, पहले से ही कोई बेचैनी रही होगी, जिसे उसके एक वाक्य ने कुरेद डाला था। और जाम्बिया छोड़ते वक्त मैंने यह भी नहीं सोचा कि आगे क्या होगा, भारत जाऊँगा तो रहूँगा कहाँ! भारत में कौन मेरे लिए नौकरी लिये बैठा था! कुछ भी नहीं सोचा। बस, सामान बाँधा और रवाना हो गए। फितरत ही ऐसी है, अब कोई क्या करे!

अब सोचता हूँ तो लगता है, बात कुछ और थी। यह मात्र परदेस में रहनेवाली बात नहीं थी। मेरी बेचैनी का बीज तो मेरे अन्दर, परत-दर-परत, न जाने कितनी परतें और भी नीचे दबा पड़ा था और वही कहीं फूट पड़ा था। वही कहा न, मन की थाह कभी कोई नहीं पा सका। मुझे वर्षों से लिखने की ललक रही थी, मन चाहता रहा था कि चैन से बैठकर कहानियाँ-उपन्यास लिखूँ। यह ललक वर्षों से मेरे अन्दर कुलबुलाती रही थी, पर मैं आराम से बैठकर अपनी इस ललक को कभी भी पूरा नहीं कर पाया था और जिन्दगी के हर मोड़ पर, हर माहौल को लाँघते हुए, इसकी दबी-दबी आवाज को मैं सुना-अनसुना करता रहा था। थोड़ा-बहुत तो मैं जाम्बिया में भी लिखता रहा था, पर वह बात न थी जो मैं चाहता था। भला विदेश में रहकर कोई कैसे लिख सकता है? उसके लिए तो अपने देश की मिट्टी की सोंध चाहिए।

जाम्बिया में जब भी मौसम बदलता, मेरे दिल में अजीब-सी कसक उठने लगती। वास्तव में वही ललक कहीं मेरे अन्दर कसमसा रही थी, जब उस पड़ोसी ने वह वाक्य कह डाला था जो मेरे दिल को मथने लगा था। और अबकी बार जो वह कसक मेरे अन्दर उठी तो जैसे तूफान फट पड़ा। और मैंने आव देखा न ताव, दूसरे दिन ही दफ्तर में पहुँचकर इस्तीफा दे आया। और उसके ऐन हफ्ता-भर बाद, जैसा मैंने कहा, मेरी बूढ़ी माँ, मेरी पत्नी और मेरे दो बच्चे, और एक तीसरा बच्चा भी—जो इस समय तो इंजीनियरिंग में पढ़ रहा है, पर उस समय माँ के पेट में था—हम हवाई जहाज में बैठे थे।

वर्षों पहले जब लुधियाना से जाम्बिया के लिए रवाना हुआ था तब भी ऐसे ही झटके से, घरवालों को खैरवाद कहकर निकल गया था। और अब जो दस साल बाद लौट रहा था, तो भी एक झटके में।

पर कौन जाने लिखने की ललक भी एक बहाना ही रही हो, और देश लौटने के पीछे कोई और ही प्रेरणा रही हो! अगर कोई सचमुच लिखना चाहता है तो कहीं भी लिख सकता है। जेलखाने में बैठा एक कवि अपने नाखूनों से अपनी कोठरी की दीवार पर नज़्में लिखा करता था। उसे इस बात की बेचैनी थी कि जेल में से निकलूँगा तभी नज़्में लिख पाऊँगा। क्या मालूम मेरा भी इस बात की दुहाई देना कि अपने ठिकाने पर लौटूँगा, तभी अपने दिल की ललक पूरी कर पाऊँगा, अपनी ही आँखों में धूल झोंकने वाली बात रही हो! मैं जाम्बिया में भी लिख तो रहा था, और मेरी कहानियाँ जगह-जगह छप भी रही थीं। कराची की उस पत्रिका में भी छपी थीं जिसके सम्पादक को मैंने तार दिया था।

मैं कहाँ-से-कहाँ पहुँच गया! तुम्हें सुनाने चला था अन्त:प्रेरणा का एक किस्सा और सुनाने बैठ गया अपनी जीवन-कहानी!

हाँ, तो मैं अपने परिवार के साथ हवाई जहाज में बैठा था, और बिना भविष्य की कोई योजना बनाए जाम्बिया से चल निकला था। जहाज बराबर कराची के हवाई-अड्डे की ओर बढ़ता जा रहा था और मैं जहाज में बैठा कराची शहर की कल्पना कर रहा था कि वह शहर कैसा होगा!

मैंने कराची शहर नहीं देखा था और उस शहर के बारे में सोचना मुझे बहुत ही भला लग रहा था। नीले सागर के किनारे बसा, उजला-उजला, धूप में नहाया शहर! धूप में चमकते मस्तूल, बादवान और इमारतों के मुनारे! यही एक तस्वीर मेरे मन में उभरती थी और इसी मंजर को देख पाने के लिए मैंने अपने सम्पादक मित्र

को तार दिया था कि अमुक हवाई जहाज से कराची पहुँच रहा हूँ, और दो दिन तक, बीवी-बच्चों के साथ तुम्हारी रोटियाँ तोड़ूँगा।

अब मेरी किस्मत का चक्कर देखिए। हवाई जहाज को कराची के हवाई अड्डे पर शाम के पाँच बजे पहुँचना था और वह पहुँचा सुबह के अढ़ाई बजे। अढ़ाई बजे सुबह कहाँ होती है, तब तो काली रात होती है, जो भगवान किसी दुश्मन को भी न दिखाए। रास्ते में किसी मशीनी नुक्स के कारण या किसी और कारण से, वह घंटों किसी हवाई अड्डे पर खड़ा रहा था। अब कराची के हवाई अड्डे पर उतरे तो साहब, रात भाँय-भाँय कर रही है, और मेरे सम्पादक का कहीं नाम-निशान नहीं। उधर बला की सर्दी, धुन्ध तथा हवा के फर्राटे। न जाने जहाज उतरा कैसे था! गिने-चुने लोग हवाई अड्डे पर घूम रहे थे।

अब करें तो क्या करें? रात के वक्त जाएँ भी तो कहाँ? पत्नी ने कहा, यहीं हवाई अड्डे पर रात गुजार लेते हैं, सुबह देखेंगे। अगर कोई बन्दोबस्त न हुआ, अगले जहाज से आगे निकल जाएँगे।

मुझे एडीटर के दफ्तर का पता तो मालूम था, लेकिन वह रहता कहाँ है, इसके बारे में मैं कुछ नहीं जानता था। मुझे उस पर गुस्सा भी आया। इस समय मजे में अपने घर में पड़ा खर्राटे भर रहा होगा, और हम यहाँ खुले आसमान के नीचे ठिठुर रहे हैं!

पहले तो मन में आया कि एडीटर के दफ्तर को ही चलो। वहाँ कोई चपरासी तो होगा, दरवाजा ही खोल दे, इतना भी गनीमत होगा। हम मेजों पर ही रात काट लेंगे। पर फिर मैं सँभल गया। मेरा दोस्त तो अदबी रसाले का एडीटर था और अदबी रसाले के दफ्तर में चपरासी का क्या काम? वहाँ तो एडीटर ही सर्वेसर्वा होता है—चपरासी भी वही, मैनेजर भी वही, और भिश्ती भी वही।

तभी एक खयाल मेरे जेहन में कौंध गया। जाम्बिया में ही मेरी जान-पहचान की एक महिला ने मुझे दो-एक बार बताया था कि कराची में उनके भाई रहते हैं। कराची की चर्चा करते समय वह भी अक्सर भावुक हो जाया करती थीं और बताया करती थीं कि कराची में उन्हें बड़ा सुकून मिलता है, कि उनके भाई के बँगले के सामने खुला मैदान है, जहाँ वह दोपहर को हौले-हौले टहला करती थीं, और थक जातीं तो एक घने, कद्दावर पेड़ के नीचे बेंच पर बैठ जातीं और मैदान में खेलते लड़कों को देखा करतीं।

उन्होंने यह भी बताया था कि 'सोसाइटी' नाम की बस्ती में उनके भाई रहते हैं, और वह बड़ी उजली-उजली, नई-नई बस्ती है, बड़े इकहरे, सुन्दर बँगले बने हैं। अब उस महिला को भी कहानियाँ लिखने का शौक था, और वह भी बड़ी

सुन्दर मंजर-निगारी करती थीं। उनकी बातें सुनते हुए मेरी आँखों के सामने सोसाइटी की बड़ी साफ तस्वीर उभर आया करती थी—उजली-उजली, धूप में नहाई बस्ती!

और मैंने हवाई अड्डे पर खड़े-खड़े ही फैसला कर लिया कि चलो, उन महिला के भाई के घर चलते हैं। आखिर कराची देखने आए हैं, हवाई अड्डे पर ठिठुरने तो नहीं आए। एक-एक लमहा कीमती है, यहाँ से निकलेंगे तो कुछ देखेंगे ही। घूमना मेरी फितरत में है, मैं निठल्ला बैठ ही नहीं सकता।

हम लोग हवाई अड्डे के बाहर निकल आए, टैक्सी में सामान रखा और ड्राइवर को सोसाइटी नाम की बस्ती की ओर चलने का हुक्म दे दिया।

शीघ्र ही मोटरगाड़ी किसी सुनसान सड़क पर भाग रही थी। कुदरत बड़ी कारसाज है। एक बार घर से निकलने की देर है, रास्ता अपने-आप खुलता चला जाता है।

शायद इस तरह का अनुभव तुम्हें भी हुआ हो! जब हम किसी नई सड़क पर पहुँच जाते हैं, जिसे पहले कभी न देखा हो, किसी अजनबी मुहल्ले में, या अजनबी शहर में, तो तन-बदन में एक तरह का रोमांच हो आता है, पुलकन-सी होती है। उस वक्त बाहर देखने को कुछ विशेष नहीं था, सड़क के दोनों ओर मैदान थे, और मैदानों पर धुन्ध तैर रही थी, और बीहड़ चुप्पी थी। धुन्ध के बीच में से उभरते हुए पेड़, अन्धकार के पुंज लग रहे थे। सारा दृश्य मुझे अलौकिक-सा लग रहा था। बार-बार मन में हिलोर-सी उठती : मैं कराची में हूँ, इस अजनबी शहर को पहली बार देख रहा हूँ। मैं बार-बार अपनी पत्नी से कहता, वह देखो, धुन्ध के पीछे लगता है, जैसे कोई जंगल हो! पर वास्तव में वह जंगल नहीं होगा, वह समुद्र होगा, जो दिन के समय साफ नीला, नीली चादर-सा बिछा होगा।

मेरी पत्नी चुप थी। उसके लिए वह रात उसकी जिन्दगी की सबसे भयानक रातों में से थी। उसके दिल में दहशत-सी उठ रही थी। और मेरी माँ भी चुप थी। वह अपने दोनों घुटने पकड़े बैठी थी, क्योंकि उसे गठिया का रोग था और बाहर सर्दी में उसका रोग बढ़ जाता था।

फिर धीरे-धीरे मैदान पीछे छूट गए और धुन्ध में से मकानों और मकानों की पाँतें उभर-उभरकर सामने आने लगीं। यहाँ भी चारों ओर हवा में धुन्ध तैर रही थी। कहीं-कहीं पर तेज हवा के कारण धुन्ध के घने रेशे फटे चीथड़ों की तरह धुन्ध से अलग होकर, ऊपर की ओर उठने लगते। किसी-किसी वक्त सारा मंजर एक कब्रिस्तान का-सा जान पड़ने लगता। वैसी ही चुप्पी, वैसा ही सन्नाटा और हू-हू करती हवा।

चाँदनी रात के कारण दृश्य और भी अनूठा लग रहा था—बिल्कुल अलौकिक-सा! मैं मन्त्रमुग्ध-सा उसे देखे जा रहा था। उसे मन पर अंकित करने की कोशिश कर रहा था कि जाड़े की रात पौ फटने से पहले कैसी होती है। चाहता था कि यह दृश्य मन पर अपनी स्पष्ट छाप छोड़ जाए, ताकि बाद में किसी कथा-कहानी में इसे उतार सकूँ। बाद में मुझे मालूम हुआ कि मेरी पत्नी बेहद घबरा उठी थी। उसने देश के बँटवारे के दिनों की मार-काट देखी थी, और वह डर रही थी कि इस सुनसान इलाके में कुछ भी हो सकता था। उस ड्राइवर को तो मालूम हो ही गया होगा कि हम कौन हैं, कहाँ के रहनेवाले हैं। वह करना चाहे तो कुछ भी कर सकता था। पर तुम इसे मेरी कमजोरी कहो या मेरे स्वभाव का गुण, मैं आड़े वक्त में भी अपने परिवार से कट जाता हूँ और अपनी ही स्थिति को एक दर्शक की तरह देखने लगता हूँ।

इसका अपना रस है, अपना मजा है। मुझमें बच्चों की-सी उत्सुकता जाग उठती है। मैं बड़े आग्रह से इन्तजार करने लगता हूँ कि अब आगे क्या होगा! एक-एक चीज पर से पर्दा उठने लगता है। एक-एक मोड़ मुड़ने पर नया मंजर आँखों के सामने खुलता जान पड़ता है। उस समय मैं सोच रहा था कि उस लेखिका का भाई कैसा होगा, उसकी शक्ल-सूरत अपनी बहन से मिलती-जुलती होगी या नहीं! उसके दाढ़ी होगी या नहीं! उसका घर कैसा होगा! लैम्पों पर शेड किस रंग के होंगे, आदि-आदि। मेरी पत्नी जब कभी मुझसे नाराज होती है तब मुझे स्वार्थी कहकर पुकारती है। वास्तव में मैं स्वार्थी नहीं हूँ, मेरा स्वभाव ही कुछ ऐसा है...

"सोसाइटी कॉलोनी आ गई साहिब, कहाँ उतरना है?"

ड्राइवर की आवाज थी। टैक्सी की रफ्तार धीमी पड़ गई थी। मैं जैसे चौंककर नींद से जागा। मैंने ध्यान से बाहर की ओर देखा। बाईं ओर मकानों की एक लम्बी पाँत दूर तक निकल गई थी और धुन्ध में खो गई थी। उसके सामने लम्बा-चौड़ा मैदान था, जिसमें कहीं-कहीं पर पेड़ खड़े थे।

"सलमा आपा के घर!" मेरे मुँह से निकला, पर मैं अपना वाक्य भी पूरा नहीं कर सका। यह मैं क्या कर बैठा हूँ? मुझे तो उस लेखिका के भाई का नाम तक मालूम नहीं, और यहाँ पर सैकड़ों मकान पाँत बाँधे खड़े हैं! मैं किसके घर का दरवाजा खटखटाऊँगा? मुझे उसके घर का नम्बर तक मालूम नहीं!

मैंने कभी उस आदमी को देखा नहीं, मैं उसे पहचानता नहीं, उसकी कभी तस्वीर तक नहीं देखी। मुझे तो बस, इतना-भर मालूम है कि वहाँ मैदान है, और पेड़ के नीचे बेंच है और धूप खूब निकलती है, वहीं कहीं सलमा आपा का भाई रहता है। यह भी नहीं मालूम कि बड़ा भाई है या छोटा भाई! यह मैं क्या कर बैठा? हाय रे, मेरी फितरत!

"यह तो बड़ी मुश्किल हुई भाई! अब करें तो क्या करें? सोसाइटी मुहल्ला बहुत बड़ा है वरना किसी के घर से पता लगा लेते!"

इस पर ड्राइवर खीजकर बोला, "साहिब, पता मालूम नहीं तो हवाई अड्डे पर ही मुझे बता दिया होता। मैं आपको लाता ही नहीं। न नाम, न धाम, मैं आपको कहाँ ले चलूँ?"

"अभी पता लगा लेते हैं, बिगड़ते क्यों हो यार, ऐसी भी क्या बात है!" मैंने बड़े इत्मीनान से कहा और दरवाजा खोलकर बाहर निकल आया।

अब सड़क पर खड़े होकर नजर दौड़ाई तो बाएँ हाथ मकानों की मील भर लम्बी पाँत थी, जो दूर धुन्ध में खो गई थी और दाएँ हाथ भी, मैदान के पार, मकानों का सिलसिला शुरू हो गया था। मकान और धुन्ध, और धुन्ध और धुन्ध!

मैं सड़क पार करके मकानों की ओर जाने लगा। तभी मेरी पत्नी की सहिष्णुता चुक गई और वह चिल्लाकर बोली, "कहाँ जा रहे हैं आप? मैं तो आपको कहीं नहीं जाने दूँगी। लौट आइए।" और इसी अन्दाज में ड्राइवर से बोली, "इधर नजदीक कोई होटल हो तो हमें वहीं ले चलिए, नहीं तो वापस हवाई अडडे पर पहुँचा दीजिए।"

"देखो, अभी पता चल जाएगा, घबराती क्यों हो!" मैंने कहा और फिर ड्राइवर की ओर मुखातिब हुआ, "भाईजान, यह मुहल्ला कितना बड़ा होगा?"

"यह मुहल्ला नहीं, शहर है। यहाँ पर हजारों लोग बसते हैं।"

"तो बिगड़ते क्यों हो, यार, हम वापस लौट चलते हैं। नहीं जाते सलमा आपा के भाई के घर। आपा ने कभी बाद में शिकायत की तो कह देंगे कि हम तो गए थे, पर हमें तुम्हारे भाई का घर ही नहीं मिला। तुम क्यों परेशान होते हो, तुम्हें तुम्हारे पूरे पैसे मिल जाएँगे।"

मैं कार के अन्दर लौट आया। मुझे थोड़ी झेंप-सी हुई। इतनी दूर ले आया और घर का पता नहीं बता सका। चलो, कोई फिक्र नहीं, हर इनसान से गलतियाँ हो जाती हैं। इस सूरत में पत्नी का ही सुझाव ठीक है कि नजदीक ही किसी होटल में चले जाते हैं, अगर नहीं है, तो वापस हवाई अड्डे पर ही रात गुजार लेते हैं।

ड्राइवर कुछ बड़बड़ाया और कार मोड़ दी। मुझे पराजय का-सा भास हुआ। क्या बुरा था, अगर किसी का दरवाजा खटखटा लिया होता!

मोटर फिर दौड़ने लगी। ड्राइवर बार-बार कुछ बुदबुदाता और सिर झटकता।

"धीरे चलाओ, मेहरबान!" मैंने ड्राइवर से कहा, "हम तुम्हारे देश में पहली बार आए हैं। जैसा तुम हमारे साथ व्यवहार करोगे, उसी से हम अन्दाज लगाएँगे कि तुम्हारे देश के लोग खुशमिजाज हैं या रूखे स्वभाव के!"

ड्राइवर फिर कुछ बुदबुदाया, जो गाली भी हो सकती थी और अपनी किस्मत का रोना भी।

गाड़ी चली जा रही थी और धीरे-धीरे हम सोसाइटी के इलाके से बाहर निकल रहे थे। मेरी तैरती आँखें फिर से चारों ओर छाई धुन्ध, उसके भीतर से उभरनेवाले पेड़-पौधों, मकानों की दीवारों, मैदानों और पार्कों में खोने लगी थीं। मेरा मन फिर से बेसुध होता जा रहा था। वर्तमान से कटकर कराची की अलौकिक नगरी में विचरने लगा था।

तभी सहसा मेरे दिमाग में कुछ कौंध गया। ठक-से जैसे कुछ हुआ। मुझे लगा, हम अपनी मंजिल पर पहुँच गए हैं। यही वह जगह है जहाँ हमें जाना है। एक दृश्य चित्रवत मेरी आँखों के सामने स्थिर हो गया था—मैदान में बड़ा-सा पेड़, और पेड़ के नीचे बेंच और ऐन सामने सड़क के पार सलमा आपा के भाई का घर। यही वह जगह है, यही सलमा के भाई का घर है!

"बस, ड्राइवर, गाड़ी रोक दो। यही जगह है।" मैंने इत्मीनान से कहा, "उतरो भाई, घर आ गया!"

सभी चुप थे। ड्राइवर ने गाड़ी रोक तो दी थी, पर अभी भी मेरी ओर देखे जा रहा था। पत्नी भी कुछ नहीं बोली—न माँ, न बड़ी बेटी। और मेरे शरीर में से जैसे सफर की सारी थकान जाती रही थी। मैं मन-ही-मन बड़ा आश्वस्त महसूस करने लगा था, और कार का दरवाजा खोलकर बाहर निकल आया था।

"आपको अब कैसे पता चल गया है कि यही घर है? पहले पूछ तो लीजिए, क्या मालूम, यह घर न हो!" पत्नी की आवाज थी।

पर मेरी आँखें अपने सामने उस समूचे दृश्य को पहचान रही थीं। यही घर है, यही स्थान...पेड़ और पेड़ के नीचे बेंच, और सड़क के पार बँगला।

"उतारो जी, उतारो सामान, अब देर न करो!"

मैंने सड़क पार की और छोटी-सी ढलान उतरकर बँगले के फाटक के पास जा पहुँचा। सबकुछ वैसा ही था, जैसा सलमा आपा ने बयान किया था! मैंने धीरे से फाटक खोला और आँगन लाँघकर बरामदे में जा पहुँचा। घर खामोशी में डूबा हुआ था, कोई कुत्ता तक नहीं भौंका। और मुझे नहीं लग रहा था कि यह किसी अजनबी का घर है। सब जाना-पहचाना-सा लग रहा था। चौड़ा बरामदा, उसमें खुलनेवाले दो दरवाजे, जो उस वक्त बन्द थे। इन्हीं बन्द दरवाजों के पीछे सलमा का भाई रहता है। बड़े इत्मीनान से मैं बरामदे में खड़ा था। मैंने हाथ बढ़ाकर घंटी बजाई। अपने-आप ही जैसे घंटी का बटन मेरे हाथ में आ गया था। अन्दर दूर कहीं घंटी बजी। इस बीच बड़ी बेटी भी बरामदे में पहुँच गई थी। छोटी बेटी फाटक के पास खड़ी खाँस रही थी। पत्नी मोटर के पास खड़ी थी, शायद इस इन्तजार में कि मैं सामान उतारने को कहूँगा, तभी वह सामान उतरवाएगी।

दूसरी बार घंटी बजाने पर अन्दर आहट हुई। फिर बन्द दरवाजों के ऊपर लगे शीशे सहसा चमक उठे। अन्दर हरकत हुई। कदमों की आहट आई। फिर सहसा बरामदे में बत्ती जल उठी। इस बीच छोटी बेटी भी बरामदे में पहुँच गई थी, वह अभी भी बराबर खाँसे जा रही थी। और माँ, शायद ठिठुरन से बचने के लिए, दोनों हाथ घुटनों पर रखे, झुककर धीरे-धीरे चलती हुई, बरामदे में पहुँच गई थी और बरामदे में रखे तख्तपोश पर बैठ गई थी।

दूसरे क्षण दरवाजा खुला और हमारे सामने एक सफेदरेश छरहरे बदन का वयोवृद्ध व्यक्ति खड़ा था। उसने लम्बा-सा चोगा पहन रखा था और सिर पर एक छोटी-सी चिन्दिया टोपी थी।

"माफ कीजिए, हम लोग जाम्बिया से आ रहे हैं।" मैंने कहा, "हवाई जहाज देर से पहुँचा है इसलिए आपको परेशान किया। सलमा आपा ने बताया था कि आप सोसाइटी कॉलोनी में रहते हैं..."

हमारे सामने खड़ा वह सफेदरेश बुजुर्ग तैरती-सी आँखों से मेरी ओर देख रहा था। ठिठुरन बहुत थी और दरवाजा खोलने पर ठंडी हवा के झोंके के कारण उसे भी कँपकँपी हो आई थी। बिटिया अब भी बराबर खाँसे जा रही थी।

"मैंने अपने एक एडीटर दोस्त को तार तो दिया था, लेकिन हवाई जहाज देर से पहुँचा। कोई हमें लेने नहीं आया। तभी सोचा, आप ही को परेशान करें..." मैं कहकर मुस्कराया।

क्षण-भर के लिए उस बुजुर्ग की आँखें मुझ पर ठिठकीं, फिर तैरती नजर से उसने परिवार के अन्य सदस्यों को देखा, फिर उसके चेहरे पर क्षीण-सी मुस्कराहट आई—पहचान और सद्भावना की मुस्कराहट, और उसने दरवाजा खोल दिया, "चले आइए।"

यही उत्तर हो सकता था। कोई दूसरा उत्तर सम्भव ही नहीं था, मानो यह उत्तर भी मैंने पहले ही सुन लिया हो!

हम अन्दर चले आए। मुझे बैठक भी जानी-पहचानी-सी लगी—छोटी आरामदेह।

बच्चे बैठ गए। माँ भी एक ओर को एक पँधूड़े पर बैठ गई। मैं सामान लाने और ड्राइवर का हिसाब चुकाने बाहर चला गया। सामान लाने में ड्राइवर ने मेरी मदद की और मैंने भी उसे किराये के अलावा अच्छा इनाम दिया।

जब मैं अन्दर पहुँचा तब बड़े मियाँ छोटी बच्ची के सिर पर हौले-हौले हाथ फेर रहे थे और उसकी खाँसी के बारे में पूछ रहे थे, "अब तुम्हारी खाँसी ठीक हो जाएगी। गर्म-गर्म बिस्तर में लेटते ही ठीक हो जाएगी। लो, मैं सबसे पहले तुम्हारे सोने का इन्तजाम कर दूँ...."

और बड़े मियाँ उठ खड़े हुए और पिछले कमरे में चले गए।

"बहुत भला आदमी है।" माँ बुदबुदाई। पहली बार माँ बोली थी।

माँ के इस वाक्य से मुझे अचम्भा हुआ। सलमा का भाई है, हमारे साथ क्या बेरुखी से पेश आएगा? सलमा का नाम लेने की देर थी कि इन्होंने झट से दरवाजा खोल दिया।

शीघ्र ही सलमा का भाई लौट आया और दहलीज के पास खड़े-खड़े बोला, ''सबसे पहले बच्ची को सुला लें, फिर मैं आप लोगों के सोने का इन्तजाम करूँगा। आओ बेटा...''

उसने कहा और बच्ची का हाथ थामे उसे अन्दर ले गया।

बुजुर्ग चुपचाप सब काम करता रहा। घर में नौकर कोई नहीं जान पड़ता था। अगर होता भी तो शायद उस वक्त वह उसे नहीं उठाता। बच्ची को सुला चुकने के बाद वह माँ को लिवाने आ गया।

जब परिवार के सभी लोग आराम से लेट गए, तब वह बैठकखाने में मेरे पास आ बैठा।

''हमारी किस्मत अच्छी थी जो आप घर पर मिले। सलमा बहन तो आपका जिक्र करते थकती नहीं थीं। आज जब हवाई जहाज देर से पहुँचा तब मुझे खट से आप ही की याद आई। मैंने आपको परेशान किया...''

हल्की-सी मुस्कान बुजुर्ग के होंठों पर खेल रही थी। वह सिर हिलाकर बोले, ''कैसी है सलमा?''

''ठीक है, तन्दुरुस्त है। वह भी आप ही की तरह बड़ी नेकसीरत हैं। जब उन्हें पता चलेगा कि हम आपसे मिलकर अपने देश लौटे हैं, तब उन्हें बेहद खुशी होगी। वह आपका बहुत जिक्र करती हैं। उन्हें भी अफसाने लिखने का शौक है, मुझे भी। इसी तरह हमारी जान-पहचान हुई। देखिए, कितनी अजीब बात है, मुझे आपके घर का ठीक-ठीक पता भी मालूम नहीं था, पर सलमा इतनी तफसील से इसका बयान करती थीं कि मेरे जेहन पर उसकी साफ तस्वीर बैठ गई...''

वह मुस्करा रहा था—दूर पार की मुस्कान जो हर नेकसीरत इनसान के चेहरे पर खिली रहती है। फिर सिर हिलाकर बोला, ''रात हो गई है और आप थककर आए हैं। आराम कीजिए।''

और वह उठकर पीछे की ओर चला गया।

अब बोलो, अन्त:प्रेरणा के बारे में क्या कहते हो? सोसाइटी कॉलोनी में सैकड़ों घर थे, दर्जनों सड़कें और गलियाँ थीं, पर उस पेड़ के पास से गुजरने की देर थी कि खट् से मुझे पता चल गया कि हम ठिकाने पर पहुँच गए हैं। वहाँ

पर बीसियों पेड़ भी थे, और पेड़ों के नीचे बेंच भी बिछे थे, पर वही पेड़, वही बेंच, वही मकान...

दूसरे दिन हम लोग वहाँ से चले आए। एडीटर से टेलीफोन पर बात हो गई और वह हमें लिवा ले गया। सलमा आपा के भाई के साथ वह हमारी पहली और आखिरी मुलाकात थी।

मुझे देस लौटे वर्षों बीत चुके हैं, जिन्दगी कितने ही मोड़ काट चुकी है, लेकिन सलमा के भाई का चेहरा बार-बार आँखों के सामने आ जाता है। वह इनसान नहीं, फरिश्ता था। मन में बसी उसकी छाप इतनी नाजुक है कि मैं उसे ज्यों-का-त्यों सँजोए रखना चाहता हूँ। डरता रहता हूँ कि कहीं कोई ऐसी बात न हो जाए कि उस चित्र में हल्का-सा भी बाल आ जाए।

तुम मानोगे नहीं, मैंने अभी तक सलमा आपा से भी अपनी चिट्ठियों में इसका जिक्र नहीं किया कि हम एक रात तुम्हारे भाई के यहाँ ठहरे थे! वह इसलिए कि कहीं सलमा आपा जवाब में यह न लिख दें कि नहीं, वह तो मेरे भाई नहीं थे। और लगता है कि उस नेकसीरत बुजुर्ग ने भी अपनी बहन को इसके बारे में कुछ नहीं लिखा। वह लिखेगा ही क्यों? सलमा को इसके बारे में लिखना, एक तरह से उस पर एहसान जताना होगा कि मैंने तुम्हारे मित्र को अपने घर पर पनाह दी थी।

निशाचर

अभी रात का तीसरा पहर ही चल रहा है। हवा में कुछ कोहरा, जाड़ों की भयानक जकड़न है—उस पर अँधेरा और गहरा मौन। दूर कहीं, किसी चौकीदार की लाठी की पट-पट के अलावा कहीं कोई शब्द सुनाई नहीं देता।

मोहल्ले में पानवाले की दुकान देर तक खुली रहती है, पर वह भी ग्यारह बजते न बजते बत्ती बुझा देता है और ताक चढ़ाकर सो जाता है। इक्का-दुक्का व्यक्ति, या कोई दम्पती, कहीं से लौटते हुए मोहल्ले में आते हैं और ठिठुरते, सी-सी करते मुँह-सिर लपेटे अपने घरों में घुस जाते हैं। सिनेमाघर में रात का शो समाप्त होने पर कुछ देर के लिए सड़कों पर फिर से अटपटा-सा शोर सुनाई देता है, पर ये लोग भी जल्दी ही बिखर जाते हैं और मोहल्ले में फिर से मौन छा जाता है। गलियों के आवारा कुत्ते, देर तक भूँकते, एक-दूसरे के पीछे भागते रहने के बाद, बिखर गए हैं। कोई किसी तख्ते के नीचे, कोई ढाबेवाले के तन्दूर के साथ सटकर, तो कोई किसी सूखी नाली में, जिसे जहाँ पनाह मिली है, पसरकर सो गया है।

यह लगभग तीन और चार बजे के बीच का समय है। पर रोज की तरह आज भी, इस धुन्ध और कोहरे के बीच, चुपके-चुपके, मोहल्ले में मानो प्रेत उतर आए हैं। लगभग हर रात ये कहीं से आते हैं और मोहल्ले में जगह-जगह छितर जाते हैं।

ये स्त्रियाँ हैं, रद्दी कागज बटोरने आई हैं। जहाँ कहीं कोई फटा कागज, दफ्ती का टुकड़ा, कोई फेंकी हुई चीज पड़ी मिलेगी, उसे झपटकर उठा लेंगी और कन्धे से लटकते अपने झोले में डाल लेंगी कोई थिगलियाँ, कोई सूखी लकड़ी के टुकड़े, अधजले कोयले, जो जहाँ से मिलेगा और पौ फटने से पहले ही मोहल्ले में से निकल जाएँगी।

दूध के बूथ के पास, चौराहे पर, केसरो भी अपनी छोटी-सी बेटी को साथ लेकर आई है। बेटी भी अब रद्दी चुनती है। वह माँ से भी ज्यादा फुर्तीली है। जितनी देर में माँ एक गली खत्म करती है, बेटी उतनी ही देर में दो-दो गलियाँ पार कर जाती है। धुन्ध में लिपटी, दोनों सचमुच प्रेत ही नजर आती हैं। चौराहे पर तनिक

देर के लिए ठिठके रहने के बाद, माँ ने अपनी ठिठुरती बेटी को पिछली गली में भेज दिया है और स्वयं सड़क पर आ गई है, और अपने काम में जुट गई है।

यों तो उठाने के लिए सब चलता है—खाली डिब्बे, बोतलें, चिथड़े, उड़ते कागज, पर केसरो अपना झोला अक्सर रद्दी कागजों से ही भरती है, क्योंकि आठ आने किलो पर, कागज जैसा भी हो, बिक जाता है। खाली डिब्बों और बोतलों और चिथड़ों की बात दूसरी है, वे मिलते ही कितने हैं!

आज रात-भर हवा साँय-साँय करती रही है। सारे रास्ते बेटी के दाँत कटकटाते रहे हैं। चलते जाओ तो बदन गर्म हो जाता है। साँय-साँय करती अगर ऐसी हवा न होती तो बदन में ऐसी ठिठुरन नहीं होती, एक-एक झोंके में सौ-सौ नश्तर नहीं चुभते। माँ की काठी तो पक्की हो चुकी है, सर्दी-गर्मी में मरीज की तरह चलती रहती है, पर बेटी की काठी अभी कच्ची है। जाड़े में ठिठुर-ठिठुर जाती है। मोहल्ले में जगह-जगह खड़े पेड़ों पर सूखे पत्ते गिरते रहे हैं, कहीं-कहीं पर, पेड़ों के नीचे सूखी टहनियाँ भी बिखरी पड़ी हैं। केसरो के मन में आया, भागकर जाए और बेटी को सूखी टहनियाँ चुनने को कहे, पर वह मुड़ी नहीं, सोच में पड़ गई। सूखी टहनियों से क्या होगा, जल ही तो जाएँगी! जितनी देर में टहनियाँ बटोरेगी, उतनी देर में कागज बटोर लेने से दो पैसे तो हाथ लगेंगे, और फिर दुश्मन का क्या भरोसा, किसी ओर से कोई और चुड़ैल पहुँच जाए और रद्दी बटोरने लगे!

रद्दी बटोरने का सबसे पहला उसूल यही है, पहले झपटकर हाथ लगे, उठा लो। इधर-उधर नहीं देखो। पहले उठाओ और झोले में डालो और आगे बढ़ जाओ, मुड़कर भी नहीं देखो। क्या उठाया, क्या नहीं उठाया, इसका हिसाब बाद में होता रहेगा।

आज दिन अच्छा था। सड़क खाली थी, और माँ-बेटी वक्त से पहले चली आई थीं। मोहल्ले में पहुँचने पर हवा भी कुछ थम गई थी। उड़ते कागजों के पीछे भागना नहीं पड़ता था। एक जगह पर तो ढेरी-की-ढेरी मिल गई थी। मोहल्ले में सन्नाटा था, पर रह-रहकर केसरो के दिल में दहशत भी उठती थी। जमादार के आने से पहले जो हाथ लगे, बटोर लो। एक बार वह पहुँच गया तो जाने कुछ हाथ लग पाएगा या नहीं। जब से जाड़ा तेज हुआ, गली का जमादार गली में पहुँचने पर सबसे पहले बिखरी खपचियाँ, कागज, थिगलियाँ बटोरकर आग जला देता है और आग पर दोनों हाथ फैलाए बैठ जाता है और आग तापता है, अपना बदन गरमाता रहता है। जो वह आ गया तो कुछ भी हाथ नहीं लगने देगा। जमादार बड़े बेरहम होते हैं। हर साल जाड़ों में ऐसा ही होता है। कुछ दिन ही पहले केसरो को पहुँचने में देर हो गई थी, तो जमादार पहले से रद्दी कागज जलाकर बैठा आग ताप रहा था। उस दिन केसरो सिर से पाँव तक सिहर उठी थी। ढेर-सी रद्दी आँखों के सामने जलकर राख हो रही थी। केसरो का मन हुआ था, अभी भी लपककर जाए और हाथ बढ़ाकर जितनी रद्दी जलती ढेरी

में से खींच सकती है, खींच ले। पर हरामी जमादार, आग तापना चाहता था, उसे देखते ही गालियाँ बकने लगा था। अभी वक्त रहते जो मिलता है, उठा लूँ और जमादार के आने के पहले ही यहाँ से निकल जाऊँ। जमादार का क्या भरोसा, उसके सामने रोते-चिल्लाते-गिड़गिड़ाते भी रही तो वह ढेरी में से रद्दी नहीं उठाने देगा, बल्कि तुम्हारे झोले में से भी रद्दी निकालकर जलती आग में झोंक देगा।

दर्जी की दुकान के बाहर आज कतरनें नहीं थीं। केसरो का माथा ठनका। जरूर कोई चुड़ैल पहले से यहाँ से होकर गई है, नहीं तो कुछ कतरनें तो पड़ी मिल ही जाती हैं। केसरो कतरनें तब उठाती है जब कागज न मिले। रद्दी कागज में बरकत है, भले ही भाग-भागकर एक-एक कागज उठाना पड़ता है। एक किलो भी बन जाएँ तो आठ आने मिल जाते हैं, और सरदार लेने से इनकार नहीं करता। कतरनें ढेर-सी भी उठा लो तो उनमें बरकत नहीं। सरदार का मन आए तो कतरनों को रख ले, नहीं आए तो बाहर फेंक दे और गालियाँ बकने लगे।

सड़क लाँघकर मोड़ मुड़ने की देर थी कि केसरो को ढाबे के सामने कुछ हिलता नजर आया। केसरो ठिठकी। कहीं कुत्ता तो नहीं? ढाबे के तन्दूर के पास झबरैला कुत्ता सोया रहता है, पर नहीं, यह तो वही चुड़ैल है—लछमी। कतरनें बुहार लेने के बाद वह यहाँ पहुँच गई है, और तन्दूर की राख में से जले-अधजले कोयले बीन रही है। लछमी तो कोयले बीन रही है। वह तो चूल्हा जलाती है। अच्छा है जो आज लछमी कोयला बीन रही है, कागज तो नहीं बटोर रही है। केसरो जब ढाबे के पास आई थी तो उसने सचमुच समझा था, जैसे झबरैला कुत्ता बैठा है। यह तो लछमी ने तन्दूर की ओर हाथ बढ़ाया तो वह समझ गई कि लछमी बैठी है। अँधेरे में क्या मालूम, कौन बैठा है! केसरो तो कुत्ते के डर से इधर आती ही नहीं, वह तो सीधा पिछली गली में चली जाती है। कोई और इधर से निकले तो कुत्ता नहीं भूँकता, पर जो केसरो दूर से भी आती नजर आ जाए तो भूँकने लगता है, और लगता है कि अभी झपटा कि झपटा। लछमी कहती है—तेरी फटी धोती में से लीरें लटकती हैं, इसीलिए भूँकता है। वह तेरे झोले से नहीं डरता, वह तेरी लटकती लीरों से डरता है। लटकती लीरों से भी भला कोई डर सकता है? वह कहती थी—कुत्ता बड़ा समझदार होता है, वह साबुत कपड़ों पर नहीं भूँकता। मेरे कपड़े साबुत हैं, इसलिए मुझ पर कभी नहीं भूँकता। वह लटकते चिथड़ों पर भूँकता है, इसीलिए तुम पर भूँकता है। इसीलिए कुत्ते भिखारियों-भिखमंगों पर भूँकते हैं।

गली लाँघकर छोड़ी सड़क पर आने की देर थी, कि केसरो की किस्मत खिल उठी। कागजों की छोटी-सी ढेरी अँधेरे में भी चमकती दिखाई दी। केसरो लपककर आगे बढ़ी। भला हो बाबू का, आज फिर रद्दी की टोकरी अपने-आप पटरी पर उँडेल गया है। किसी-किसी रात, बाबू अपने-आप ही टोकरी खाली कर जाता है। केसरो लपककर पहुँची और हाथ भर-भरकर थैले में डालती गई। कुछ नहीं तो

पाँच-छः मूठ रही होंगी। फटे हुए कागजों का मोल कम नहीं होता, पर मेरा बस चले तो मैं बाबू से कहूँ—बाबूजी, कागज फाड़ा नहीं करो, यों ही फेंक दिया करो, मैं यों ही उठा लिया करूँगी।

केसरो आश्वस्त हुई। वक्त रहते पहुँच जाओ तो सब काम सुभीते से होने लगते हैं। ढेरी-की-ढेरी कागज मिल जाने से उसे अच्छा लगा था।

पर बेटी कहाँ है? अभी तक तो उसे इस गली में पहुँच जाना चाहिए था। वह तो काम में बड़ी चुस्त है, मिनटों में गली साफ कर जाती है। वह अभी तक यहाँ पहुँची क्यों नहीं? यहीं पर पिछवाड़े की गली खुलती है, और यहीं पर माँ-बेटी अपनी-अपनी गलियाँ लाँघकर एक-दूसरी से मिलती हैं और फिर यहाँ से, अपने-अपने झोले उठाए, मार्केट की ओर बढ़ जाती हैं।

अँधेरे में नजर भी तो नहीं आता। क्या मालूम, पेड़ के पीछे हो! फलोंवाले के खाली बक्से भी तो पड़े रहते हैं, पर आज तो वहाँ पर कुछ भी नहीं था—न खाली बक्से, न सुआल। बेटी वहाँ होती तो नजर आ जाती। हर रोज तो बेटी पहले यहाँ पहुँच जाती है! अभी केसरो पेड़ से दूर ही होती है कि पेड़ के नीचे उसका डोलता साया नजर आने लगता है।

केसरो ठिठकी खड़ी रही। मुई ने देर कर दी, कहीं किसी के आँगन में न जा घुसी हो! या क्या मालूम, कहीं ढेर-सी रद्दी पड़ी मिल गई हो और उसको बटोरने में उलझ गई हो! पर घरों के बाहर रद्दी के ढेर कहाँ मिलते हैं, वहाँ तो कचरा मिलता है।

केसरो को चिन्ता हुई। रात का अँधेरा छँटने में देर नहीं थी, अभी से कहीं-कहीं पर दरवाजे खुलने की आवाजें आने लगी थीं। केसरो पेड़ों के नीचे से हट गई और उन्हीं कदमों बेटी को देखने के लिए पिछली गली की ओर जाने लगी, जहाँ से बेटी आया करती थी।

केसरो पिछवाड़े की गली लाँघ गई पर उसे बेटी नजर नहीं आई। उसके मन में खीज उठी, यह वक्त काम का है, मैं काम करूँ या इस मुई को ढूँढ़ती फिरूँ? केसरो का मन हुआ, लौट जाए, दिन चढ़ने पर अपने-आप कहीं से निकलती नजर आ जाएगी, पर उसका मन नहीं माना और वह आगे बढ़ती गई।

गली सूनी पड़ी थी। दो-तीन जगह पर केसरो को बिखरे कागज भी मिले, उसने आगे बढ़कर उठा लिये। एक जगह जहाँ सीढ़ियाँ-सीढ़ियाँ ऊपर को जाती थीं, एक खाली डिब्बा भी मिला जिसे केसरो ने झोले में डाल लिया। पर बेटी यहाँ पर नहीं थी। आई होती तो यहाँ पर कागज ही बिखरे क्यों मिलते?

क्या मालूम, बेटी ने कोई दूसरा रास्ता पकड़ लिया हो! मुई पूछती भी तो नहीं, बताती भी तो कुछ नहीं, डोलती हुई किधर से किधर निकल जाती है। केसरो उसे यहाँ ढूँढ़ रही है, क्या मालूम वह अभी से मार्केट में पहुँच गई हो! केसरो मन-ही-

मन कुढ़ती जाती और आगे बढ़ती जाती। मैं इसे खोजूँ या अपना काम देखूँ? अभी झोला आधा भी नहीं भरा है।

एक के बाद एक गली लाँघ जाने पर भी जब उसे बेटी नजर नहीं आई तो केसरो बड़बड़ाने लगी और बेटी को बुरा-भरा कहने लगी—बदजात, कलमुँही, न जाने कहाँ लोप हो गई है! अब तो बिखरा कागज भी सामने आ जाता तो उसे भी उठाने को मन नहीं करता था। पहले उसकी तो सुध लूँ, न जाने कलमुँही ने किधर मुँह कर दिया है! कल से मैं उसे अपने साथ रखूँगी। मुई को अपनी नजर से ओझल ही नहीं होने दूँगी। यहाँ तरह-तरह के लोग घूमते हैं, जवान बेटी को भी कोई अकेला छोड़ता है! मेरी अक्ल मारी गई जो मैंने उसे अकेला जाने दिया।

केसरो गली के नाके पर जा पहुँची, और सड़क का छोटा-सा हिस्सा लाँघकर अगली गली में घुसने ही वाली थी जब एक घर की पिछली सीढ़ी पर उसे कोई गट्ठर-सा पड़ा नजर आया। उसके कदम थम गए। पास पहुँची तो उसे हल्की कराहने की आवाज सुनाई दी, जैसे कोई बच्चा दर्द में कराह रहा हो! कभी-कभी कुत्ता भी रिरियाता है तो लगता है, कोई बच्चा रो रहा है। पर नहीं, आवाज मानस की ही थी, कुत्ते की नहीं थी।

घबराकर केसरो उसके पास जा पहुँची। सीढ़ियों पर उसकी बेटी ही औंधी पड़ी थी और हौले-हौले सिसक रही थी। काँपती, बेहोश-सी आवाज में ऊँ-ऊँ-ऊँ-ऊँ किए जा रही थी। सीढ़ियों के नीचे बेटी का थैला पड़ा था।

पलक मारते ही केसरो समझ गई कि बेटी ठंड खा गई है, उसे जूड़ी चढ़ी है। आज सुबह बाहर निकलने पर ही बेटी के दाँत कटकटा रहे थे पर केसरो ने समझा था कि चलती हुई जब गलियाँ लाँघने लगेगी तो इसका शरीर गरमा जाएगा। पर ऐसा नहीं हुआ था और यहाँ पहुँचकर उसे जूड़ी चढ़ गई थी।

केसरो ने अपना थैला कन्धे पर से उतार फेंका और बेटी के पास जा बैठी। बेटी के हाथ ऐंठ रहे थे और सिवाय हल्की-सी ऊँ-ऊँ के उसे किसी बात की सुध नहीं थी। उसका शरीर भी अकड़ रहा था।

'जूड़ी चढ़ी है। तू ठंड खा गई है।' केसरो बुदबुदाई और अपना हाथ बेटी के सिर के नीचे दिया और दूसरा हाथ कमर के नीचे देकर उसे घसीटकर सीढ़ियों पर से उतार लाई। सीढ़ियों पर एक ओर को, एक खाली बोतल रखी थी। लगता था, केसरो की बेटी बोतल उठा पाने के लिए आगे बढ़ी थी, पर फिर ठंड खा जाने के कारण वहीं निढाल हो गई थी।

केसरो उसके ऐंठे हुए हाथ को अपने हाथों में लेकर जोर-जोर से मलने लगी। अपने मुँह में से अपनी गर्म साँस उसके मुँह पर डालने लगी। उसे खींचकर अपनी गोद में ले लिया, पर लड़की की ऊँ-ऊँ बराबर बनी रही। उसका शरीर ऐंठ रहा था। उसमें कोई हिस-हरकत नहीं थी।

ठंड के कारण केसरो के अपने दाँत बजने लगे थे। चलते रहो तो ठंड नहीं लगती। जो एक बार बैठ जाओ तो शरीर में बीसियों तीर एक साथ चुभने लगते हैं।

दिन खुलने में अभी देर थी। कब सूरज निकलेगा और सूरज के ताप में बेटी के बदन को गर्माइश मिलेगी? इतना घना कोहरा कब छितरेगा? कब हवा की साँय-साँय बन्द होगी? कब दिन के उजाले में उसका बदन सीधा होगा?

केसरो ने झुककर बेटी के चेहरे की ओर देखा—पिचके हुए मुँह में दाँत जुड़ गए थे, चेहरा भी जैसे नीला पड़ गया था। लड़की को बिल्कुल होश नहीं था।

केसरो झट से उठ खड़ी हुई। उसने बेटी का थैला उठाकर खाली कर दिया और खाली झोला बेटी पर डाल दिया। फिर अपना थैला उठाया, उसे भी खाली किया और बेटी पर डाल दिया। बेटी अभी तक थोड़े-से कागज और दो खाली डिब्बे ही उठा पाई थी।

धीरे-धीरे धुन्ध में उजाले का भास होने लगा था। जगह-जगह घरों के दरवाजे खुलने की आवाजें आने लगी थीं। केसरो को एक ही बात का डर था, जमादार के आने से पहले अगर बेटी का बदन गरमा जाए तो वह फिर से अपनी रद्दी बोरों में डालकर आगे बढ़ जाएगी, न हुआ तो सड़क-किनारे बैठी रहेगी। पर अगर जमादार की नजर पड़ गई तो रद्दी की ढेरी में से एक पुर्जा भी नहीं बचेगा। वह पहुँचते ही उसे दियासलाई लगा देगा और आग तापने बैठ जाएगा। यह सोचते ही केसरो बिफर उठी। अगर उसने मेरी ढेरी को हाथ लगाया तो मैं उसकी आँखें नोच लूँगी। मैं चिल्ला-चिल्लाकर सारा मोहल्ला जगा दूँगी। केसरो ने अपनी बेटी की ओर देखा, बेटी के होंठ अभी भी बन्द थे, और पतला सा चेहरा नीला-नीला लग रहा था। उसके हाथ अभी भी ऐंठे हुए थे, पर केसरों को विश्वास था कि दोनों थैले बेटी पर डाल देने से धीरे-धीरे उसका शरीर गरमाने लगेगा।

तभी आँख उठाकर केसरो ने देखा तो धुन्ध में उसे जमादार की धुँधली-सी आकृति नजर आई। गली का जमादार चला आ रहा था—झाड़ू कन्धे पर रखे हुए। धुन्ध में वह और भी बड़ा विकराल नजर आ रहा था। धुन्ध में लगता था, आगे बढ़ता आ रहा है। उसका आकार और बड़ा होता जा रहा है। केसरो सिहर उठी। उसके कानों में बेटी की ऊँ-ऊँ अभी तक सुनाई दे रही थी।

फिर न जाने केसरों को क्या सूझी, उसने अंटी में से माचिस की डिबिया निकाली और झट से रद्दी की ढेरी में आग लगा दी। पहले तो हल्का-सा धुआँ उठा फिर भभक-भभक शोले उठने लगे। कागज जलते हैं तो उनमें से लाल-लाल लपटें उठती हैं, पर जितनी जल्दी उनमें वे लपटें उठती हैं, उतनी ही जल्दी लपटें बैठ भी जाती हैं।

जलते शोलों के ऊपर, धुन्ध में आँखें गाड़े, केसरो ने ध्यान से देखा—जमादार वहाँ पर नहीं था। जमादार सचमुच वहाँ पर नहीं था। केसरो आँखें फाड़-फाड़कर

धुन्ध में देखे जा रही थी—जमादार सचमुच वहाँ पर नहीं था। वह इधर आता-आता कहीं घूम गया था। क्या वह वहाँ पर पहले था भी या नहीं ? क्या उसे भ्रम हुआ था ?

उजाला होने लगा था। मोहल्ले में जगह-जगह आवाजें सुनाई देने लगी थीं। और इन आवाजों के नीचे रात का सन्नाटा काँच की दीवार की तरह टूट-टूटकर बिखरने लगा था। अखबार बाँटनेवाले पहुँच गए थे। जगह-जगह किवाड़ खुलने लगे थे, खाँसने-खँखारने की आवाजें आने लगी थीं। कोई छड़ी पटपटाता घूमने के लिए निकल रहा था, कोई बुढ़िया जाप जपती मन्दिर की ओर जाने लगी थी। जगह-जगह नल चलने की आवाजें आने लगीं।

बेटी की समतल साँस केसरो की छाती पर पड़ रही थी। बेटी के चेहरे पर रंगत आ गई थी। हाथ-पैर सीधे होने लगे थे। बेटी अब ठिठुर नहीं रही थी, बल्कि मीठी नींद में डूबती जा रही थी।

आग के शोले उठने बन्द हो चुके थे। जहाँ लाल-लाल शोले उठते रहे थे, वहाँ अब काली राख का ढेर उसके सामने पड़ा था, जिसमें से अभी भी थोड़ा-थोड़ा धुआँ उठ रहा था। जले हुए कागज उड़-उड़कर हवा में बिखर रहे थे। आग ठंडी पड़ती जा रही थी, रद्दी की ढेरी जलकर राख हो चली थी।

केसरो मानो तन्द्रा से जागी हो ! राख की ढेरी को देखकर वह अन्दर-ही-अन्दर छटपटा उठी। आन्तरिक व्याकुलता इतनी कि उसका गला रुँधने लगा। वह तड़पकर उठ बैठी।

''एक कागद नहीं बचा, सब जल गया। उठ कलमुंडी, निकल मेरी गोद से ! यहाँ सोने आई है ?''

केसरो बिलखने लगी और झिंझोड़-झिंझोड़कर बेटी को उठाने लगी।

सँभल के बाबू

केंटोनमेंट में डगलस फेयरबेंक्स जूनियर की नई फिल्म आई थी, और मैं रात के वक्त उसे देखकर घर लौट रहा था। उन दिनों डगलस फेयरबेंक्स जूनियर की वैसी ही धूम थी, जैसी उससे पहले उसके बाप डगलस फेयरबेंक्स की हुआ करती थी। अपने बाप के मुकाबले में वह इक्कीस ही बैठता था, उन्नीस नहीं। अपनी कातिलाना मुस्कराहट, बाँकी अदाओं और पारे जैसी फुर्ती के कारण वह न केवल एक फिल्मी हीरो ही था, बल्कि नौजवानों के दिल का शहजादा भी था। घूँसा चलाने का नया ढंग हमने उसी से सीखा था। हाथ पहलू पर से उठे, उँगलियाँ फौलादी मुट्ठी में भिंची हुईं, और बिजली की-सी तेजी के साथ घूँसा—हवा में अर्द्धगोलाकार बनाता हुआ, सीधा दुश्मन के जबड़े पर उतरे। और सारा वक्त घूँसा मारनेवाला छाती ताने खड़ा रहता है। एक खम्भे की तरह स्थिर। चेहरे पर कोई भाव नहीं। मांसपेशियों में कोई शिकन नहीं। न तनाव, न गुस्सा। इसे शौर्य कहते हैं। इसे वीर नायक का स्टाइल कहते हैं।

इसके मुकाबले में हमारा लड़ने का देसी तरीका बड़ा फूहड़ था। हम लड़ते कहाँ थे, हम तो मेढ़ों की तरह भिड़ते थे। सिर झुकाए हुए आगे बढ़े और दुश्मन की छाती में टक्कर मार दी, जैसे मेढ़े टक्कर मारते हैं या दुश्मन की कलाई में दाँत गाड़ दिये, या नाखूनों से उसका चेहरा खरोंच डाला। और अपनी हालत खराब हुई तो लपककर उसके अंडे पकड़ लिये। इसे क्या लड़ना कहते हैं? इस तरह तो बुजदिल लोग लड़ा करते हैं।

फिल्म देखने के बाद मेरे अंग-अंग में स्फूर्ति हिलोरें ले रही थी। सड़क के बीचोबीच, मुस्तैदी से कदम बढ़ाता हुआ, डगलस फेयरबेंक्स जूनियर के ही अन्दाज में पैंतरे बदलता हुआ, मैं अँधेरी सुनसान सड़कों पर घर की ओर बढ़ा जा रहा था। वाह, क्या समाँ था! मेरे कदमों की आवाज आसपास के घरों की दीवारों के साथ टकराकर हवा में गूँज रही थी और मुझे लग रहा था, जैसे यह गूँज मेरे कदमों के साथ ताल दे-देकर बज रही है। फिल्मी सरूर मुझ पर तारी था, और उस समय मेरे

शहर की फटीचर सड़कें भी मुझे फिल्म के ही दृश्य जैसी लग रही थीं। मुझे लग रहा था, जैसे मैं नहीं, डगलस फेयरबेंक्स जूनियर ही कदम बढ़ाता चला जा रहा है। कमर से तलवार लटक रही है, टोपी पर मोर-पंख लहरा रहा है, लबादा हवा में उड़ रहा है। ऐसा समाँ था कि उस समय किसी अँधेरे कोने में से कोई दुश्मन मुझ पर कूद पड़ता तो मैं एक ही बाजू से उसकी गर्दन दबोचकर उसे जमीन पर पटक देता और उसकी छाती पर पाँव रखकर उसे ललकारता कि 'बोल, तेरे साथ क्या सुलूक किया जाए?' यह खुमार तो जिसे चढ़ता है, वही उसका नशा जानता है।

यह फिल्म देख पाने के लिए मैं दोपहर से ही तैयारी करता रहा था। नए ब्लेड से शेव बनाया था, मूँछें तराशी थीं ताकि उनमें डगलस फेयरबेंक्स जूनियर की मूँछों जैसी तराश आ जाए। शीशे में अलग-अलग कोणों से अपनी बत्तीसी निपोरता रहा था, अपनी मुस्कराहट में उस हीरो की मुस्कराहट की झलक लेता रहा था। सिर पर फेल्ट टोपी सही ढंग से बैठाने के लिए उसके जाविये बदलता रहता था, और उसी जैसी अदाकारी के साथ कन्धों पर हल्का-सा ओवरकोट, लबादे की तरह, लापरवाही से डालकर घर से निकल आया था।

और अब मैं अपने मुहल्ले के निकट सड़क के बीचोबीच बड़ी मस्ती से चला जा रहा था। मुस्तैदी ऐसी कि कदम-कदम पर लगता, जैसे कोई सैनिक-धुन साथ-साथ ताल दिये जा रही है। लगता, जैसे मैं अकेला नहीं जा रहा हूँ, अपने पीछे चली आ रही किसी जाँबाजों की टोली का नेतृत्व कर रहा हूँ। यह ठाठ कुछ अंग्रेजी पोशाक के कारण भी रहा होगा। नीचे चमचमाते जूते और सिर पर मोर-पंख से सजी फेल्ट टोपी। पतलून उन दिनों बहुत लोग पहनने लगे थे, पर काट-काट में फर्क होता है। अंग्रेजी काट की बात ही और है। तराशी हुई मूँछ और फेल्ट टोपी के नीचे चुस्त पतलून एक बात है और देशी किश्तीनुमा टोपी के नीचे झूलते पायँचोंवाली पाजामानुमा पतलून बिलकुल दूसरी बात। एक पतलून में आप हीरो नजर आते हैं, दूसरी में निपट बनिया। दोनों में आकाश-पाताल का अन्तर है।

फिल्म ठीक साढ़े छह बजे शुरू होकर ठीक नौ बजे खत्म हुई थी, पर घर तक पहुँचने में लम्बा फासला तय करना पड़ता था, इसलिए जब मैं अपने मुहल्ले में पहुँचा तो दस बजा चाहते थे। घर के लोग उस समय कथा सुनने मन्दिर में गए हुए थे। बड़ी बहस के बाद तय हुआ था कि वे लोग कथा पर जाएँगे, और मैं सिनेमा देखने जाऊँगा, और हम सब दस बजे तक घर लौट आएँगे। पहले यह सोचा गया था कि पिताजी घर को बाहर से ताला लगाकर जाएँगे और चाभी अपने पास रखेंगे। फिर विचार हुआ था कि कथा कई बार देर से समाप्त होती है। कथा का क्या भरोसा, कथावाचक किसी प्रसंग में उलझ जाएँ और कथा द्रौपदी के चीर की तरह लम्बी खिंचती चली जाए, जबकि फिल्म बँधे-बँधाए वक्त के अन्दर खत्म होती है—विशेषकर अंग्रेजी फिल्म—इसलिए चाभी मैं रखूँगा। पर चाभी मैं भी नहीं रख

सकता था, क्योंकि साढ़े छह बजे शुरू होनेवाली फिल्म के लिए मुझे घर से जल्दी निकल जाना था। अन्त में फैसला हुआ कि चाभी न मैं रखूँ, न पिताजी रखें, बल्कि घर को ताला लगाया ही नहीं जाए, घर के नौकर नत्थू को तबीह कर दी जाए कि वह जागता रहे और खटखटाने पर फौरन दरवाजा खोल दे।

थोड़ी ही देर में मैं घर के सामने खड़ा था। घर के दरवाजे के सामने पहुँचना आसमान पर से उतरकर धरती पर आ जाने के बराबर था। वही काठ का दरवाजा, उस तक पहुँचने की वही तीन टूटी-फूटी सीढ़ियाँ, वही चबूतरे का जंग-लगा जंगला। ठंडा-ठंडा यथार्थ। और चारों ओर चुप्पी।

फिर भी मेरे अन्दर फिल्म का रोमांस अभी ठंडा नहीं पड़ा था। मैं एक ही छलाँग में तीनों सीढ़ियाँ चढ़ गया और लपककर दरवाजे का साँकल खटखटाया। यह फिल्मी दरवाजे का साँकल तो नहीं था। फिल्म में तो हीरो किले के बड़े फाटक को ठकोरता रहा था, वह भी तलवार की मूठ के साथ। एक पैर नीचे की सीढ़ी पर, दूसरा दो सीढ़ियाँ छोड़ सबसे ऊपरवाली सीढ़ी पर। छाती तनी हुई। और किस अन्दाज में उसने तलवार की मूठ को हवा में लहराते हुए फाटक को ठकोरा था, और भरपूर आवाज में चिल्लाया था, 'ओपन दि डोर!' और किले के अन्दर बैठे हुए लोगों की दहशत से आँखें निकल आई थीं। वाह, क्या आलम था!

यहाँ वह बात न थी। यहाँ हाथ से साँकल पकड़कर खटखटाना पड़ता था। वह भी पंजों के बल उठकर, क्योंकि मेरा कद डगलस फेयरबेंक्स जूनियर के कद से काफी छोटा था। और यहाँ मैं पूरा जबड़ा खोलकर चिल्ला भी नहीं सकता था। पर फिर भी, अन्दाज करीब-करीब फिल्मी ही था।

"नत्थू! ओ नत्थू!" मैं चिल्लाया।

यह नत्थू नाम ही भौंडा था। फिल्मी ललकार के लिए बना ही नहीं था। नाम लेते ही आधा रोमांस किरकिरा हो गया।

पर अन्दर से कोई आवाज नहीं आई—न आहट, न आवाज। इसका क्या मतलब है? क्या घर के लोग अभी तक कथा से नहीं लौटे हैं? क्या नत्थू भी उनके साथ कथा पर चला गया था? साथ गया होता तो बाहर ताला चढ़ा होता। या तो नत्थू ने सुना नहीं, या वह सो गया है।

मैं फिर पंजों के बल ऊँचा उठा और साँकल को खटखटाया। डगलस फेयरबेंक्स जूनियर ने फाटक खटखटाया था तो सारा माहौल गूँज उठा था, सुननेवालों का दिल दहल गया था, और यहाँ पर किसी के कान पर जूँ तक नहीं रेंगी!

पड़ोस में से किसी बूढ़े आदमी के बड़बड़ाने की आवाज आई, "यह कौन बदतमीज है, जो इस वक्त शोर मचा रहा है?" इसके बाद खाँसने-खँखारने की आवाज आई, और फिर चुप्पी छा गई।

तभी कुछ दूरी पर, सड़क के मोड़ के पास से, चहकने-बतियाने की आवाजें

आने लगीं। हमारे ही घर के लोग थे। सड़क पर चाँदनी छिटकी थी और इस चाँदनी में चलते हुए लोग कथा पर से लौट रहे थे। आगे-आगे पिताजी थे। छड़ी पटपटाते चले आ रहे थे। पीछे माँ और मेरी बहनें थीं। छोटी बहन की आवाज सबसे ऊँची सुनाई पड़ रही थी। वे कथा के ही किसी प्रसंग की चर्चा कर रहे थे।

तो ये लोग भी अभी लौट रहे हैं! इसका मतलब है कि नत्थू अन्दर सोया पड़ा है।

उनके पहुँचने पर मैंने एक बार फिर ऊँचा उठकर साँकल खटखटाई। इस पर पिताजी बोले, "साँकल नहीं खटखटाओ, बेटा, तुम नत्थू को आवाज लगाओ। नाम सुनकर जाग जाएगा।"

इस पर मैंने वह करतब कर दिखाया जो अगर फिल्म में डगलस फेयरबेंक्स जूनियर भी कर दिखाता तो कुर्सियों पर बैठे दर्शक उछल पड़ते।

साँकल बजाने में वीर नायकों जैसी कोई बात नहीं थी। हाँ, बाईं ओर दीवार में, थोड़ा ऊपर, एक खिड़की थी जो अन्दर सीढ़ियों में खुलती थी। उस तक पहुँच पाना सचमुच बहादुरी का काम था। मैं लपककर आगे बढ़ा और इस जोर से छलाँग लगाई कि दूसरे क्षण मेरे दोनों हाथ खिड़की के सींखचों पर थे। फिर सींखचों को ही पकड़े-पकड़े ऊपर को उठा और अपनी भरपूर आवाज में गुहार लगाई, "नत्थू!!! दरवाजा खोलो!"

इस पर पिताजी बड़े प्रभावित हुए, "आफरीन! वाह, वाह!" उन्होंने शाबाशी के लहजे में कहा।

पर अन्दर से आवाज नदारद। अन्दर की चुप्पी मेरी फिल्मी कल्पना को चुनौतियाँ दे रही थी। क्या मालूम, अन्दर चोर-डाकू घुसे हुए हों और अँधेरे में, इसी खिड़की के पीछे दुबके खड़े हों! क्या मालूम, इसी वक्त कोई हाथ किसी तेज नश्तर से मेरी कोहनियों की नसें काट दे! पर मैं डरनेवाला नहीं था।

इसी बीच पिताजी अपनी छड़ी से दरवाजा ठकोरने लगे और बार-बार पुकारने लगे, "ओ नत्थू! उठ जा, शाबाश, उठ जा बेटा!"

पिताजी की आवाज मुझे बिलकुल देशी फिल्म की-सी आवाज लगी। ढीली-ढाली-सी आवाज। उसमें न रौब था, न दबदबा। बिलकुल हिंदुस्तानी आवाज! इस पर पिताजी पहले से भी ज्यादा देशी ढंग से हँसकर माँ से बोले, "इस नत्थू की रोटियाँ कम कर दो। बहुत खाता है। कितनी रोटियाँ इसे देती हो?"

इस पर माँ बोली, "रोटियाँ मैं इसे गिनकर थोड़े देती हूँ। पर पाँच-छह तो खा ही जाता है।"

"तीन रोटियाँ बहुत हैं, ज्यादा खाओ तो खुमारी चढ़ती है।" और अबकी बार, तनिक खीजकर, पिताजी ने छड़ी से दरवाजा खटखटाया।

अब करें तो क्या करें?

काश, इस वक्त मेरे पास कमन्द होती! कमन्द होती तो मैं एक ही हुलारे में कमन्द फेंककर छज्जे पर जा पहुँचता और वहाँ से सीढ़ियों के रास्ते उतरकर दरवाजा खोल देता। पर कमन्द नहीं थी, और डगलस फेयरबेंक्स जूनियर का बाना मुझ पर धीरे-धीरे ढीला पड़ता जा रहा था।

थोड़ी देर में पिताजी और मैं, दोनों ऊँची आवाज में नत्थू को पुकार रहे थे। और मेरी दोनों बहनें, जो चिल्ला तो नहीं सकती थीं, अपने दोनों हाथों से दरवाजे को बार-बार पीट रही थीं।

इसका सचमुच असर हुआ। अन्दर हलचल हुई, दबी-दबी आहटें आने लगीं। खाट के चरमराने की, जम्हाई की, फर्श पर चलते पाँवों की, दरवाजा सटाए जाने की। कदम धीरे-धीरे दरवाजे के नजदीक आ रहे थे।

"सुन लिया है," छोटी बहन बोली, "नत्थू ने सुन लिया है।"

"सो ही रहा था बदजात, और क्या!" पिताजी बोले, "खाना खाते वक्त आगा-पीछा नहीं देखते। ठूँसते जाते हैं।"

"सोया इनसान मरे बराबर होता है जी।" माँ ने टिप्पणी की।

मैं सीढ़ियाँ चढ़कर चबूतरे पर खड़ा था। ऐन दरवाजे के सामने। दायाँ पैर निचली सीढ़ी पर था, बायाँ पैर ऊपरवाली सीढ़ी पर। मेरे बालों की लट झूलकर मेरे माथे पर आ गई थी। घर के बाकी लोग सीढ़ी के नीचे जमीन पर खड़े थे। मेरी मुद्रा से वे जरूर प्रभावित हुए होंगे। पिताजी और माँ फिल्में नहीं देखते थे—धार्मिक फिल्में भी नहीं—पर इस मुद्रा से उन्हें जरूर अन्दाज हो गया होगा कि वीर नायक कुछ-कुछ ऐसे ही होते होंगे।

अन्दर से साँकल खुलने की आवाज आई। दूसरे क्षण मैं लपककर चबूतरे पर चढ़ गया था। उधर दरवाजा खुला, इधर मेरे दाहिने हाथ ने घूँसा ताना, और एक ही चमक में, पुरजोर घूँसा, मेरी कमर के पास से उठकर, हवा में अर्द्धगोलाकार बनाता हुआ, सनसनाता हुआ सीधा नत्थू के जबड़े पर उतरा। अगर शत्रु की ओर से प्रतिरोध की आशंका होती, तो एक और झाँपड़ बाईं ओर से नत्थू के गाल पर पड़ने के लिए तैयार था। पर आम तौर पर वीर नायक एक ही झाँपड़ मारते हैं। एक ही तूफानी धौल, सनसनाता हुआ, जमकर बैठा था।

मेरी दोनों बहनें सिसकार उठीं। "उई!" उनके मुँह से निकला और दोनों ने एक साथ अपने दोनों हाथ अपने कानों पर रख लिये।

पिताजी चुप थे। पिताजी नत्थू को डाँटने जा रहे थे, पर झाँपड़ पड़ता देखकर चुप हो गए। वे इतना-भर कह पाए, "चलो, चलो, अन्दर चलो।"

नत्थू नींद की खुमारी में था जब उसने दरवाजा खोला था। उसके चेहरे पर हल्की-सी झेंप-भरी मुस्कान भी थी। उसकी आँखें उस वक्त मिचमिचा रही थीं जब उसके गाल पर मेरा झाँपड़ पड़ा।

मेरी अदाकारी के दिनों का यह पहला झाँपड़ था। और मैं हैरान था कि यह इतना प्रौढ़, इतना सधा हुआ, इतना वजनदार झाँपड़ मेरे हाथ से छूटेगा। इस पर किसी भी फिल्मी हीरो को नाज हो सकता था। मैं छाती ताने, सीधा घर के अन्दर प्रवेश कर गया, जैसे डगलस फेयरबेंक्स जूनियर किले में प्रवेश कर गया था।

घर के सभी लोग चुप थे। केवल माँ बुदबुदा रही थी।

"भगवान का खौफ करो, बेटा, तुमने बहुत बुरा काम किया है। उनींदे आदमी के मुँह पर घूँसा दे मारा है। यह कहाँ की मरदानगी है?..."

माँ कहे जा रही थी।

"तुममें इतना सब्र भी नहीं है। ऐसे भी कोई करता है? गरीब की हाय बहुत बुरी होती है। गरीब की हाय लगेगी तो कहीं के न रहोगे।"

दोनों बहनें इतनी डर गई थीं कि दुबककर सीधे अपने कमरे में चली गई थीं।

पिताजी ने नत्थू के सामने तो कुछ नहीं कहा, पर निराले में पहुँचकर मेरी पीठ पर हाथ फेरा और बड़े स्नेह से बोले, "वह तो गधा है। उसमें तो अकल नहीं है, निरा जानवर है, पर तुम तो पढ़े-लिखे हो, समझदार हो। तुम्हें झाँपड़ नहीं मारना चाहिए था। ये लोग दिनभर के थके होते हैं। इन्हें नींद लग जाती है। और यह नत्थू कमजात तो रोटियाँ बहुत तोड़ता है। ठूँस-ठूँसकर खाओ तो खुमारी नहीं चढ़ेगी तो क्या होगा? पर तुम्हें मुँह पर झाँपड़ नहीं मारना चाहिए था।"

मैं बात करने के मूड में नहीं था। मेरे घूँसेवाले हाथ को तनिक चोट भी पहुँची थी, और मैं कुछ खिन्न-सा भी महसूस करने लगा था। मुझे लगने लगा था कि मैंने घूँसा एक दुश्मन को न मारकर किसी मिट्टी के लोंदे पर दे मारा है, जिसका कोई लाभ नहीं हुआ।

"अब आगे से नहीं सोएगा, पिताजी!" मैंने शेखी से कहा, "देख लीजिएगा, आगे से बड़ी मुस्तैदी के साथ अपनी ड्यूटी पर खड़ा रहा करेगा।"

घर में चुप्पी छा गई थी और हम लोग चुपचाप अपने-अपने कमरों में चले गए थे।

नत्थू गाल थामे देर तक चबूतरे पर बैठा रहा था—न हूँ, न हाँ। पर अन्त में चुपचाप अन्दर चला गया था और रसोईघर में दूध गर्म करके, घर की प्रथानुसार, सभी लोगों को एक-एक छोटा गिलास दूध का दे आया था।

इसके बाद भी मैं वीर नायक के घोड़े पर बहुत दिन तक सवार रहा था। एक बार एक सँकरी गली में से गुजरते हुए, सामने से आनेवाले किसी सामान ढोनेवाले पांडी से टकरा जाने पर वैसा ही खिंचा हुआ हाथ उसके जबड़े पर भी रसीद किया था, और दूसरे क्षण उस पांडी का कुर्ता लहू से तर होने लगा था और वह डरकर चिल्लाता हुआ वहाँ से भाग खड़ा हुआ था।

नत्थू बहुत दिन तक हमारे घर में नौकरी करता रहा। उस घटना के बाद भी वह

वर्षों तक बना रहा। घूँसा खाने के बाद दो-तीन दिनों तक वह गुमसुम रहा था, फिर माफियाँ माँगने लगा था।

"साहिब, हमें नींद लग गई, हम का करी! हमें पता ही नहीं चला।"

जमाने-जमाने की बात है। यों मुझसे कोई पूछे तो मैं तो, कहूँगा कि असल में जमाना नहीं बदलता, हम ही बदल जाते हैं। डगलस फेयरबेंक्स जूनियर की भूमिका में पाँव पटपटाकर चलनेवाली मेरी जवानी अब पीछे छूट चुकी है, पर अब मेरी जगह मेरे बेटे ने ले ली है, जो अमिताभ बच्चन की भूमिका में हाथ चलाता है। छोटे-छोटे बच्चे भी अब अमिताभ बच्चन की भूमिका की नकल करने लगे हैं और अमिताभ बच्चन ही क्यों, अंग्रेजी फिल्मों के बीसियों नायक, वीर नायक, यह भूमिका अदा कर रहे हैं।

उस रोज जब खाना खाने की मेज पर घूँसेबाजी की चर्चा हुई और मैंने उस दिन का किस्सा कह सुनाया और साथ में यह भी कहा कि उसका मुझे आज तक अफसोस है, तो छूटते ही मेरा बेटा हैरान होकर बोला, 'इसमें अफसोस की क्या बात है, डैडी, ऐसी बातें तो होती ही रहती हैं!'

तभी मुझे लगा कि जमाना नहीं बदला। मेरे बेटे के पुट्ठे, घूँसेबाजी के लिए वैसे ही मचलने लगते हैं, जैसे किसी जमाने में मेरे मचला करते थे। और क्या मालूम, यह किसी फिल्मी हीरो का असर न होकर उसकी फूटती जवानी का ही असर रहा हो! इनसान की फितरत कहाँ बदलती है, केवल हम युवा से प्रौढ़ और प्रौढ़ से वृद्ध हो जाते हैं। पर हम बदलते कहाँ हैं? वही चक्र चलता रहा है। फर्क अगर पड़ता है तो बाहरी तौर-तरीके में, और क्या फर्क पड़ता है? हमारे जमाने में मूँछें तराशने का चलन था, अब दाढ़ी बढ़ाने का चलन आ गया है। पहले, पोशाक में कम्बीनेशन बनाने का रिवाज था। अगर हरे रंग का कोट है तो हरे रंग की नेकटाई भी होनी चाहिए और हो सके तो हरे रंग के मोजे भी, और हरे रंग का रूमाल भी, जिसका एक भाग ऊपरवाली जेब में से झाँक रहा हो; जबकि आजकल घिसी-पिटी जीन्स पहनने का चलन आ गया है। हमारे जमाने में जूता पालिश किए बिना कोई घर से बाहर नहीं निकलता था, आजकल जूते की किसी को परवाह ही नहीं रहती। पर ये सब बाहरी बातें हैं। इन बाहरी बातों में आनेवाले बदलाव को हम परिवर्तन का नाम नहीं दे सकते। उन दिनों गलियों-सड़कों पर लोग बंसी बजाते सुनाई पड़ते थे, आज हर राह जाते की बगल में ट्रांजिस्टर बजता है। पर फितरत तो वही है, इनसान की फितरत तो नहीं बदलती?

पर इतना जरूर हुआ कि जो घटना मेरे लड़कपन में घटी थी, ऐन वैसी ही घटना कुछ दिन पहले मेरे बेटे के साथ भी घट गई। मेरा बेटा हवा में तलवार नहीं भाँजता,

जैसे मैं भाँजा करता था। वह जासूसी नॉवेल पढ़ता है और माफिया के किस्से सुनाता है, और सभी तरह की सनसनीखेज घटनाओं में उसकी दिलचस्पी है, कि बैंकों के सेफ कैसे तोड़े जाते हैं, और स्मगलर करोड़ों के वारे-न्यारे कैसे करते हैं, और भेदिये घात कैसे लगाते हैं। क्या मालूम, यह भी उसकी फूटती जवानी का ही असर रहा हो! पर वह मुझसे कहीं ज्यादा शोख तबीयत है। एक बार वह, और उसके साथी, सड़क पर खड़ी तीन मोटरें उड़ा ले गए थे, और उन्हें दिल्ली के बाहर, कुतुब के पास छोड़ आए थे। इसके मुकाबले में मेरे जोखिम तो रूमानी किस्म के हुआ करते थे, जबकि यह तो सनसनीखेज जोखिम उठाता है। वह बड़े-से-बड़े आदमी से भी खम नहीं खाता, बहुत ऊँचे दाँव पर खेलता है। बहुत ऊँचे मुनारों पर कमन्द फेंकता है। और रोज इसरार करता है कि घर में पिस्तौल होनी चाहिए।

बिलकुल हू-ब-हू वैसी ही रात थी। चाँदनी छिटकी हुई। फर्क इतना ही कि वह सँकरा-सा पुश्तैनी घर था और यह बड़े आँगनवाला बँगला है। तब घर के लोग कथा पर गए थे, जबकि अबकी बार हम लोग एक बड़े होटल में डिनर-पार्टी पर से लौटे थे, और बेटा डिस्कोथेक से लौट रहा था।

हम बँगले का आँगन लाँघकर बरामदे के अन्दर बड़े दरवाजे के सामने खड़े थे और बेटा बार-बार चिल्लाकर नौकर को दरवाजा खोलने को कह रहा था। संयोग देखिए, इस नौकर का नाम भी नत्थू ही था। बेटा गरज रहा था। पहले तो मुझे शक हुआ कि पीकर आया है, पर उसकी आवाज में झल्लाहट तो थी, लेकिन आवाज लड़खड़ा नहीं रही थी।

"खोलो दरवाजा, नत्थू के बच्चे! सुनता है या नहीं, खोल दरवाजा!" और फिर पाँव से दरवाजे को बार-बार ठुड्डे मार रहा था।

"सो गया होगा," बेटी उषा बोली, "धीरे से बोलो रमेश, क्यों गला फाड़ रहे हो?"

"इसका बाप भी दरवाजा खोलेगा," रमेश चिल्लाया, "तुम लोगों ने इसे बिगाड़ रखा है।" और उसने फिर दरवाजे को लात जमाई।

"आहिस्ता बोलो रमेश, आसपास के लोग सुनेंगे तो क्या कहेंगे?" अबकी बार उसकी माँ ने तबीह की।

"तुम चुप रहो मम्मी! वह जानता नहीं, मैं दरवाजा खटखटा रहा हूँ?" रमेश ने दरवाजे को एक ठुड्डा लगाया, "आई विल टीच हिम ए लेशन! ब्लडी बास्टर्ड!"

"बेवकूफ नहीं बनो बेटा, नया नौकर है, हमारे घर का रहन-सहन नहीं जानता।"

पर रमेश पर भूत सवार था। जाहिर है, वह डगलस फेयरबेंक्स जूनियर का भूत नहीं था, वह जरूर किसी राक्षस का भूत रहा होगा। रमेश का क्या भरोसा, कुछ भी कर बैठे।

इस पर मैंने वही टिप्पणी की जो वर्षों पहले उस रात पिताजी ने की थी, "ये

लोग खाते बहुत हैं, दस-दस रोटियाँ भकोस जाते हैं। परले दर्जे का नालायक आदमी है, कानों में तेल डाले सोया पड़ा है।"

पर तभी मुझे खदशा हुआ—क्या मालूम, अन्दर है भी या नहीं! क्या मालूम, सबकुछ समेटकर पीछे से चम्पत हो गया हो! आजकल आए-दिन ऐसी वारदातें हो रही हैं।

तभी अन्दर से आहट हुई। फिर कोई बिजली जली। फिर दूसरी बिजली जली। और अन्दर से नत्थू बरामदे की ओर चलता नजर आया। उसकी आँखें रोशनी में मिचमिचा रही थीं, और वह बार-बार आस्तीन से आँखों का जाला पोंछ रहा था।

क्षण-भर के लिए मुझे लगा, जैसे वही नत्थू चला आ रहा है, जो मेरे लड़कपन के दिनों में हमारे घर में काम करता था। वही दरमियाना कद-बुत, वही स्याह-सा बुझा-बुझा चेहरा, वैसी ही छोटी-छोटी मटमैली आँखें, केवल वह पाजामा नहीं, मुचड़ी हुई पतलून पहने हुए था।

वह दरवाजा अन्दर से खोल रहा था जब मैंने देखा कि रमेश आगे बढ़ आया है। मैंने यह भी देखा कि उसके दाएँ हाथ की उँगलियाँ एक घूँसे में बन्द हो रही हैं। यह सब पलक झपकते हो गया, वरना मैं उसे रोक देता। आदमी इन चीजों को सचेत रूप से नहीं, अर्द्धचेतन में देखता है, सचेत तो हम बाद में हो पाते हैं।

दरवाजा खुला और उसी क्षण रमेश का बाजू चमका, वही पुराना फार्मूला, वीर नायकों का। दाईं कमर के पास से उठा, और अर्द्धगोलाकार बनाने के लिए आगे बढ़ा ही था कि नत्थू ने अपना सिर पीछे की ओर झटक दिया। और रमेश का घूँसा नत्थू के जबड़े पर पड़ने के बजाय, हवा में चक्कर खाकर लौट आया, और रमेश बेटा अपना सन्तुलन खोते-खोते बचा।

"Damned swine!" बेटा चिल्लाया और दूसरे क्षण रमेश अपना हाथ उठाने जा ही रहा था कि नत्थू ने झट से अपना दायाँ हाथ आगे बढ़ाकर रमेश की कलाई पकड़ ली, "सँभल के बाबू, क्या बात है?"

"हरामजादे, दरवाजा क्यों नहीं खोला?"

"गाली मत दो, बाबू, सीधी तरह बात करो। बैठे-बैठे नींद लग गई, इतना बिगड़ते क्यों हो?"

उसने अभी भी रमेश की कलाई को पकड़ रखा था। रमेश ने झटके से उसे छुड़ाने की कोशिश की, पर कलाई पर नत्थू का शिकंजा और ज्यादा मजबूत हो रहा था।

इस पर बेटे ने उसे घूरकर देखा, बेटे की आँखों में नश्तर थे। बेटे की कलाई पकड़े-पकड़े ही इस नत्थू ने भी बेटे की आँखों से आँखें मिलाईं और उसे घूरता रहा।

मैं देखते ही बौखला उठा, कलाई पकड़ने का क्या मतलब है?

"छोड़ छोटे साहब की कलाई, हरामखोर! दरवाजा भी नहीं खोलता, इस पर आँखें दिखाता है?"

मेरा खयाल था कि घर का मालिक होने के कारण, नत्थू मेरा हुक्म सुनकर रमेश बेटे की कलाई छोड़ देगा, पर उसने कलाई नहीं छोड़ी और मेरी ओर भी टेढ़ी नजरों से देखकर बोला, ''नींद ही तो लग गई, साहिब, और क्या हुआ है? मैं रात-भर दरवाजा खोलने के लिए जागता रहूँगा?''

''छोड़ दो कलाई!'' मैंने चिल्लाकर कहा। अभी भी मेरी चिल्लाहट में डगलस फेयरबेंक्स जूनियर की आवाज का दबदबा रहा होगा, क्योंकि नत्थू ने कलाई छोड़ दी।

''गेट आउट!'' बेटा सहसा चिल्लाया, ''निकल जाओ यहाँ से! इसी वक्त निकल जाओ!''

मैंने सोचा, बेटे का घूँसा फिर उठेगा, उसके दाएँ हाथ की उँगलियों में हरकत भी आई, पर घूँसा नहीं उठा। वास्तव में नत्थू के हाथ की जकड़न के कारण उसकी उँगलियाँ ऐंठ-सी गई थीं, जिन्हें वह सीधा कर रहा था। मुझे लगा, नत्थू मुँह-ही-मुँह में कुछ बुदबुदाया।

''क्या बक रहा है? जब दरवाजा खटखटाया तो उठा क्यों नहीं?'' मैंने कहा।

नत्थू वहीं-का-वहीं खड़ा रहा, टस-से-मस नहीं हुआ। उसकी छोटी-छोटी काली आँखें कभी बेटे रमेश के चेहरे पर तो कभी मेरे चेहरे की ओर उठ रही थीं।

''गेट आउट!'' बेटा सप्तम में चिल्लाया, पर कोई असर न होता देख, गुस्से में आपे से बाहर हो गया। वह उछलने लगा। बार-बार 'गेट आउट! गेट आउट!' कहता गुस्से से थरथराने लगा। कभी नाचता, कभी पैंतरे बदलता, उछलता वह बरामदे में तांडव नृत्य कर रहा है। उसके मुँह में से झाग निकलने लगा और साँस फूलने लगी।

उसे देखकर परिवार के सभी सदस्यों की रग फड़क उठी और हम सभी नत्थू पर बरसने लगे।

''दफा हो जाओ यहाँ से!'' पत्नी चिल्लाई, ''मैं तुम्हारी सूरत नहीं देखना चाहती। देखो, हमें आँखें दिखा रहा है!''

''गेट आउट!'' बेटी उषा बोली।

''इसी वक्त निकल जाओ।'' तर्जनी को पिस्तौल की तरह फाटक की ओर दागते हुए मैंने चिल्लाकर कहा।

उधर नत्थू था कि टस-से-मस नहीं हो रहा था। बुत बना खड़ा था, मानो सुन ही नहीं रहा हो!

इस पर मेरा पारा एक डिग्री और ऊपर चढ़ गया। ''जाओगे या पुलिस को बुलाऊँ?''

नत्थू ने आँखें तरेरकर मेरी ओर देखा और बोला, ''हमारा हिसाब कर दो, हम चले जाएँगे।''

क्षण-भर के लिए चुप्पी छा गई। फिर मैं बोला, "सुबह आकर हिसाब कर लेना। अब यहाँ से चले जाओ। मेरी नजरों से दूर हो जाओ।"

"कोई पैसे-वैसे नहीं दो जी! इसे धक्के मारकर बाहर निकाल दो।" बेटी उषा कह रही थी।

रात के सन्नाटे में हमारी आवाज दूर-दूर तक गई होगी, क्योंकि आसपास के बँगलों के लोग, नौकर, माली, चौकीदार आदि इक्का-दुक्का, दीवार के बाहर आकर खड़े होने लगे थे। उन्हें देखकर मेरी आवाज तनिक धीमी पड़ गई। मैंने पत्नी से पूछा, "कितने पैसे बनते हैं इसके?"

"इस महीने सात-आठ दिन ही तो काम किया है, और क्या! पिछले महीने की तनख्वाह ले चुका है। पाँच रुपए एडवांस भी ले चुका है।"

बेटा रमेश ने जीन्स की जेब में से बीस रुपए का एक नोट निकाला और नत्थू की ओर फेंकते हुए बोला, "यह लो। और निकलो यहाँ से!"

बीस का नोट नत्थू की छाती से टकराकर नीचे फर्श पर जा गिरा।

"पूरे महीने की तनख्वाह होगी, और एक महीना नोटिस की तनख्वाह अलग," नत्थू बोला।

सुनते ही मुझे आग लग गई, "नोटिस किस बात का? तू सरकारी नौकर है, तू है कौन, निकल जा यहाँ से!"

"वाह जी! रमेश, इसे कुछ भी मत दो।" उषा बोली।

"इसके साथ मुँह नहीं लगाओ, रमेश बेटा, छोड़ो इसे, सुबह बात करना।"

इस पर रमेश ने फिर सप्तम में चिल्लाकर कहा, "निकलोगे या पुलिस बुलाऊँ?"

नत्थू फिर भी टस-से-मस नहीं हुआ।

इस पर न जाने मुझे क्या हुआ, पुराने संस्कारों ने जोर पकड़ा या मेरे अन्दर सोया हुआ डगलस फेयरबेंक्स जूनियर अँगड़ाई लेकर जाग उठा, मैंने दायाँ हाथ बढ़ाकर नत्थू को गले से पकड़ लिया। मैं यह भी भूल गया कि बाहर लोग इकट्ठे हो रहे हैं।

"बोल, निकलेगा या पुलिस बुलाऊँ?"

इस पर पत्नी ने मुझे रोकते हुए कहा, "तुम मत कुछ कहो जी, तुम्हें फिर दिल की धड़कन होने लगेगी। रमेश अपने-आप सँभाल लेगा। तुम अन्दर चलो।" और वह मुझे कन्धों से पकड़कर अन्दर की ओर धकेलने लगी।

"पापा, तुम कुछ मत कहो, हम अभी इसे ठीक कर लेंगे। तुम अपने कमरे में जाओ।"

मुझे घरवालों ने अन्दर धकेल दिया और मैं गुस्से से काँपता, थरथराता, आरामकुर्सी पर जा बैठा, पर बाहर से देर तक ऊँचा-ऊँचा चिल्लाने की आवाजें आती रहीं।

आखिर वे लोग अन्दर आए। रमेश बेहद थका हुआ था। बाल उलझे हुए। मुँह पीला और पसीने से तर और साँस फूलती हुई।

वे सब धम्म से सोफों पर पसर गए।

"निकाल दिया?" मैंने पूछा।

पर रमेश चुप रहा।

"निकाल दिया?" मैंने फिर से पूछा।

इस पर पत्नी बोली, "अपनी कोठरी में गया है। सुबह हिसाब करूँगी। पूरे महीने की तनख्वाह और एक महीना नोटिस की तनख्वाह माँग रहा है।"

"तुम्हारी अकल तो ठिकाने है? उसे कोठरी में भेज दिया? उसका हिसाब करके जो बनता था, देकर चलता करते। उसे घर के अन्दर क्यों घुसेड़ लिया है? जानती हो, आजकल कैसा जमाना चल रहा है? वह घर को आग लगा सकता है। लाठी लेकर किसी का सिर फोड़ सकता है। वह कुछ भी कर सकता है... !"

अब कैसे बताएँ कि हमने वह रात कैसे काटी! बेटी उषा माँ के कमरे में चली गई और अन्दर से सभी चिटखनियाँ लगा दी गईं। पत्नी ने हिफाजत के लिए अपने कमरे का लम्बा सोफा धकेलकर बन्द दरवाजे के आगे कर दिया और उसके ऊपर कुर्सियों-तिपाइयों का अम्बार लगा दिया ताकि वह डकैत दरवाजा खोलकर अन्दर भी आ जाए तो ठोकर खाकर औंधे मुँह गिरे। मैंने दोनों बरामदों की बत्तियाँ रात-भर जलाए रखीं। घर में बन्दूक तो नहीं थी, पर दरवाजे के पीछे मैंने एक लम्बी लाठी रख ली। अपने कमरे की चिटखनियाँ भी अन्दर से चढ़ा दीं।

पर बहुत कोशिश करने पर भी मैं सो नहीं पाया, रात-भर खटका लगा रहा, और मैं ड्रेसिंग गाउन पहने देर रात तक कमरे के अन्दर टहलता रहा। पहले तो खयाल आया कि अभी पुलिस को टेलीफोन कर दूँ, और साथ में अपने बड़े भाई साहब के साले को भी, जो होम मिनिस्ट्री में बड़ा अफसर है, पर फिर खयाल छोड़ दिया, क्योंकि वे लोग दौड़े चले आएँगे, और रात को थोड़ी देर के लिए भी आराम कर पाना नसीब नहीं होगा। बहुत देर रात गए मुझे नींद आई।

सुबह जब नींद टूटी और दिन के उजाले में रात की घटनाओं पर गौर किया तो मुझे कुछ झेंप-सी हुई। ख्वाहमख्वाह एक छोटी-सी बात का बतंगड़ बनाया। नौकर ने ऐसी बड़ी कोई गुस्ताखी भी नहीं की थी। हाथ तो उस पर रमेश ने ही उठाया था। उसने तो केवल रमेश की कलाई को ही पकड़ा था, इससे ज्यादा तो कुछ नहीं किया, हालाँकि कलाई पकड़ना बहुत बड़ी गुस्ताखी थी। पर हम सब उस पर बरस पड़े, यह सोचकर मुझे कोफ्त हुई। वर्षों पहले जब मैंने उस नत्थू को घूँसा मारा था तो मेरी बहनें सिसक उठी थीं और डर के मारे काँपने लगी थीं, और माँ बार-बार कहे जा रही थी, 'भगवान का खौफ करो बेटा, गरीब पर हाथ नहीं उठाते। गरीब की हाय बहुत बुरी होती है।' और पिताजी ने कहा था, 'ये दिन-भर के थके होते हैं, बेटा, उसे नींद लग गई होगी।' पर यहाँ, हम तीनों माँ, बेटी और बाप एक साथ, कोरस बाँधकर चिल्लाए जा रहे थे : गेट आउट! गेट आउट! गेट आउट!

मैं उठ बैठा। बेहतर यही होगा कि उसे समझा-बुझा दिया जाए, और नौकरी पर बनाए रखा जाए। यों पुलिस में उसका नाम दर्ज करवा देना चाहिए, यह एहतियात तो बरतनी ही चाहिए।

मैंने यही बेहतर समझा कि मैं खुद ही चलकर नत्थू को जगा दूँ और उसे समझा-बुझा दूँ। रात के हंगामे के बाद अब सुबह के वक्त चाय की भी तलब हो रही थी।

मैंने चिटखनी खोली और बरामदे में से चलता हुआ उसकी कोठरी के बाहर जा पहुँचा। कोठरी का दरवाजा अधखुला था। मैंने धीरे से अन्दर झाँककर देखा। मुझे कुछ नजर नहीं आया। मैंने पाँव से दरवाजे को धकेला और गर्दन अन्दर की ओर घुमाई—हैं! यह क्या हुआ? कोठरी खाली थी।

पहले तो मुझे इत्मीनान हुआ। चलो, गया तो हमारी बला से। जरूर डरकर भागा होगा। समझ गया होगा कि यहाँ पर रहा तो पुलिस के हवाले कर देंगे। वह जान गया होगा कि पुलिस के अफसरों के साथ हमारा उठना-बैठना रहता है।

फिर खदशा हुआ कि दाल में कुछ काला न हो! रात को तो धमकियाँ दे रहा था, और आँखें तरेर रहा था, इतनी जल्दी भाग कैसे गया? जरूर उसके दिल में कोई खोट रही होगी, आजकल नौकरों का कोई एतबार नहीं।

यही बेहतर है कि मैं पुलिस को फौरन इत्तला कर दूँ। उन्हें खबरदार कर दूँ कि इस तरह हमारा नौकर हमें चकमा देकर भाग गया है। ऐन मुमकिन है कि बहुत कुछ उठाकर भी ले गया हो!

मैं लौटते हुए बरामदा लाँघ ही रहा था जब मेरी नजर बगीचे की ओर उठी। वह हजरत वहाँ पर मौजूद थे। अपनी ट्रंकी और छोटी-सी बिस्तरी के ऊपर आराम से बैठा वह बीड़ी के कश ले रहा था।

मैंने उस समय बड़े संयम से काम लिया। धीरे-धीरे टहलता हुआ उसके पास गया, तनिक मुस्कराया, और उसके कन्धे पर हाथ रखकर बोला, ''देखो नत्थू, रात के वक्त जो कुछ हुआ, अच्छा नहीं हुआ। तुम भी तैश में आ गए और बेटा भी तैश में आ गया। अब इसे भूल जाओ और अन्दर चलकर काम करो।''

नत्थू ने आँख उठाकर मेरी ओर देखा, और कुछ समय तक देखता रहा, मानो उसे अपने कानों पर यकीन नहीं आ रहा हो! फिर मैंने प्रोत्साहित होकर उसकी पीठ थपथपाई और बोला, ''इससे बेहतर घर तुम्हें नहीं मिलेगा। यहाँ तुम्हें हर तरह का आराम है। मैं स्वयं समाजवादी विचारों का आदमी हूँ। मैंने तुम्हें सदा अपने बेटों के समान माना है। हम नौकर को बराबर का दर्जा देते हैं। शाबाश, उठो, और गरम-गरम चाय बनाओ—खुद भी पियो और हमें भी पिलाओ...।''

वह अभी भी टेढ़ी आँखों से मेरी ओर देख रहा था। उसकी आँखों का भाव मुझे अच्छा नहीं लगा। यह जो आँखें तरेरकर देखना होता है, इससे मुझे आग लग जाती

है। मुझे यह बात भी बहुत अखरी कि मैं उसके पास खड़ा उसकी पीठ थपथपा रहा हूँ, और वह मेरी ओर टेढ़ी आँखों से देखे जा रहा है। पर मैं संयत रहा।

"अब हम इधर काम नहीं करेंगे साहिब, हमारा हिसाब चुका दो, हम चले जाएँगे।"

मेरा पारा फिर तेज होने लगा। ऐसे आदमी के सामने कौन संयत रह सकता है?

"तुम तो नोटिस के पैसे भी माँग रहे हो, और महीने के बाकी दिनों के पैसे भी। यह सब तो हम नहीं देंगे।"

वह चुप रहा।

मैंने कहा, "और अब तो तुम खुद जा रहे हो, हम तो तुम्हें नहीं निकाल रहे हैं। हम तो कह रहे हैं, अन्दर चलकर काम करो।"

"हम पूरे पैसे लेकर जाएँगे।" उसने कहा।

इस पर मेरा धैर्य सहसा चुक गया। सिर से पाँव तक मेरे अन्दर गुस्से की लहर दौड़ गई। सुअर का बच्चा, मैंने मन-ही-मन कहा, मैं तो बेटों की तरह बात कर रहा हूँ और यह फिर से धमकियाँ दे रहा है! मैं तुम्हें दिखाता हूँ, तुम्हें पूरे पैसे कैसे मिलते हैं! पर मैं बाहर से फिर भी संयत बना रहा।

"अच्छी बात है, मैं पुलिस को इत्तला कर देता हूँ। पुलिस के सामने तुम अपना मुताबला बता देना। जितने पैसे पुलिसवाले कहेंगे, मैं तुम्हें दे दूँगा और अब बाहर जाकर बैठो।"

यह कहते हुए मैं वहाँ से हट गया।

अपने कमरे में आकर मैं पर्दे के पीछे से उसकी कारगुजारी देखने लगा कि देखें, अब क्या करता है। अब भी वहाँ बना रहेगा, या चला जाएगा?

थोड़ी देर तक नत्थू तो वहीं बना रहा, फिर उसने अपनी बिस्तरी बगल में दबाई, ट्रंकी को हाथ में उठाया और आँगन पार करने लगा। जाएगा कैसे नहीं! देखता हूँ, कैसे नहीं जाता! अभी तो पुलिस का केवल नाम ही लिया है!

ट्रंकी उठाए वह फाटक के पार चला गया, पर वहाँ से हटा नहीं। पहले तो फाटक पर ही डोलता रहा फिर बाईं ओर को बढ़ गया, जहाँ कुछ कदम पर पान-बीड़ी की दुकान थी, और वहाँ जाकर खड़ा हो गया। थोड़ी देर तक वहाँ खड़ा पनवाड़ी के साथ बतियाता रहा, हमारे घर की ओर बार-बार इशारा करके कुछ कहता भी रहा, फिर वहाँ से भी हट गया।

मैंने इत्मीनान की साँस ली, लातों के भूत बातों से नहीं मानते। पुलिस का नाम लेने की देर थी कि सीधे रास्ते पर आ गया। इस बीच घर के और लोग भी बारी-बारी से जागकर बाहर आने लगे। केवल रमेश नहीं आया। वह लम्बी ताने देर तक सोने का आदी है। और फिर, वह नत्थू के मुँह भी नहीं लगना चाहता था। उषा बेटी

ने चाय बनाई और बरामदे में चाय की चुस्कियाँ लेते हुए हम रात के हंगामे की चर्चा करने लगे। मैंने उन्हें सुबह का किस्सा सुनाया। सभी का यही विचार था कि चलो, बला टल गई और हम सस्ते में छूट गए।

लगभग घंटे-भर बाद मैं अपने कमरे में तैयार हो रहा था जब मुझे खयाल आया कि पुलिस को इत्तला जरूर कर देनी चाहिए, और नहीं तो एहतियात के तौर पर ही सही।

मैं टेलीफोन की ओर बढ़ा ही था कि टेलीफोन की घंटी बज उठी। मैंने चोंगा उठाया। कोई अपरिचित-सी आवाज चोंगे में सुनाई पड़ी।

''क्या है? कौन बोल रहा है?'' मैंने पूछा।

''नत्थू नाम का नौकर आपके यहाँ काम करता था?''

''कौन बोल रहा है?'' मैंने कड़ककर पूछा।

''मैं घरेलू नौकर यूनियन का सेक्रेटरी बोल रहा हूँ।''

मैं चुप।

''उसके जितने पैसे बनते हैं, फौरन अदा कर दें, वरना हम अभी आपके घर के सामने धरना देंगे। हम आ रहे हैं।''

मैंने जवाब देने के लिए अभी मुँह खोला ही था कि दूसरी ओर से चोंगा रख दिया गया।

मुर्ग-मुसल्लम

"जेलखाने में सबकुछ मिल जाता है," उसने कहा, "बीड़ी-सिगरेट तो हाथों-हाथ ले लो। अफीम चाहो तो अफीम मिल जाती है, चरस-गाँजा, जो चाहो। बढ़िया-से-बढ़िया विलायती शराब। वहाँ क्या नहीं मिल सकता! और सियासी कैदी के लिए? यह तो समझो, जैसे ससुराल में रह रहा हो!"

वह हमेशा इसी अन्दाज में बात करता, ताकि हम उससे पूछें, 'तुमने कौन-सी चीज अपने लिए मुहैया कर ली थी?' इस पर वह बड़े ड्रामाई अन्दाज में अपने जेल के किस्से सुनाने लगता।

यों ले-देकर वह केवल एक ही बार जेलखाने में गया था, और वह भी केवल तीन महीने के लिए, लेकिन बातें करता तो लगता, जैसे सारी जवानी जेल की दीवारों में चुनवाकर लौटा है! और शायद जेल में बिताए तीन महीनों का ही असर था कि वह हर किसी को मुजरिम समझने लगा था। किसी सियासतदान की बात करो तो उसकी तिकड़मों के किस्से सुनाने लगता। सियासी कैदियों की बात करो तो उनका कच्चा चिट्ठा खोल देता। वह जानता था कि जेल-यात्रा के फलस्वरूप किस आदमी ने कौन-सा ओहदा, कैसे हथिया लिया था! ओहदा या ठेका या औरत...

और जेल में से लौटने के बाद, एक सियासी कारकुन बनने के बजाय, वह धीरे-धीरे एक सियासी पत्रकार बन गया था।

अब वह अखबारों को सियासतदानों के रहस्य बेचता था। यही उसका पेशा बन गया था। आजकल प्रायः हर अखबार को स्कैंडल की जरूरत है। वह ऐसे-ऐसे दाँव-पेच जान गया था कि बीसियों बरस पहले की तस्वीरें खोज निकालता और एक छोटे-मोटे लेख में उन्हें मढ़कर, अच्छी मोटी रकम झाड़ लेता। मिनिस्टरों के स्कैंडल विरोधियों को बेचता, और विरोधियों के विपक्षी पत्रिकाओं को। आजकल पार्टियाँ भी तो एक नहीं, अनेक हैं।

'हमारा पॉलिटिक्स तो विरोध का पॉलिटिक्स है। पहले भी विरोध का था, अब

भी विरोध का है,' वह हँसकर कहता, 'हमारा सबसे बड़ा योगदान यही है कि हम भंडाफोड़ करते हैं।'

उसने अपने तीन-तीन नाम रख छोड़े थे और तीनों में ख्याति प्राप्त कर ली थी।

इसी विरोध के पॉलिटिक्स के कारण वह जहाँ बैठता, एक छोटी-सी मजलिस जुटा लेता था, चाय और सिगरेट चलते, फिर यह किस्सा और वह किस्सा, यह स्केंडल और वह स्केंडल। उसकी बातें सुनते जाओ तो द्रौपदी के चीर की तरह भारत की स्थिति उघड़ती चली जाती थी।

उस रोज हमारी मजलिस एक रेस्तराँ में जमी थी। उसी का सुझाव रहा था। कहने लगा, "चलो, हम तुम्हें एक रेस्तराँ में खाना खिलाते हैं—जहाँ तुम्हें बढ़िया भोजन भी मिलेगा और पैसे भी बहुत नहीं लगेंगे।"

"पैसे हमारे कि तुम्हारे?" मित्रों में से एक ने चुटकी ली।

"हो सका तो मुफ्त में खिलवा देंगे, तुम चिन्ता क्यों करते हो?" वह बोला।

"अपने पैसों की अभी भी इसने बात नहीं की।" हमारे एक साथी ने जोड़ा।

हम लोग पहुँच गए। उसकी जेब से भोजन खा पाना बैल दूहने के बराबर था। हम सियासतदान न सही, थोड़ी-बहुत तराशी हम भी कर लेते हैं। सभी दोस्त पहले कॉफी-हाउस में मिले, फिर वहाँ से खरामा-खरामा चलते, सिगरेट का धुआँ छोड़ते, बतियाते, एक-दूसरे की टाँग खींचते, उस रेस्तराँ में जा बैठे।

खाना सचमुच बढ़िया था, इसमें शक नहीं। पर जगह बिल्कुल ढाबे-सी लगती थी—छोटे-छोटे केबिन, चीकट मैली मेज, मैली धब्बेदार दीवारें, चीकट मैले पर्दे।

"तुम भी संसद-सदस्य होते तो हमें भी कोई पूछता।" एक ने कहा, "हमारे लिए ढाबे ही रह गए थे?"

"और हमारे लिए तुम ही रह गए थे?" दूसरा बोला, "तुम किसी टूटी-फूटी विधान सभा के सदस्य ही बन जाते, किसी नगर-पालिका के ही सदस्य बन जाते तो हम भी ठाठ से किसी बढ़िया रेस्तराँ में बैठकर विलायती खाना खाते।"

इस पर हमारे सियासतदान ने फिर मुस्कराकर कहा, "हमारा पॉलिटिक्स सदा विरोध का पॉलिटिक्स रहा है। हम सदस्य-वदस्य नहीं बन सकते थे। विरोध करना तो हमारे खून में है, यह तो तुम जानते हो।"

"खून में था," एक ने संशोधन किया।

"अभी भी है," हमारे सियासतदान ने कहा। "पर विलायती भोजन की तुमने अच्छी कही। हम भी तुम्हें विलायती भोजन ही खिलाने लाए हैं। जेल में भी हमारा एक साथी विलायती भोजन का बड़ा शौकीन था।"

"आ गया अपने ढर्रे पर," हम एक-दूसरे की ओर कनखियों से देखकर मुस्कराए। "गुरू, हो जा शुरू!" एक ने चुटकी ली।

''यह हमारे संघर्ष का ही नतीजा था कि आज जेलखानों के सियासी कैदियों को इतनी सुहूलतें मिल रही हैं।''

''मतलब कि यही तुम्हारी विरोध की राजनीति का परिणाम है?''

''जेलखाने में सियासी कैदियों की हमारी मंडली में दस आदमी थे। सभी एक ही मुजाहिर में पकड़े गए थे। उनमें से एक कैदी किसी लीडर का भतीजा था। सुनो, सुनो; सुनते जाओ। आजकल तो वह भी बड़ा लीडर बन गया है, पर उन दिनों केवल भतीजा ही था।

''हफ्ता-भर जेल की रोटी खाने से बाद उस अमीरजादे का मन ऊबने लगा। एक दिन वह मेरे पास आया, कहने लगा, 'यार, कोई इन्तजाम करो। ऐसा भोजन खाऊँगा तो मुझे कोई बीमारी हो जाएगी। मेरा हाजमा चौपट हो जाएगा। मैं यहाँ बीमार होने तो नहीं आया न, मैं तो क्रान्ति करने आया हूँ।' मैंने पूछा, 'तो तुम क्या चाहते हो?' बोला, 'मुझे घर से खाना मँगवा दो।' मैंने कहा, 'मिस्टर, यह जेल है। तुम्हें घर से खाना कौन मँगवाने देगा?' फिर मुझे खयाल आया, हमारी सियासत किस काम की अगर हम अपने एक साथी के लिए जेल में अच्छा भोजन नहीं जुटा सकते! मैंने कहा, 'ऐसी-की-तैसी, हम तुम्हें यहाँ बढ़िया-से-बढ़िया खाना दिलवाएँगे। कहो तो विलायती खाना खिलवा दें! या मुर्ग-मुसल्लम! जो कहो...'

''चुनाँचे, उसी दिन हमने, शाम के वक्त, भूख-हड़ताल का ऐलान कर दिया। हमने जेलर से कहा, 'यहाँ पर हमें सही खाना नहीं मिल रहा है। हमें सही खाना दो, वरना हम भूख-हड़ताल करेंगे।'

''जेलर के सामने हमने मुतालिबा पेश किया तो वह बहुत बिगड़ा। बोला, 'भूख-हड़ताल करो या जेल के कुएँ में डूब मरो, भोजन तो वही मिलेगा जो यहाँ बनता है।'

''इस पर हमने सचमुच भूख-हड़ताल का ऐलान कर दिया। जेल के आँगन में छोटी-सी मीटिंग की, देर तक इन्कलाबी नारे लगाए, खूब ऊँची आवाज में, कि जेलखाने की दीवारें काँप जाएँ, फिर कौमी तराना गाते हुए अपनी कोठरियों में चले गए। हमने प्रण कर लिया कि खाएँगे तो मुर्ग-मछली, नहीं तो जेलखाने की संगीन दीवारों के पीछे भूख-हड़ताल करके दम तोड़ देंगे।

''दूसरे दिन हमने भोजन नहीं किया। जेलर भी टस-से-मस नहीं हुआ। दोपहर तक पेट में चूहे दौड़ने लगे। हमारे अमीरजादे की आँखें निकल आईं। वह मुझे कोसने लगा, 'चले थे विलायती खाना खिलवाने, यहाँ जान पर बन आई है!' दोपहर के वक्त जेलर राउंड पर आया तो मैंने बातों-बातों में अपने अमीरजादे का परिचय दे दिया। और यह भी बता दिया कि उसका चच्चा, आज नहीं तो कल, एक दिन जरूर मिनिस्टर बनेगा।

''मैंने कह तो दिया, पर मुझे खुद ऐसा लगा कि न जाने कहीं लेने-के-देने न पड़ जाएँ। घंटा-भर बाद सचमुच मैं जेलर के दफ्तर में खड़ा था। डर रहा था कि

जेलर तैश में होगा, तेवर चढ़े होंगे, मुझ पर गुर्राएगा और फिर सदा की तरह भौंकने लगेगा। पर वहाँ तो जेलर के होंठों पर मीठी-मीठी मुस्कान खेल रही थी। और मुझे देखकर वह उठ खड़ा हुआ। हाथ बढ़ाकर मेरे साथ हाथ मिलाया।

" 'हमारे लिए सभी सियासी कैदी मिनिस्टर बराबर हैं, साहिब! भोजन तो आप लोगों को अच्छा मिलना ही चाहिए, इसमें क्या शक है। देश का सारा बोझ आप लोगों ने अपने कन्धों पर उठा रखा है।'

"सच पूछो, मुझे उम्मीद नहीं थी कि दुश्मन इतनी जल्दी घुटने टेक देगा। मैं जेलर के दफ्तर से लौटा तो पाँव जमीन पर नहीं पड़ रहे थे। मैंने दोस्तों को बताया तो उन्होंने मुझे कन्धों पर उठा लिया, और जिन्दाबाद के नारे लगाते हुए सारे जेलखाने का चक्कर लगा आए। और दूसरे दिन से हमारे सामने विलायती खाना परोसा जाने लगा। तुम मानोगे नहीं, एक कोठरी में मेज बिछ गई। और उजली चादरों पर सचमुच हम चिकन-सूप पी रहे थे और छुरी-काँटे से कटलेट खा रहे थे। सारा सीन ही बदल गया। कहाँ हम भूख-हड़ताल करके दम तोड़ने जा रहे थे, और कहाँ हमारे बीच लंच और डिनर के मीनू पर बहसें होने लगीं। जेलर बड़ा साधन-सम्पन्न अफसर निकला। एक बैरा रोज हमसे आकर पूछता, 'आज क्या बनेगा, साहिब? विलायती खाना या मुर्ग-मुसल्लम, कीमा कबाब, बिरयानी... ?'

"हमारे बीच चिमगोइयाँ होने लगीं कि जेलर ने इन्तजाम कैसे कर लिया होगा! यह विलायती भोजन इसने जुटाया कैसे? एक ने कहा, 'बाहर से मँगवाया होगा।' दूसरे ने कयास लगाया, 'अपने घर से बनवाकर भेजा होगा।' तीसरे ने कहा कि 'तीसरे दर्जे के साधारण कैदियों में कोई बावर्ची रहा होगा, उसे इस काम पर लगा दिया होगा। जेल में तरह-तरह के काम तीसरे दर्जे के कैदी किया करते हैं। सियासी कैदियों की कोठरियाँ भी वही साफ करते हैं, और पानी के कनस्तर भी वही ढो-ढोकर लाते हैं।' खैर, तो चटखारे लेते हुए, हम देर तक कयास लगाते रहे कि जेलर ने इतना बढ़िया इन्तजाम कैसे कर दिखाया होगा।

"जेलर के साथ हमारी आवभगत बढ़ गई। एक बार हमने इस बढ़िया भोजन का भेद जानना चाहा तो वह अमीरजादे की पीठ थपथपाकर बोला, 'आपको खाने से मतलब है, आपको इससे क्या कि हम कैसे जुटाते हैं! आप हमारे मेहमान हैं, साहिब!'

"पूरे तीन महीने तक खाने का वह ठाठ रहा कि कुछ पूछो मत। विलायती भोजन चलता, बीच-बीच में कभी रोगन जोश बनता, कभी खीर बनती। कभी छोले-भठूरे खाने को मन करता तो वे भी बन जाते। जेल में रहकर हम सबका वजन पाँच-पाँच पौंड बढ़ गया था। यहाँ तक कि जब हम जेल में से रिहा होकर आए और हमारी पार्टी ने हमारे सम्मान में जलसा किया तो एक कार्यकर्त्ता ने अपनी

तकरीर में कहा भी कि 'सच्चे देशभक्तों के चेहरों पर रूहानी नूर चमकता है, कि जेल के सींखचों में बन्द रहने पर भी, उनकी सेहत गिरने के बजाय बेहतर रहती है।' हम स्टेज पर बैठे मुस्करा-मुस्कराकर, वक्ता की बात का मानो समर्थन कर रहे थे। सचमुच देश-सेवा से उपजी दिव्यज्योति ही होगी जो हमारे चेहरों पर खेल रही थी, वरना मात्र चिकन-सूप और मुर्ग-मुसल्लम से चेहरों पर ऐसी रोशनी कहाँ आती है!

''हम अंडर-ट्रायल कैदी थे, लेकिन ट्रायल की जल्दी अब किसी को नहीं रह गई थी। हमारी कोशिश थी कि कुछ दिन और जेल में टिके रहें। जहाँ तीन महीने देश-सेवा में गए, वहाँ तीन महीने और सही। पर सरकार को यह मंजूर नहीं था और एक दिन बिना शर्त हम सबको छोड़ दिया गया। हम कौमी तराना गाते हुए जिस तरह जेल के अन्दर गए थे, उसी तरह बाहर आ गए। जेलर फाटक तक हमें छोड़ने आया, और फाटक के पास पहले से लोग फूलों के गजरे उठाए खड़े थे।

''पर अभी मैं फाटक में से निकलने ही वाला था कि एक कैदी मेरे पास आया। उसने मेरी कोहनी को छुआ। मैंने मुड़कर देखा तो वह बोला, 'मैं बावर्ची हूँ, साहिब। मैं आप लोगों के लिए भोजन बनाता था।' मैंने उसे शाबाशी दी: 'वाह, यार, तुम बहुत बढ़िया बावर्ची हो! हमारा मन तो यहाँ से जाने को ही नहीं कर रहा है।'

''वह कुछ और कहने जा रहा था तभी जेलर और वार्डन वहाँ आ पहुँचे और वह आदमी अपने-आप पीछे हट गया।

''सच पूछो तो बाहर आकर, बहुत दिन तक मन ही नहीं लगा। मैं भी बहुत दिनों तक उखड़ा-उखड़ा महसूस करता रहा। सियासी सरगर्मियों में मन ही नहीं लगता था। जेल से लौटने के बाद सेहत कुछ गिरने लगी तो पत्नी ने ही सुझाव दिया, 'क्यों नहीं कुछ दिन के लिए जेल चले जाते! वहाँ हम लोगों से तो दूर थे, पर तुम्हारा स्वास्थ्य तो ठीक था।'

''अब किस्सा यह कि अन्दर-ही-अन्दर सियासी हल्कों में बात फैल गई कि जेलखाने में भोजन बहुत बढ़िया मिलने लगा है। इससे सचमुच विरोध की राजनीति को बड़ा प्रोत्साहन मिला। आए-दिन शहर की सड़कों पर मुजाहिरे होने लगे—कभी एक सवाल को लेकर, कभी दूसरे सवाल को लेकर। जब कभी कोई सियासी लीडर घर के भोजन से ऊबने लगता, तो छोटा-मोटा मुजाहिरा करके जेल पहुँच जाता। हमारा शहर सचमुच विरोध की राजनीति का गढ़ बनने लगा। कभी-कभी, जब जेल की कोठरियाँ सियासी कैदियों से भर जातीं तो सड़कों पर मुजाहिरे कुछ दिन के लिए थम जाते। विरोध की राजनीति में ठहराव आ जाता, झंडे झुक जाते।

''मुझे जेल से लौटे लगभग तीन-साढ़े तीन साल बीत गए होंगे, जब एक दिन सड़क पर मुझे जेलर मिल गया। बड़े तपाक से मिला। वह नया-नया रिटायर होकर

आया था, या तबादला होकर आया था, मुझे ठीक याद नहीं, पर इतना जरूर याद है कि जब मैंने शालीनतावश उसे सुन्दर भोजन जुटाने के लिए धन्यवाद दिया तो वह उल्टे मेरा धन्यवाद करने लगा। पता चला कि बढ़िया भोजन जुटाने के तुफैल में ही उसकी दो बार तरक्की हुई थी और वह बहुत बड़ा अफसर बन गया था।

" 'आपको खूब सूझी बरखुरदार!' उसने मेरी पीठ थपथपाते हुए कहा।

इस पर मैंने उनकी साधन-सम्पन्नता की तारीफ की।

" 'बाहर अच्छे-से-अच्छे होटल में भी इतना बढ़िया खाना नहीं मिलता। आपने यह जुगत कैसे निकाली?'

"उन्हें थोड़ी झेंप हुई, वैसी ही, जैसी सभी शालीन लोगों को अपनी तारीफ सुनने पर होती है। बड़ी विनम्रता के साथ बोले, 'आप लोगों को अच्छा खाना नहीं देंगे तो फिर किसे देंगे? सियासी नेता तो हमारे अन्नदाता हैं।'

"उसकी झेंप कुछ कम हुई तो बड़े आत्मविश्वास के साथ कहने लगा, 'हमारे लिए क्या मुश्किल है? आपने विलायती खाना तलब किया तो हमने विलायती भोजन का प्रबन्ध कर दिया।"

" 'क्या आम कैदियों में से कोई पुराना बावर्ची मिल गया था?' मैंने पूछा।

"वह बड़ी बेतकल्लुफी से हँसते हुए, मेरे कन्धे पर अपना हाथ रखकर बोला, 'शहर में सबसे बढ़िया होटल कौन-सा है, आप जानते हैं?"

" 'रिट्ज,' मैंने झट से कहा।

" 'बस, हमने रिट्ज होटल के एक बावर्ची का तबादला जेल में कर दिया!'

" 'क्या मतलब?' मेरे मुँह से निकला। बात अभी भी मेरी समझ में नहीं आई थी।

"उसने अपना दूसरा हाथ मेरे दूसरे कन्धे पर रखते हुए कहा, 'अब आप सबकुछ मेरे मुँह से ही कहलवाएँगे?' फिर हँसकर बोला, 'आप भी अंडर-ट्रायल, आपका बावर्ची भी अंडर-ट्रायल।'

"तभी उसका रहस्य मेरे दिमाग में कौंध गया।

" 'बिना किसी जुर्म के?' मेरे मुँह से निकला।

"मैं सकते में आ गया। एक सियासत है जो सियासतदान करते हैं, दूसरी सियासत है जो सरकार के अधिकारी करते हैं, और मैंने देखा है कि इस होड़ में सियासतदान अक्सर मार खा जाते हैं।

"जेलर साहब से पता चला कि 'रिट्ज' का बावर्ची अभी भी जेलखाने में ही है और सियासी कैदियों की नित नई मंडलियों को स्वादिष्ट व्यंजन बना-बनाकर खिला रहा है।

"जेलर साहब तो चले गए, पर बात मेरे जेहन में चुभ गई। भंडाफोड़ करने का एक नादर मौका मेरे हाथ लगा था। इस मामले का सुराग मिल जाए तो खासा

भंडाफोड़ होगा। विरोध-का-विरोध और कमाई-की-कमाई। वह बावर्ची भी छूट जाएगा, और अच्छी कमाई भी हो जाएगी। एकाध लेख लिख देने से ही काम चल जाएगा। चुनाँचे मैंने सुराग लगाना शुरू कर दिया। मैंने सीधा 'रिट्ज' होटल का रास्ता लिया।

''बात बड़ी सीधी-सादी निकली। इतनी सीधी कि उसे रहस्य का नाम भी नहीं दिया जा सकता। जिस दिन हमने भूख-हड़ताल का नारा दिया था, उसी रात, दिन-भर के काम के बाद होटल बन्द हुआ। कुछ खानसामे अपने-अपने घर को चले तो यह बावर्ची बीड़ी के दो कश लगाने सड़क के किनारे, एक बुत्ती पर जा बैठा। वह एक ही कश लगा पाया था कि इधर से गश्ती पुलिस आई और इसे धर लिया। बस, इतना ही। एक सिपाही ने दो झाँपड़ लगाए, दूसरे ने गलबहियाँ देकर नीचे गिराया, और फिर हथकड़ी लगाकर पुलिसवैन में धकेलकर बिठा दिया। और, चल मेरे भाई, सियासतदानों के भोजन का प्रबन्ध हो गया। पुलिस के लिए सचमुच क्या मुश्किल है!

''पता चला है कि बावर्ची का नाम इम्तियाज हुसैन था। 'रिट्ज' होटल में किसी को पता नहीं चला कि वह कब पकड़ा गया और क्यों पकड़ा गया! उन्हें तो यह भी मालूम नहीं था कि वह सचमुच पकड़ा गया था या अपने-आप कहीं भाग गया था, या हवा में अलोप हो गया था। वास्तव में जब वह दो दिन तक काम पर नहीं आया तो 'रिट्ज' होटलवालों ने खुद ही पुलिस थाने में उसके खिलाफ रपट लिखवा दी और रपट के साथ एक सूची भी टाँक दी कि वह होटल का यह-यह सामान उठाकर चम्पत हो गया है। भागा है तो कुछ तो उठाकर ही भागा होगा! बहुत दिन बाद यह भी पता चला कि जेल के अन्दर जब भी इम्तयाज हुसैन जेलर के सामने रिहाई की फर्माइश लेकर जाता तो जेलर साहब सचमुच वह मुचलका उठाकर उसके सामने झुला देते और कहते, 'जानते हो, तुम्हारे होटलवालों ने तुम्हारे खिलाफ गबन का मुकदमा दायर कर रखा है!' अंडर-ट्रायल इम्तियाज हुसैन हैरान होकर चुप हो जाता।

''तभी मुझे याद आया कि जेलखाने से छूटते समय, साँवले रंग का दुबला-पतला आदमी जो मेरे पास आ खड़ा हुआ था, और मुझसे कुछ कहना चाहता था, वह इम्तियाज हुसैन ही रहा होगा।

''अब आगे सुनो, इधर इम्तियाज हुसैन सियासी कैदियों को मुर्ग-मुसल्लम खिला रहा था, उधर उसकी घरवाली गली-गली और सड़क-सड़क उसे ढूँढ़ती फिर रही थी। पहले उसका क्वार्टर छिन गया, फिर फाकों पर नौबत आ गई। पूरे एक साल तक तो जैसे-तैसे वह सड़कों की खाक छानती, दरवाजे खटखटाती रही, फिर वह भी शहर की गलियों में से कहीं अलोप हो गई। इम्तियाज हुसैन के एक बेटा भी था। माँ के अलोप होने से पहले ही वह आवारा हो गया था और शहर छोड़कर किसी दूसरे शहर जा पहुँचा था।

"अब विरोध की राजनीति तो तुम जानते हो, हमारे खून में है। एक बार खून में उबाल आए तो हम चैन से बैठ ही नहीं सकते। हमने बड़ी दौड़-धूप की। पूरा-का-पूरा चिट्ठा तैयार कर लिया, पर अखबार में देने से पहले हमने सोचा, क्यों न पहले उस बावर्ची को छुड़वा लूँ और पीछे भंडाफोड़ करूँ? क्यों न अमीरजादे से जा मिलूँ, जिसकी उदरपूर्ति के लिए उसे जेलखाने में ठूँस दिया गया था? अब वह सचमुच नगरपालिका का उपाध्यक्ष बन चुका था। मैं उससे जा मिला। वह बोला, 'लेख-वेख मत लिखना। इससे हमारा भंडाफोड़ भी होगा और तुम्हारा भी। तुम्हें भी लेने-के-देने पड़ जाएँगे। हम उसे छुड़वाने की कोई दूसरी तरकीब निकालते हैं।' पर थोड़ी देर तक सोचते रहने के बाद बोला, 'यार, तुम इस मामले को तूल ही क्यों दे रहे हो? बैठा रहने दो उसे जेल में! बाहर आकर उसे कौन-से लड्डू मिल जाएँगे! जेल में चैन से बैठा देश-सेवा कर रहा है।'

"पर मैं नहीं माना। लेख न सही, इम्तियाज हुसैन छूटकर आएगा तो दस भेद और खुलेंगे। बहुत लोगों की चाँदी खुलेगी।

"अमीरजादे के लिए क्या मुश्किल था! उसने टेलीफोन का चोंगा उठाया और पुलिस से सम्पर्क किया। और कुछ ही दिन बाद इम्तियाज हुसैन मेरे घर के सामने खड़ा था। नाटा-सा, नगण्य-सा आदमी, दुबला-पतला, गदली आँखें, गंजा सिर और पिचके गाल, चेहरे पर जैसे धूल उड़ रही थी। मैंने उसे पहचान लिया। पर मैं हैरान था कि ऐसा आदमी मुर्ग-मुसल्लम कैसे बना सकता है!

"अब आगे सुनो। उसे छुड़वाना सचमुच बहुत बड़ी बेवकूफी साबित हुआ। न उसका काम बना, न हमारा। उसकी तो दुनिया ही बदल चुकी थी—न बीवी की कोई खबर थी, न बेटे की। रिट्ज़वालों के पास गया तो पहले तो वे उसे पकड़वाने के लिए झपटे, पर हमने जब उन्हें समझाया और सारी दास्तान सुनाई तब होटल के मालिक ने सिर हिला दिया, 'जेल से छूटे हुए आदमी को तो हम नहीं रखेंगे। लोगों को पता चलेगा तो हमारे रेस्तराँ में कोई आएगा ही नहीं।' हम उनसे कहे, 'अरे, यह तो अंडर-ट्रायल था, इस पर तो मुकदमा भी नहीं चलाया गया, यह तो सियासी कैदियों के लिए खाना बनाता था, देश-सेवा करता था, और फिर अपने काम में इसका हाथ तो पहले से भी ज्यादा साफ हो गया है। लगभग चार साल तक एकाग्र मन से अभ्यास करता रहा है।' पर नहीं, रिट्ज़ होटल का मालिक सारा वक्त सिर हिलाता रहा।

"यही फर्क है। जेल में से अंडर-ट्रायल सियासतदान लौटे तो उसका सितारा चमकता है, बावर्ची लौटे तो माथे पर मुजरिम का ठप्पा लगा होता है।

"उसे कहीं नौकरी नहीं मिली। रिट्ज़ होटल के पुराने साथी कभी-कभी, लुक-छिपकर खाना खिला देते थे, लेकिन आखिर वह गैरतवाला आदमी था, कितनी देर तक कुत्ते की तरह जूठन पर पेट पालता रहता?

''तभी एक दिन वह मेरे पास आया और कहने लगा, 'साहिब, जेल में ही भिजवा दो। वहाँ दो जून रोटी तो मिलती थी।'

''उसका सुझाव तो मुझे पसन्द आया, पर मैं उसे जेल कैसे भिजवा दूँ? अमीरजादा भी अब इस पचड़े में क्यों पड़ेगा? और जेल में भिजवाना क्या आसान काम है? मैंने उससे कह दिया, 'यह इतना आसान थोड़े ही है। हमने बरसों तक देश-सेवा की है, तब कहीं जेलखाने में जाने का अधिकार प्राप्त कर पाए हैं, वरना बिना कुछ किए-धरे जेल में कौन जाने देता है? अब पुलिसवाले मेहरबान हों तभी कुछ हो सकता है।'

''तभी एक दिन जब वह मेरे घर के बाहर देर तक बैठा रहा, तो मुझे एक ढंग सूझ गया।

'' 'सुनो,' मैंने उससे कहा, 'तुम भी किसी मुजाहिरे में शामिल हो जाओ। अगर पकड़-धकड़ हुई और तुम्हें जेलखाने में डाल दिया गया तो तुम अन्दर पहुँचकर जेलवालों से जा मिलना और कहना कि तुम्हें वहीं रख लें, यही एक तरीका है। मैं भी बाहर से डोरी खींचूँगा।'

''फिर जो कुछ हुआ, उसे सुनकर तुम्हें और भी ज्यादा हैरत होगी। वह साहब सचमुच एक मुजाहिरे में जा मिले। वहाँ पकड़-धकड़ भी हुई, यह धर भी लिये गए, जेल के अन्दर भी डाल दिये गए, मगर नौकरी तो दूर, जेल के बाहर भी पिटाई हुई, और जेल के अन्दर भी पिटाई हुई, और तीन दिन बाद इन्हें धकेलकर फिर बाहर निकाल दिया गया। जेलर तक पहुँचने की नौबत ही नहीं आई।''

''क्यों?'' हमने पूछा।

''क्योंकि यह गलत मुजाहिरे में जा मिले थे। वह सियासतदानों का मुजाहिरा नहीं था, होटलों के बैरों-खानसामों का मुजाहिरा था। नई-नई यूनियन बनी थी और उसमें इनके पुराने दोस्त-यार भी थे। उन्हीं की माँगों को लेकर मुजाहिरा हुआ था। पिट-पिटाकर लौट आए।

''पर एक अजीब बात हुई। इसे मुजाहिरों का चस्का पड़ने लगा। और अब तो जब मिलता है, मुजाहिरों की ही बात करता है। अब यह उनकी यूनियन का कारकुन बन गया है। और यूनियनवालों ने ही इसे इस ढाबानुमा रेस्तराँ में नौकरी दिलवा दी है।''

''अरे, इसी जगह?''

तभी हमने आँख उठाकर देखा तो केबिन के दरवाजे पर अधेड़ उम्र का एक आदमी खड़ा था। उसके गंजे सिर, गदली आँखें और नाटे कद से ही हमने उसे पहचान लिया।

''कहिए साहिब, खाना पसन्द आया?'' उसने मुस्कराकर कहा।

''हमसे क्या पूछते हो, इन मुफ्तखोरों से पूछो,'' हमारे सियासतदान ने कहा। ''हम इन्हें तुम्हारे हाथ का भोजन ही तो खिलाने लाए हैं!''

वह मुस्करा दिया। एक मीठी-सी मुस्कान, खिली-खिली-सी, जो झुर्रियों, मैले दाँतों और पपड़ियाए होंठों के बावजूद लड़कपन की-सी सादगी लिये हुए थी।

''हम पहले भी आए थे, मगर आप इन्हें हमारा किस्सा सुना रहे थे। अरे, साहिब, अब किस-किसको हमारा किस्सा सुनाइएगा?'' कहते हुए वह हँस दिया—टुनटुनाती-सी हँसी। फिर बोला, ''कॉफी पीजिएगा? भिजवाऊँ?''

दिवास्वप्न

तुम्हें क्या बताएँ, कोई भी काम आसान नहीं होता, पर यह जो लिखने का काम है, इस जैसा नामुराद काम तो दुनिया में नहीं होगा। पहले लिखो, तो कोई छापने के लिए तैयार नहीं होता। छप जाए तो कोई पढ़ता नहीं। वर्षों तक लिखते रहो, छपते भी रहो तो भी तुम्हें कोई पूछता नहीं, जानता नहीं। सम्पादक हाकिमों की तरह बातें करते हैं, और नक-चढ़े आलोचक तुम्हारी ओर आँख उठाकर भी नहीं देखते। जब बात भी करते हैं तो सरपरस्तों की तरह, कोई फतवा देने के लिए, मानो लिखना इतना जरूरी काम न हो, जितना फतवे देना! उस पर टाँग खींचनेवाले यार-दोस्त अलग, जो सदा यही मशविरा देते हैं कि लिखना तुम्हारे बस का रोग नहीं है, इससे तो बेहतर है—पान-बीड़ी की दुकान खोल लो! उधर घर की चिख-चिख अलग, बाल-बच्चों को अभाव में रखो, आए-दिन पत्नी के उलाहने सुनो—'दिन-भर करते ही क्या हो, कागज ही तो काले करते रहते हो, घर-परिवार जाए भाड़ में, तुम्हारी बला से!'

इस पर लेखक की अपनी परेशानियाँ! कलम कहीं रुक जाए तो आगे बढ़ने का नाम नहीं लेती। दिन-भर सिर धुनते रहो, सूझता ही नहीं कि कहानी आगे कैसे चले। लेखक की नौका कभी पार नहीं लगती। सारा वक्त वह उसे खेता रहता है, और वह सारा ही वक्त किसी-न-किसी मँझधार में डूबती-उतराती रहती है। उसका कोई कूल-किनारा नहीं होता।

फिर भी, यह सब बर्दाश्त हो जाता है। वह लेखक क्या जो ढीठ न हो, अपनी धुन का पक्का न हो! बाहर की चोट को तो लेखक चोट समझता ही नहीं! अवहेलना, उपेक्षा, जगहँसाई, यहाँ तक कि अभाव और गुरबत—सब बर्दाश्त हो जाते हैं। रुकी हुई कलम भी चल निकलती है, पर बात तब बिगड़ती है, जब लेखक के अन्दर ही कुछ टूटने लगे; जब अन्दर-ही-अन्दर अपने काम की सार्थकता पर उसका विश्वास चुकने लगे; जब उसे लेखक के सभी प्रयास निरर्थक और बेमतलब जान पड़ने लगें, सभी मंसूबे और योजनाएँ मृग-मरीचिका-सी जान पड़ें; जब वर्षों

तक लिखते रहने के बाद सहसा उसे लगने लगे कि वह भ्रम पालता रहा है, तब सचमुच लेखक के जीवन में एक संकट उठ खड़ा होता है।

पर, सच कहूँ, तो ऐसे भी संकट एक नहीं, अनेक बार आते हैं, और अगर उनमें से बच निकले तो गनीमत है। और कभी-कभी लेखक, एक छोटे-से तिनके के सहारे बच भी निकलता है।

एक बार तो मैं सचमुच हार मान बैठा था। बस, सड़क का मोड़ मुड़ने-भर की बात रह गई थी। मोड़ मुड़ जाता तो लेखन-कार्य को सदा के लिए खैरबाद कर देता, अपने वर्षों के किए-कराए पर पीठ फेर लेता, पर डूबते को तिनके का सहारा! मैं बच निकला, और सचमुच एक तिनके के सहारे ही बच निकला, और फिर से लेखक बन पाने का भ्रम पालने लगा।

यह बहुत दिन पहले की बात है। मुझे इस काम में झक मारते हुए लगभग पन्द्रह वर्ष बीत चुके थे। लेखन-कार्य के लिए भले ही यह लम्बा अर्सा न रहा हो, पर झक मारने के एतबार से काफी लम्बा अर्सा था।

मैं घर का पुश्तैनी व्यापार छोड़कर लेखन में आया था। पिताजी ने बहुत समझाया था कि लिखने का शौक पूरा करना हो तो खाली वक्त में पूरा कर लिया करो, यों दिन के वक्त दुकान पर बैठा करो, पर मैं नहीं माना। वह एक बार अपनी मिसाल देकर समझाने लगे थे। कहने लगे, 'मैंने भी किसी जमाने में एक नॉवल लिखा था। मैट्रिक के इम्तहान के बाद...' और कहकर हँसने लगे थे, मानो कहना चाहते हों कि लड़कपन में इस किस्म की बेवकूफियाँ सभी करते हैं, पर वक्त रहते सँभल जाते हैं, जैसे वह सँभल गए थे।

उसी दिन मेरी पहली कहानी एक छोटी-सी पत्रिका में छपकर आई थी, और वह पिताजी के हाथ लग गई थी, और उसे पढ़ने के बाद ही वह मुझे समझाने लगे थे। वह देर तक समझाते रहे थे, पर मुझ पर कोई असर नहीं हुआ था।

वास्तव में पत्रिका में अपनी कहानी देखकर मेरा दिल बल्लियों उछल रहा था। जब से पत्रिका हाथ लगी थी, मैं घर के एक कमरे से दूसरे कमरे में पागलों की तरह घूमता रहा था, और अपना आवेग और उत्तेजना न दबा पाने पर, साइकल लेकर बाहर निकल गया था, और देर तक निष्प्रयोजन, शहर की सड़कें नापता रहा था। मुझे लग रहा था, जैसे मैं हवा में उड़ रहा हूँ और लेखक बन पाने का मेरा सपना सचमुच साकार होने लगा है।

उन दिनों मैं दिवास्वप्न देखा करता था। घंटों दिवास्वप्न देखता रहता। दिवास्वप्न देखने की मेरी आदत तो आज भी नहीं छूटी है, हालाँकि अब वे दिवास्वप्न इतने बचकाना नहीं रहे, जितने उन दिनों हुआ करते थे।

तब तो दिवास्वप्न देखते हुए मैं हवा में उड़ा करता था। मैं सचमुच हवा में, दोनों हाथ फैलाए तैरता हुआ, कहाँ-से-कहाँ जा पहुँचता था! अपने मुहल्ले की गली के

ऊपर, घरों की छतों के ऊपर, हवा में तैरता चला जाता और दूर, गली के दूसरे छोर तक पहुँच जाता था। वहीं से मैं मुड़कर, शहर-भर के ऊपर उड़ान भरता हुआ, दूर पहाड़ों की ओर निकल जाता था। चाँदी की तरह झिलमिलाते आकाश की ओर, जहाँ मेरा तैरता शरीर मुझे ही मात्र एक चमकते बिन्दु-सा नजर आने लगता था और फिर उसी उजाले में खो जाता था।

मैंने किसी के मुँह से सुना था कि महत्त्वाकांक्षी लोग अपने सपनों : दिवास्वप्नों में उड़ा करते हैं, और यह सुनकर मुझे बड़ा अच्छा लगा था।

तभी मैंने घर का पुश्तैनी व्यापार छोड़, एक फटीचर स्कूल में नौकरी कर ली थी ताकि स्वतंत्र रह सकूँ और ज्यादा वक्त अपने लिखने-पढ़ने के काम को दे सकूँ।

पिताजी को इस बात का बड़ा खेद हुआ था, और घर में कलह भी उठा था। माँ, पिताजी से, रात के अँधेरे में, बड़बड़ाती हुई कहतीं, 'लड़का कुराह जा रहा है तो तुम उसे समझाते क्यों नहीं? तुम उसे नहीं समझाओगे तो क्या उसे समझाने कोई और आएगा?' मेरे कानों में उनके वार्तालाप के अंश पड़ते और मैं मन-ही-मन कहता कि एक दिन मैं इन्हें लेखक बनकर दिखा दूँगा, और फिर, करवट बदलकर दिवास्वप्न देखने लगता। मेरा आत्मविश्वास उन दिनों हिलोरें ले रहा था।

फिर उन्होंने मेरा ब्याह कर दिया। जब मेरा ब्याह हुआ, और नई-नवेली बहू घर में आई तब मैंने एक हीरो के-से अन्दाज में उससे कहा, 'मेरे पास तुम्हें दे पाने के लिए कुछ भी नहीं है। मुझसे मकान, आराम-आशा-यश की उम्मीद न करना। मेरे दिल में एक ही उमंग है, मैं लेखक बनना चाहता हूँ।'

मेरी पत्नी आँखें फैलाए मेरी ओर देखती रह गई थी, फिर धीरे से बोली थी, 'मैं तुमसे कुछ माँगती तो नहीं हूँ। आगे चलकर भी कुछ नहीं माँगूँगी।'

माँ-बाप ने सोचा था कि बहू आएगी तो मैं सँभल जाऊँगा, कि वह मुझे कुराह से हटाकर सही रास्ते पर ले आएगी, पर मैंने व्यापार तो छोड़ा ही था, अब घर भी छोड़ दिया, और पत्नी के लिए, एक बरसाती किराये पर लेकर रहने लगा।

कुछ दिन तक तो पत्नी भी खोई-खोई-सी रही थी, पर फिर, मेरी आँखों में आत्मविश्वास झलकता देखकर वह भी हँसने-चहकने लगी थी। मेरी तरह, उसने भी कन्धे पर झोला लटका लिया और मेरी साथिन बन गई। हम जहाँ मन आता, निकल जाते—न खाने की फिक्र रहती, न ओढ़ने-पहनने की। मैं खाली समय में, और कई बार रात तक, फर्श पर पालथी मारे, कलम चलाता रहता। उन दिनों वह बरसाती, बरसाती न होकर, मेरी उमंगों का झूला हुआ करती थी।

यह बहुत दिन तक चलता रहा। जिन्दगी आसान नहीं थी, पर कठिनाइयों की ओर ध्यान ही कहाँ जाता था! मुझे याद है, उन दिनों एक प्रकाशक के मैं प्रूफ देखा करता था। वह हर सोमवार को मुझे दस रुपए दिया करता था। और मैं यह रकम

उगाहने, दो मील चलकर, उसकी दुकान पर जाया करता था। उसने मेरा पहला कहानी-संग्रह छापा था, और किताब की रॉयल्टी एक साथ देने के बजाय, वह दस रुपए प्रति सप्ताह देकर चुकाया करता है, और साथ में, अपने प्रूफ भी सही करवा लिया करता था। यों किताब छापने में भी उसने अपनी पूँजी नहीं लगाई थी। आधी पूँजी मैंने लगाई थी, और उसके लिए मुझे अपनी पत्नी की दो चूड़ियाँ बेचनी पड़ी थीं। और उस नरपिशाच से दस रुपए वसूल कर पाना भी आसान नहीं हुआ करता था। एक मन्दिर के पास, कच्चे खोखे में उसकी दुकान हुआ करती थी। दुकान कह लो, या दफ्तर कह लो, वहीं पर वह बैठा करता था। एक बार, तपती दोपहर को, उसने पूरे दो घंटे तक मुझे खोखे के बाहर खड़े रखा था। वह किसी आदमी के साथ बतिया रहा था, और मैं सड़क के पार, एक छोटे-से पेड़ के नीचे, इस इन्तजार में खड़ा था कि कब उसका मेहमान उठकर जाए और मैं आगे बढ़कर उससे अपनी उजरत माँगूँ।

लटकती मूँछों और मोटी तोंदवाला प्रकाशक बार-बार खीं-खीं करके हँस रहा था, और किसी-किसी वक्त कनखियों से मेरी ओर देख भी लेता था। अब उसके बारे में सोचता हूँ तो मन क्षुब्ध हो उठता है, पर उन दिनों इसे लेखक की नियति मानकर शिरोधार्य कर लेता था। प्रकाशक का मेहमान लगभग अढ़ाई बजे, सिगरेट का टुकड़ा गली में फेंककर उठ खड़ा हुआ था, और जाँघ खुजलाता, खोखों की पाँत में, पीछे की ओर मुड़ गया था। वास्तव में, वह कोई मेहमान नहीं था, वह भी कोई दुकानदार ही था, जिसकी अपनी दुकान वहीं किसी खोखे में थी।

तभी मैं सड़क पार करके प्रकाशक की ओर बढ़ गया था।

'मास्टरजी!' प्रकाशक मुझे मास्टरजी कहकर बुलाया करता था, 'मास्टरजी,' उसने कहा और मेज की दराज में से दस रुपए का एक मैला-सा नोट निकाल लाया, 'इस तरह आकर गर्दन पर सवार नहीं हो जाया करो। आपके रुपए कहीं भागे नहीं जा रहे हैं।' और दस का नोट प्रकाशक ने मेरे सामने सड़क पर फेंक दिया था।

मैंने कड़वा घूँट भरकर जमीन पर से दस का नोट उठा लिया था।

'प्रूफ आ गया है। तीन फर्मे अभी ले जाओ, मास्टरजी, बाकी दो फर्मे शाम को आकर ले जाना।'

'उन दो फर्मों के लिए फिर से दो मील चलकर आऊँ, इसमें क्या तुक है?' मैंने झुंझलाकर कहा।

'इतनी अकड़ दिखाने से काम नहीं चलेगा, मास्टरजी; प्रूफ तैयार होकर आएँगे, तभी दूँगा। मंजूर न हो तो न आइए, ये प्रूफ भी छोड़ जाइए, आपकी किताब बिकने पर रॉयल्टी का हिसाब चुकता कर दूँगा। हमारा काम करनेवाले आप-जैसे बहुत मिल जाएँगे।'

मन में आया, प्रूफों का पुलन्दा प्रकाशक के मुँह पर दे मारूँ, 'रखो अपने प्रूफ अपने पास,' पर मैं कुछ नहीं बोला। प्रकाशक से बैर पैदा करने से कोई लाभ नहीं होगा! वह ठीक ही कहता था, मुझ-जैसे बहुत लेखक उसे इस काम के लिए मिल जाएँगे।

मैं वहाँ से हट गया था और चप्पल घसीटता, बगल में प्रूफों का पुलिन्दा दबाए, ढलान उतरकर बाजार की ओर बढ़ गया था। मेरा भेजा तप रहा था, और मन खिन्न हो रहा था। फिर मैं सड़क के किनारे, एक पीपल के पेड़ के नीचे बैठ गया था, और सिगरेट सुलगा ली थी। इसकी ऐसी-की-तैसी, मैंने मन-ही-मन कहा, इसे एक दिन दिखा दूँगा कि लेखक भी कोई हैसियत रखता है। एक दिन इसे मुँह की खानी पड़ेगी। और सिगरेट के तीसरे कश पर ही मैं दिवास्वप्न देखने लगा था।

दिवास्वप्न में मैं किसी छापाखाने के बाहर बैठा हूँ, और छापाखाने की मशीन धड़ाधड़ मेरी ही पुस्तक छाप रही है। साफ-सुथरे कागज पर छपाई निखर आई है। और यही तोंदवाला प्रकाशक, मेरी पुस्तक का छपा कागज हाथ में लेते हुए कह रहा है, 'मास्टरजी, लिखते बहुत अच्छा हो। इस पुस्तक से तुम्हारा बड़ा नाम होगा। आपका ही क्यों, हमारा भी बड़ा नाम होगा।'

मेरे पहले कहानी-संग्रह की ओर किसी ने ध्यान नहीं दिया था। मैं ही उसे उठाए कभी एक वरिष्ठ लेखक, तो कभी दूसरे वरिष्ठ लेखक के पास, आशीर्वाद का प्रार्थी बनकर, उसकी प्रतियाँ बाँटता रहा था। मेरे लिए क्या यह कम था कि किताब छप गई थी और उस पर मेरा नाम था?

मेरे उत्साह में तो कोई कमी नहीं आई थी, पर मैं यह भूल रहा था कि अपने जुनून में, मैं अपने घर के लोगों को भी अपने साथ घसीट रहा था। एक बार जब किसी छोटी-सी बात पर घर में कलह उठा तो मेरी पत्नी के मुँह से निकल गया, 'तुमने अपना फर्ज निभाया ही कब है? बच्चे हैं तो मैंने पाले हैं। मेरी चूड़ियाँ बेचकर तो तुमने अपनी किताब छपवाई हैं।'

तभी मुझे पहली बार झटके से इस बात का एहसास हुआ कि मुझे इस जुनून को पालते दस साल से ज्यादा समय बीत चुका है, और मैं करीब-करीब वहीं पर खड़ा हूँ, जहाँ दस साल पहले खड़ा था। मेरी पत्नी के दिल में, मेरे लेखन के प्रति सद्भावना रही थी, मुझे कभी-कभी लगता, जैसे उसकी उमंगें मेरी इस महत्त्वाकांक्षा में डूब गई हैं। प्रत्येक रचना को वह बड़े चाव से पढ़ती थी, और अपनी दो-टूक राय भी दिया करती थी। और मुझे यकीन है कि जब रात को सोने से पहले, वह हाथ जोड़ और सिर नवाकर, भगवान से प्रार्थना करती थी, तब जरूर मेरी लेखनी

के लिए कामना के कुछ शब्द हुआ करते थे। पर हम लेखक लोग, जो लोगों को यथार्थ का बोध कराते फिरते हैं, स्वयं दिवास्वप्नों में जीते हैं। यथार्थ से तो मेरी पत्नी जूझ रही थी, मैं तो अपने जुनून में खोया हुआ था।

फिर भी मैंने सिर झटक दिया, और पत्नी के उलाहने को सिर पर से उतार फेंका, क्योंकि मैं आश्वस्त था कि जिन्दगी का जो रास्ता मैंने चुना है, वही सही रास्ता है। दूसरा रास्ता, जिसमें अच्छी नौकरी है, पैसा है, सुख-सुविधा है, वह रास्ता कहाँ है, वह तो रुके हुए जल के पोखर में लोटना है, जिसमें न कोई हरकत है, न संघर्ष। साहित्य का आँगन तो विशाल आँगन है, उसमें पैसा भले ही न हो, पर सार्थकता तो है, जुनून तो है, संघर्ष तो है।

उन्हीं दिनों एक बार, शाम को थका-माँदा घर लौटा और सीढ़ियाँ चढ़ रहा था जब पत्नी की आवाज कानों में पड़ी। वह पड़ोसिन के साथ, साझी दीवार के आर-पार, बतिया रही थी। तब हम, माता-पिता के स्वर्ग सिधार जाने के बाद, अपने पुश्तैनी घर में लौट आए थे, और वहीं पर रह रहे थे।

'तुम तो बहन, देख ही रहो हो। अगर सिर पर पुश्तैनी छत नहीं होती तो जाने कहाँ-कहाँ ठोकरें खानी पड़तीं! कोई काम-धाम करना इनके बस का तो है नहीं। यह लेखक हैं, यह तो बस, कागज चितरना जानते हैं, इन्होंने और कुछ सीखा ही नहीं।'

पत्नी की आवाज में कटुता आ गई थी। उसका धैर्य चुकता जा रहा था। पर साथ-ही-साथ वह इस जीवन की अभ्यस्त हो चुकी थी, और जानती थी कि अब यह गाड़ी ऐसे ही चलेगी, इसी कारण उसकी आवाज में स्थिरता थी—उद्वेग और आक्रोश नहीं था।

मैं उन दिनों अपने दूसरे कहानी-संग्रह की पांडुलिपि तैयार कर रहा था, और प्रकाशकों के दफ्तरों के चक्कर काट रहा था। मुझे पूरी उम्मीद थी कि दूसरे संग्रह की कुछेक कहानियाँ निश्चय ही अपना प्रभाव छोड़ेंगी, क्योंकि मित्र-मंडली में उन्हें सराहा गया था। और मेरे दिवास्वप्न भी इस बात का आश्वासन दे रहे थे कि किताब जरूर बिकेगी, उसके तीन-तीन संस्करण एक साल में निकलेंगे, और पत्नी की दो चूड़ियों की जगह मैं उसे दस-दस चूड़ियाँ बनवाकर दूँगा।

उन्हीं दिनों मेरे ससुर हमारे शहर में आए, और हम लोग उनसे मिलने उनके होटल में गए। आज याद करता हूँ, तो वह दृश्य, ज्यों-का-त्यों मेरी आँखों के सामने उभर आता है। मेरे ससुर पलंग पर लेटे थे, मेरी पत्नी उनके पायताने बैठी थी, जबकि

मैं पास ही एक कुर्सी पर बैठा था। मैंने बातों-बातों में चहककर कहा था, 'विमला कहती है कि मैंने उसकी जिन्दगी बर्बाद कर दी है।'

कहकर मैं हँस दिया था, वही भरपूर आत्मविश्वासवाली हँसी, मानो मैं कह रहा होऊँ—यह समझती नहीं कि साहित्य-सृजन से जिन्दगी बर्बाद नहीं होती, बल्कि बनती है, आगे बढ़ती है।

मैंने सोचा था कि मेरे ससुर भी मेरे साथ हँस देंगे, और अपनी बेटी को समझाएँगे कि लेखक का संघर्ष बहुत बड़ा संघर्ष होता है। पर मेरे ससुर चुप बने रहे थे। सुनकर कुछ देर तक एकटक मेरे चेहरे की ओर देखते रहे थे, पर बोले कुछ नहीं थे, फिर वितृष्णा से मुँह दूसरी ओर फेर लिया था।

मैं खिसियाकर रह गया था। तभी मैंने देखा कि विमला की आँखें डबडबा आई थीं और वह कुछ भी बोले बिना, पैर के नाखून से फर्श को कुरेदे जा रही थी।

ससुर की नजर में ही मानो मैंने उनका उत्तर पढ़ लिया था : 280 रुपए पगार पाते हो, वह भी पन्द्रह वर्ष की नौकरी के बाद। पुश्तैनी घर में रहते हो, अपने बाल-बच्चों को लेकर, फिर भी चाहते हो कि मेरी बेटी इस बात पर गर्व करे कि वह एक लेखक की पत्नी है!

तब पहली बार मुझे लगा, जैसे मेरे ससुर उस दिन ही नहीं, सदा ही मुझे इसी नजर से देखते रहे थे, मुँह से कहते कुछ नहीं थे, पर आँखें उनकी मेरे अन्तस्तल को टटोल जाती थीं। मैं कितना मन्दमति था कि उनकी नजर में झलकनेवाली अवहेलना को देख नहीं पाया।

मेरे दिल को ठेस तो लगी, पर मन-ही-मन मैंने कहा कि एक दिन इन्हें दिखा दूँगा कि मैं लेखक बन सकता हूँ, और जिस बात को यह बड़ा महत्त्व दे रहे हैं—पैसे को—उसकी भी कमी नहीं रहेगी।

पर तभी पहली बार मुझे अपना विश्वास डोलता हुआ लगा। मेरे अन्दर जैसे कुछ हिल-सा गया था, और ठिकाने पर नहीं आ रहा था। मैं अपने को समझाने लगा, अपने साथ लम्बे-लम्बे संवाद बोलने लगा, अपना हौसला बढ़ाने की कोशिश करने लगा : 'दुर्गं पथस्तत्, कवयो वदन्ति'—यह पथ बहुत कठिन है, इस पर केवल चलना ही चलना है, तुम्हें कभी भी तटस्थ होकर अपने को नहीं देखना चाहिए, कभी किसी के साथ अपनी तुलना नहीं करनी चाहिए। लेखक का एक ही काम है—बस, लिखना, लिखना और लिखते जाना। बच्चनजी ने कहीं पर ठीक ही कहा है, कि जब लेखक का दिल जख्मी होता है, तो वह स्वयं ही उस पर मरहम लगाता रहता है। कोई और व्यक्ति उसके जख्मों पर मरहम लगाने नहीं आता।

मैंने भी अपने को बहुत समझाया, पर बात बनी नहीं। मैं आश्वस्त नहीं हो पाया। मैं बरबस अपनी तुलना और लोगों से करने लगा—जिन्दगी में तथाकथित कामयाब लोगों से, अच्छी नौकरीवालों से, जो अपने-आप आगे बढ़ रहे थे। जो

पहले दो कमरों वाले घर में रहते थे तो अब बँगलों में रहने लगे थे। मैं अपने को बार-बार समझाता—मुझे ऐसे लोगों से क्या लेना-देना? मेरा स्थान मेरे उन साथी लेखकों के बीच है, जो मेरी ही तरह जूझ रहे हैं, या उन सामान्यजन के बीच जो मेरी रचनाओं के पात्र बनते हैं, जिनके सुख-दुख को मैं अपने पन्नों पर उतारना चाहता हूँ।

एक द्विविधा-सी मेरे अन्दर पैदा हो गई थी। लिखते-लिखते मन उचट जाता था। पहले मैं, कोई रचना आरम्भ करने पर कभी भी उसे बीच में नहीं छोड़ता था, एक दिन लगे या दस दिन लगें, उस वक्त तक बराबर लिखता रहता था, जब तक अपने अन्दर का सारा उद्वेग पन्नों पर उड़ेल नहीं देता था। पर अब, सहसा ही, अन्दर कुछ सूखने लग जाता और कलम रुक जाती। पहले मैं कभी भी पन्ने फाड़-फाड़कर नहीं फेंकता था, अब मैं बार-बार फाड़ने लगा था। पर रोज, नियमित रूप से, मैं सुबह मेज पर जा बैठता, पर लिखते-लिखते कलम रुक जाती। और मैंने पाया कि उन दिनों, मेरे दिवास्वप्नों का स्वरूप ही बहुत कुछ बदल गया था।

एक दिवास्वप्न में मैंने देखा कि कोई कला-प्रदर्शनी चल रही है। प्रख्यात कलाकार हुसैन के चित्रों की प्रदर्शनी है। और हॉल के बीचोबीच खड़ा मैं एक साहित्यिक मित्र के साथ बातें कर रहा हूँ, जब सहसा पीछे से स्वयं हुसैन चले आते हैं और पीठ-पीछे से मुझे बाँहों में भर लेते हैं, और कहते हैं, 'चलो मेरे साथ, मुझे तुमसे कुछ कहना है।'

कमर में हाथ डाले वह मुझे अपने साथ लिवा ले जाते हैं, और मेरा लेखक-मित्र, अभिभूत-सा खड़ा देखता रह जाता है।

इस प्रकार के दिवास्वप्न अब बार-बार आने लगे थे। एक बार मैंने देखा कि कोई सम्मेलन चल रहा है—साहित्यिक-सम्मेलन है। जैनेन्द्रजी मंच पर अध्यक्ष-मंडल में बैठे हैं। उनकी आँखें हॉल में बैठे श्रोताओं पर लगी हैं। सहसा, मुझे श्रोताओं में बैठा देख मुझे पहचान लेते हैं, और अपनी कुर्सी छोड़, मंच पर से उतर आते हैं, और सीधा मेरे पास आकर, मुझे हाथ से पकड़कर, मंच पर ले जाते हैं, और मंच पर अपनी बगल में बिठा लेते हैं। सारे हॉल की नजरें मुझ पर हैं। एक आदमी दूसरे आदमी के कान में फुसफुसाकर कहता है, 'देवव्रतजी हैं, जाने-माने लेखक, बरसों से लिख रहे हैं...'

दिवास्वप्न जब टूटता तब अपनी वास्तविक स्थिति का बोध मेरे लिए असह्य हो उठता था। मैं खिन्न और उद्विग्न हो उठता, जैसे शराब का नशा उतर जाने पर सिर बोझिल और मुँह का स्वाद कसैला हो जाता है। मन मसोस उठता, और उस दिन मैं कोई काम नहीं कर पाता था।

उन्हीं दिनों हमारे किसी धनी रिश्तेदार के घर शादी हुई और हमें भी न्योता आया। किसी बड़े होटल में ब्याह की पार्टी होने जा रही थी। पत्नी तो बच्चों के कारण वहाँ नहीं जा पाई, पर मैं गया। यों मैं भी नहीं जाना चाहता था—एक सफेदपोश मास्टर का बड़े होटलों में क्या काम—पर मैं उन दिनों एक लघु उपन्यास पर काम करने लगा था, जिसके लिए मैं धनी लोगों के रहन-सहन और दिलचस्पियों को नजदीक से देखना-जानना चाहता था। इसलिए मैं अकेला ही वहाँ पहुँचा था!

रोशनियों से जगमगाते हॉल में, मैं धीरे-धीरे टहलता हुआ, कभी एक मंडली के पास तो कभी दूसरी मंडली के पास जा खड़ा होता और चुपचाप वहाँ खड़े बारातियों का वार्तालाप सुनने लगता। जब तनिक झेंप होती या अटपटा महसूस करने लगता तो सिगरेट सुलगा लेता।

दीवार पर लगे, तीन कुमकुमवाले फानूस के नीचे सजी-धजी औरतों की मंडली हँस-चहक रही थी। रोशनी के नीचे उनके हीरे और गहने और छमाछम करते कपड़े चमक रहे थे, और वे बातें भी कपड़ों की ही कर रही थीं।

उनके निकट ही, सोफा-कुर्सियों के पास खड़े एक बुजुर्ग अपने पेट का रोना रो रहे थे, 'कब्ज रहता है! सब इलाज करवा चुका हूँ। कब्ज बड़ी नामुराद बीमारी है...'

तभी मेरी नजर, पास में एक सोफा-कुर्सी पर बैठे, स्थूलकाय आदमी पर पड़ी जो अपनी छोटी-छोटी आँखों से मेरी ओर देखे जा रहा था। मुझे झटका-सा लगा। वही तोंदवाला प्रकाशक था, मूँछें अब लगभग सफेद हो चुकी थीं, पर पहले ही की तरह गालों के नीचे लटक रही थीं। मोटे-मोटे गुदगुदे हाथ तोंद पर रखे थे। उसने पहले ही मुझे पहचान लिया था।

'कहो मास्टरजी, अच्छे तो हो?' वह मुस्करा रहा था।

मुझे लगा, जैसे उस मुस्कराहट के पीछे वही व्यंग्य-भाव था जो सालों पहले उसकी बातों में झलका करता था। उन दिनों मेरा ध्यान उस व्यंग्य की ओर नहीं जाता था, उन दिनों दस रुपए की वसूली मेरे सृजन-कार्य का पुण्यफल हुआ करती थी।

'आप हमें मिलें या नहीं मिलें, मगर हमें आपकी खबर रहती है।' प्रकाशक बोला।

उसकी आँखों में वही हँसोड़ भाव था, मानो कह रहा हो, तुम बताओ या नहीं बताओ, पर हम जानते हैं, तुम कितने पानी में हो!

'कभी आइए मास्टरजी, आइए, बैठकर बातें करेंगे। आप हमारी कुछ मदद कर दिया कीजिए। आपको अच्छे पैसे देंगे।'

अच्छे पैसे देने का मतलब था, अच्छी खैरात देंगे। पहले दस का नोट तुम्हारी ओर फेंका करते थे, अब सौ का फेंकेंगे।

'अब नौकरी क्या करूँगा! कर ली, जितनी करनी थी।' मैंने हँसकर जवाब दिया।

'नौकरी कौन कहता है, मास्टरजी, हमारे भागीदार बन जाओ। हमारे परामर्शदाता बन जाओ। किताबें चुनने का काम तुम्हारा, उन्हें छापने-बेचने का काम हमारा। हर किताब पर एक सौ रुपए। घर बैठे किताबें बाँचिए और पैसे कमाइए। कभी दफ्तर में आइए, बात करेंगे।'

अपनी लेखकीय अकड़ के अनुसार मैंने सिर हिला दिया था, और मुस्करा दिया था और आगे बढ़ने लगा था, इस पर प्रकाशक ने पीछे से कहा था, 'आप पर कोई एहसान नहीं है, मास्टरजी, आपकी लेखकों में अच्छी जान-पहचान है, साहित्य पर आपकी नजर अच्छी है। हमारा भी लाभ, आपका भी लाभ। हम तो व्यापारी आदमी हैं, अपना नफा-नुकसान सोचते हैं, पर आपको भी नुकसान नहीं होने देंगे!'

बात यहीं पर खत्म हो गई थी। मैंने मुस्कराकर कुछ बुदबुदाते हुए सिर हिला दिया था और आगे बढ़ गया था। प्रकाशक भी दूसरी ओर देखने लगा था। मेरे मन में हल्की-सी गुदगुदी भी हुई थी। प्रकाशक को इतना तो पता चल गया है कि साहित्य पर मेरी नजर अच्छी है, और साहित्यकारों में मेरी अच्छी जान-पहचान है।

पार्टी खत्म हुई तो मैं होटल में से निकलकर बस-स्टॉप की ओर जा रहा था, जब पीछे से एक-एक करके मोटरें आने लगी थीं, और एक लम्बी कार में वही तोंदवाला प्रकाशक बैठा था। पास से गुजरने पर प्रकाशक ने मुँह दूसरी ओर फेर लिया था, ताकि हमारी नजरें न मिलें और मोटर आगे निकल गई थी।

अँधेरे में अपना रास्ता टटोलते हुए यह विचार एक तीर की तरह मेरे मन में चुभ गया, 'वह तो खोखे में से निकलकर मोटर-कार तक जा पहुँचा है, और इधर मैं अभी भी चप्पल घसीटे जा रहा हूँ।'

बात सही थी। प्रकाशक को तो खोखा भूल भी चुका होगा जब मन्दिर के निकट, लकड़ी के एक कच्चे खोखे में उसने अपना प्रकाशन-गृह खोला था, क्योंकि अब सुनने में आया था कि उसके तीन मकान थे, और अपना छापाखाना था, जबकि मैं... !

मुझे इस होटल में जाने की क्या जरूरत थी? मैं क्यों चला आया? मन का क्षोभ उत्तरोत्तर बढ़ता गया।

आदत के मुताबिक मैं रास्ते में ही एक बत्ती पर बैठ गया और सिगरेट सुलगा ली। पर, क्षुब्ध और विचलित मैं पानी में से फेंकी हुई मछली-जैसा महसूस कर रहा था। मुझे लग रहा था, जैसे मेरे जख्म पर लगाया गया कोई भी मरहम काम नहीं आएगा।

मैं व्याकुल हो उठा था। बरसों तक कागज काले करने के बाद, साहित्य के क्षेत्र में भी अभी तक न कोई मुझे जानता है, न मेरी कोई गणना ही है। दसियों कहानियाँ लिख चुकने के बाद अभी भी कहानी कभी छपती है तो कभी महीनों तक सम्पादक के दफ्तर की धूल चाटती रहती है। कहानी-लेखकों में अभी तक मेरा नाम सुनने

को नहीं मिलता। जब भी कोई गोष्ठी होती है, या सम्मेलन, तो बाहर से आनेवाले लेखकों को मुझे अपना परिचय स्वयं ही देना पड़ता है, और थोड़ी देर बाद, मैं झेंपकर पीछे हट जाता हूँ। अभी भी किताब छपवाने के लिए मुझे ही प्रकाशकों के द्वार बार-बार खटखटाने पड़ते हैं।

सभी प्रकार के प्रोत्साहन अब मुझे झूठा ढाढ़स लगने लगे थे। मुझे लगा, जैसे मेरी आँखों के सामने से कोई झीना रंगीन पर्दा छनकर गिर गया है, और मेरी स्थिति की वास्तविकता, अपने नग्न रूप में मेरी आँखों के सामने आ खड़ी है, और मैं सिहर उठा था। यहीं तक पहुँच पाने में मुझे पन्द्रह बरस लग गए थे। मैं समझे बैठा था कि जिन्दगी में चलने के अलग-अलग रास्ते हो सकते हैं, पर यह गलत था। जिन्दगी में चलने का केवल एक ही रास्ता है—धन-ऐश्वर्य का रास्ता, जो दुनिया में तुम्हारी स्थिति को मजबूत बनाता है। उसी को आगे बढ़ना कहते हैं, उसी का नाम कामयाबी है। चप्पलें घसीटनेवाला लेखक कामयाब आदमी नहीं है। अपनी रचनाएँ लिख-लिखाकर शून्य में फेंकते जाओ, अखबार के उड़ते कागजों की तरह—सड़क की पटरी पर, इधर से उधर, उधर से इधर, या फिर हवाई-किले बनाते रहो...

मैं फिर अपने को समझाता—तुम्हारा संवेदन ही तुम्हारी सबसे बड़ी पूँजी है। वह तुम्हारे हृदय में बना रहे तो तुम्हारे पास सबकुछ है। तुम्हारा काम केवल लिखना है, लिखते जाना है, अपने दिल के खून से लिखना...। पर इस असह्य वेदना की टीस छटपटाकर उठी—मेरे संवेदन को छलनी करनेवाले भी तो बैठे हैं! बड़ी से बड़ी प्रतिभा भी और लोगों के पैरों-तले रौंदी-कुचली जा सकती है—तोंदवाले प्रकाशक के पैरों-तले, आलोचकों के पैरों-तले। लेखक बनने की मेरी धृष्टता ने मुझे कहाँ ला पटका है!

घर तक पहुँचते-पहुँचते मैंने इरादा पक्का कर लिया कि मैं तोंदवाले प्रकाशक के पास जाऊँगा, और जैसा उसने कहा है, उसका 'भागीदार' बन जाऊँगा। 'देर आयद दुरुस्त आयद'। पहले नहीं किया तो अब सही। उड़ती तितलियों के पीछे भागने में अब कोई तुक नहीं। जितनी धूल फाँक ली, बहुत है। पिताजी की उस सीख में जरूर वजन रहा होगा कि दुकान पर बैठो और खाली वक्त में अपना शौक भी पूरा करते रहो। उसके पीछे उनके जीवनभर का अनुभव रहा होगा...

दुखी और व्याकुल, घर लौटकर, जब मैंने पत्नी से प्रकाशक के प्रस्ताव की चर्चा की तो पत्नी की आँखें फैल गईं और वह बड़े ध्यान से मेरी बातें सुनने लगी। इतने ध्यान से उसने पहले कभी मेरी बात नहीं सुनी थी, क्योंकि यह एक ठोस प्रस्ताव था, यथार्थवाद पर बर्क जानेवाले तर्क नहीं थे, कोरी साहित्य-चर्चा नहीं थी।

'देंगे क्या, तुमने पूछा?'

'लेने-देने की बात वहाँ पर तो नहीं हो सकती थी न विमला, पर कह रहे थे, तुम हमारे भागीदार बन जाओ। कहते थे, तुम पर एहसान नहीं है, तुम जाने-माने लेखक हो, तुम्हारे सहयोग से तुम्हें भी लाभ पहुँचेगा, हमें भी। एक पुस्तक की पांडुलिपि पढ़ने पर एक सौ रुपया देने की बात कर रहे थे।'

पत्नी चुप हो गई।

'क्यों, चुप क्यों हो गईं?'

इस पर पत्नी धीरे से बोली, 'तुम्हारा लिखना-पढ़ना छूटा जाएगा। ज्यादा वक्त तुम प्रकाशक के काम को ही देने लगोगे।'

मैं अभिभूत-सा पत्नी के चेहरे की ओर देखने लगा।

'मैंने पहले कौन-से तीर मार लिये हैं जो अब मार लूँगा!'

इस पर पत्नी ने आँखें उठाकर मेरे चेहरे की ओर देखा और देर तक देखती रही, फिर आगे बढ़कर उसने मेरे दोनों हाथ थाम लिये, 'तुम उस पार्टी में गए ही क्यों थे? वह तुम्हारा क्षेत्र नहीं है, तुम अपने ही लोगों के बीच रहा करो।'

पत्नी का चेहरा खिला-खिला-सा था, जैसे एक दर्द बाँटनेवाले का चेहरा होता है। क्या यह मेरा ढाढ़स बँधा रही है, क्योंकि इसने मेरे चेहरे पर दुख की छाया देख ली है? पिछले कुछ अर्से से वह अक्सर कहती रही थी—जिन्दगी में तुमने न अपना कुछ बनाया है, न घरवालों का। अब वक्त रहते, अपना तो कुछ बना लो!

'तुम्हारा भी तो मन करता होगा कि तुम्हारे तन पर अच्छे कपड़े हों, बच्चों के तन पर अच्छे कपड़े हों, हाथ में एकाध अँगूठी तो हो...'

'तुम मेरी चिन्ता न करो। जब तुम्हारी कोई अच्छी रचना छपकर आती है तो मैं समझती हूँ, मुझे हीरे की अँगूठी मिल गई है।'

मैं अभी भी चकित-सा पत्नी के चेहरे की ओर देखे जा रहा था।

उस रात मैं देर तक लेटा, करवटें बदलता रहा। पत्नी की सद्भावना से काँटे की चुभन तो बहुत कुछ शान्त हो गई थी, पर मेरी आँखों के सामने मेरी स्थिति फिर भी ज्यों-की-त्यों बनी रही थी। इस तरह घिसटते रहने से क्या लाभ? अपने परिवार के प्रति भी तो मेरा कोई दायित्व है? विमला भी मेरा ढाढ़स ही बँधा रही थी। मुझे दुखी देखकर मेरा हौसला बढ़ा रही थी। इससे अधिक कुछ नहीं।

सुबह उठकर जब मैं काम पर बैठा तो कलम नहीं चली। मैंने सोचा, उस पार्टी में जो कुछ देखा-सुना था, उसे तो कलमबन्द कर लूँ, पर वह भी नहीं हो पाया। रह-रहकर तोंदवाले प्रकाशक का चेहरा आँखों के सामने घूम जाता। मैं बार-बार कागज फाड़-फाड़कर फेंकता रहा। मेरा मन मुझे कचोटने लगा। पहले ऐसा नहीं हुआ करता था। अवहेलना और तिरस्कार के दिनों में भी कलम बराबर चलती

रही थी, पर अब वह उठने से इनकार करने लगी थी। मुझे लगा, जैसे मेरे अन्दर जो एक शीशा है, उसमें बाल आ गया है। वह सचमुच नकारा हो गया है।

मैं मेज पर से उठकर, खोया-खोया-सा, कमरे के बीचोबीच जा खड़ा हुआ था। अब यह कलम नहीं चलेगी। लिख लिया, जितना लिखना था; मार ली, जितनी झक मारनी थी। अब इसमें तुक ही क्या? तभी उधर से मेरी पत्नी रसोईघर में से आई और चलते-चलते कह गई, 'यों खड़े नहीं हो जाया करो जी, बुत-के-बुत बनकर खड़े हो जाते हो—न हूँ, न हाँ! क्या बात है?'

लगता था, पत्नी भी रात-भर छत को ताकती रही थी, और मेरे प्रति उसकी सद्भावना फिर से खीज में बदल गई थी।

मैं धीरे से कमरे में से निकलकर सीढ़ियों पर आ गया।

मेरे कदमों की आहट पाकर विमला रसोईघर में से बाहर निकल आई। ऐसा पहले कभी नहीं हुआ था कि घर से निकलते समय मैं पत्नी को बताकर नहीं जाऊँ कि कहाँ जा रहा हूँ। यों, मेरे कदमों की आहट से ही पत्नी मेरी मन:स्थिति को भाँप जाया करती थी। मेरे मेज पर बैठे-बैठे ही उसे पता चल जाता कि मैं काम कर रहा हूँ या किसी उधेड़बुन में खोया हूँ। मेरे माथे की शिकन को देखकर ही समझ जाती कि मुझे कौन-सी बात परेशान कर रही है।

मैं सीढ़ियाँ उतर रहा था, जब वह लपककर बाहर आई, और सीढ़ियों के ऊपर, दरवाजे में खड़ी-खड़ी बोली, 'अभी प्रकाशक से कुछ नहीं कहना जी! जो करना होगा, अच्छी तरह सोच-विचारकर करेंगे।'

मैंने मुड़कर देखा तो न जाने पत्नी को मेरे चेहरे पर क्या नजर आया कि वह नंगे पाँव सीढ़ियाँ उतर आई और मेरा बाजू पकड़कर बोली, 'तुम्हें मेरी कसम, अभी उसे कुछ मत कहना! तुम उसके साथ काम करके कभी खुश नहीं रह पाओगे। करना हुआ तो हम कोई और काम देख लेंगे।'

मेरा गला रुँध-रुँध गया। मेरा विश्वास तो अपने पर से उठ गया है, पर किसी का विश्वास तो मुझ पर अभी तक बना हुआ है। या केवल यह मेरा ढाढ़स ही बँधा रही है—कोरा ढाढ़स!

'मैं तो घर के लिए सौदा-सूद लेने जा रहा हूँ। उसके बारे में तो मैं सोच भी नहीं रहा था।'

'तुम उसी के बारे में सोच रहे हो। और तुम उसी के घर जा रहे थे। मैं तुम्हें जानती नहीं हूँ क्या? जा नहीं रहे होते तो मेज पर से उठ क्यों जाते?' उसने फिर मेरे चेहरे की ओर देखा और बोली, 'एक कप चाय नहीं पियोगे? मैं तो चाय लाने वाली थी! चलो, ऊपर चलो।'

'मैं अभी लौट आऊँगा, फिर चाय पिएँगे।'

'जल्दी लौटना।' और उसने आगे बढ़कर मेरा माथा सहला दिया और बालों

की लट माथे पर से हटा दी, और हँसकर बोली, 'चिन्ता न करो, सीढ़ियों पर हमें कोई नहीं देखता।'

मैं सीढ़ियाँ उतरकर सड़क पर आ गया।

पत्नी के इस स्निग्ध, सद्भावनापूर्ण व्यवहार से मेरा मन और भी साफ हो गया कि मुझे प्रकाशक के पास चले जाना चाहिए। रोज-रोज मेरा ढाढ़स बँधाने का काम कब तक करेगी? यह मेरा हौसला बढ़ा रही है, पर अन्दर-ही-अन्दर से यह भी जानती है कि मेरा कुछ बना-बनाया नहीं है, और आगे भी कुछ नहीं बनेगा।

सभी लेखकों ने ऐसे दिन देखे हैं, जब सड़कें सहसा सूनी पड़ जाती हैं, हवा में अवसाद घुल जाता है, पटरियों पर कागजों के पुर्जे उड़ते हैं और चारों ओर चिथड़े-ही-चिथड़े लटकते नजर आते हैं।

सड़क के मोड़ पर आकर मैं रुक गया। प्रकाशक के पास अभी जाऊँ या बाद में जाऊँ? कल रात ही तो उससे बात हुई है! इतनी जल्दी जाऊँगा तो वह मेरी उतावली देखकर मेरा दाम और भी कम कर देगा, अपना हाथ खींच भी सकता है। फिर मन में आया—नहीं, आज ही चलो! उस आदमी का क्या भरोसा, बाद में उसका मन बदल भी सकता है। अभी बात ताजा है, वह मुकर नहीं सकता। बाद में देर-अबेर हो जाने पर, क्या मालूम, किसी अन्य लेखक को पकड़ ले!

मैं इसी उधेड़बुन में था, जब मुझे घर के लिए सौदा-सूद का खयाल आया। न जाने प्रकाशक के यहाँ मुझे कितनी देर हो जाए, मैं सब्जी खरीदकर घर पहुँचा आऊँ, फिर उन्हीं कदमों प्रकाशक के पास चला जाऊँगा। चुनाँचे मैं मोड़ मुड़ गया और प्रकाशक की ओर जाने के बजाय, कुछ दूर, पेड़ के नीचे बैठे, एक सब्जीवाले की ओर जाने लगा।

सब्जीवाला चिड़चिड़े स्वभाववाला आदमी था, रुखाई से बोलता था। मुहल्ले में एक ही सब्जीफरोश होने के कारण उसका दिमाग कुछ ऊँचा था। सुबह की दुकानदारी बहुत कुछ खत्म हो चुकी थी और वह आराम से बैठा, बीड़ी के कश खींचे जा रहा था, और अखबार के कागज का एक लिफाफा जिसमें वह सब्जी डालकर देता था, मुँह के सामने रखे बैठा पढ़ रहा था।

मैंने अपने लिए सब्जी चुनी। जो लेना था, लिया, तुलवाया। मैं घर से थैला नहीं लाया था। सब्जीवाले के पास लिफाफे खत्म हो चुके थे। लगता था, केवल यही एक लिफाफा बचा था, जो उसके हाथ में था, और वह भी शायद फटा हुआ था।

'थैला नहीं लाए, बाबूजी?'

''नहीं है भाई, तुम लिफाफे में डाल दो न!'

'लिफाफा कहाँ से लाऊँ? बोला जो, खत्म हो गए हैं।'

'यह तुम्हारे हाथ में क्या है? इसी में क्यों नहीं डाल देते?'

सब्जीवाला कुछ बुदबुदाया, फिर तनिक खीज के साथ उसी लिफाफे में सब्जी डालकर लिफाफा मेरे हाथ में दे दिया। मैंने पैसे दिये और सब्जी उठाए वहाँ से चलने लगा।

तभी पटरी पर खड़े-खड़े यह देख पाने के लिए कि सब्जीवाले ने लिफाफे में हरी मिर्चें डाली हैं या नहीं, मैंने आँखें लिफाफे की ओर घुमाईं। उसे देखते ही मेरी आँखें फैल गईं और टाँगों में लर्ज़िश-सी हुई। लिफाफे पर मेरी कहानी छपी थी। हल्की-सी पुलकन मेरे सारे शरीर में दौड़ गई। कहानी का शीर्षक और शीर्षक के नीचे मेरा नाम, बस। लिफाफे पर कहानी का पहला पन्ना ही छपा था। पर इस रद्दी कागज के टुकड़े को देखते ही मेरे अन्दर कुछ जैसे अँगड़ाइयाँ लेने लगा, स्फूर्ति की हल्की-सी लहर दौड़ने लगी। मुझे लगा, जैसे मेरी आँखों के सामने धुन्ध छँटने लगी है, और जगह-जगह रोशनी के चित्र छिटकने लगे हैं। सब्जी बेचनेवाला मेरी ही कहानी का पन्ना पढ़ रहा था। मेरा मन हुआ, लौटकर जाऊँ और उसे बताऊँ कि यह मेरी कहानी थी, जिसे वह पढ़ रहा था।

यह कोई नई बात नहीं थी। कहानी भी नई नहीं थी। कुछ महीने पहले यह कहानी एक पत्रिका में छपी थी, यह पन्ना उसी पत्रिका का था। फिर भी मेरे अन्दर बार-बार एक हिलोर-सी उठने लगी थी, और मैं बरबस बुदबुदाए जा रहा था—मुझे कुछ कहना है, और मैं कहकर ही दम लूँगा, मुझे कुछ कहना है...

मेरी पत्नी भी मुझे देखकर चौंक गई होगी, क्योंकि चाय का प्याला पीने के बाद मैं प्रकाशक की ओर जाने के बजाय सीधा मेज पर जा बैठा था।

कलम फिर चलने लगी थी। और मैं फिर से अपने जीवन का सबसे बड़ा भ्रम पालने लगा था।

जहूर बख्श

तुमने शायद जहूर बख्श का नाम सुना हो! तुम पूछोगे, कौन-सा जहूर बख्श? इस नाम के तो सैकड़ों-हजारों लोग होंगे। नहीं, मेरी मुराद उस जहूर बख्श से नहीं जो अपने नाम से जाना जाता है, केवल उससे है जो इस बात से जाना जाता है कि उस पर क्या बीती। तुम यह जान पाओगे तो जहूर बख्श को कभी नहीं भूल पाओगे। वह तुम्हारे दिल में उतर जाएगा और हर राह जाता अधेड़ उम्र की दाढ़ीवाला आदमी तुम्हें जहूर बख्श नजर आएगा, और तुम्हारा दिल भी मेरी तरह उसे याद करके भर-भर आएगा।

अजीब किस्सा है। जब उसे पहली बार देखा था तब मेरे दिल पर कोई असर नहीं हुआ था। तब वह एक अधेड़ उम्र का आदमी ही लगा था—मैला कुर्ता, कन्धे के पास से फटा हुआ, नीचे तहमद और नंगे पाँव, उलझे-उलझे बाल, दीवार के सहारे लगकर खड़ा था। तब वह सैकड़ों-हजारों जैसा ही एक लगा था। न सुन रहा था, न बोल रहा था—बस, केवल खड़ा था, जैसे दीवार के साथ खड़े-खड़े जड़ हो गया हो!

उसके घर के सामने एक बड़ा मैदान था जो उस वक्त मर्द-औरतों-बच्चों से अटा पड़ा था। दूर से देखो तो लगता, जैसे मैदान में जगह-जगह चिथड़ों के ढेर लगे हों! बेघर लोग चिथड़ों के ढेर ही नजर आते हैं। अधजली खाटें, टीन-कनस्तर, कपड़े-लत्ते, जो मिला था, ये लोग अपने जलते घरों में से खींच लाए थे और अब खुले मैदान में पड़े थे।

जहूर बख्श दीवार से लगकर खड़ा था, और न जाने यह सब देख रहा था या नहीं देख रहा था। पथराई आँखों से कोई क्या देख सकता है! जिस दीवार के साथ लगकर वह खड़ा था, वह भी उसके अपने जले हुए घर की दीवार थी। उसके घर का सामान भी सामने मैदान में बिखरा पड़ा था। अधजले कागज, जो अभी उड़ रहे थे। ये अधजले कागज पांडुलिपियाँ थीं—कहानियों, अनुवादों, लेखों की पांडुलिपियाँ। इनमें से कोई भी अधजला कागज उठाकर देखो तो जहूर बख्श की लिखावट

पहचान लोगे। बड़ी साफ लिखाई में लिखता था, जैसे मोती पिरोता हो! पांडुलिपियाँ जो लिखी जाती हैं तो दिल के खून से लिखी जाती हैं। एक-एक पांडुलिपि पर जिन्दगी के वर्षों खप जाते हैं। अधजली किताबें भी बिखरी पड़ी थीं। शहर में दंगा हुआ था, और जैसा कि सदा होता है, घर जलाए गए थे, सामान लूटा गया था, लोग मारे गए थे। यह सब दोहराने की क्या जरूरत है? जिस किसी ने जले-अधजले घर, और मैदान में अधजले खाट-खटोलों और टीन-कनस्तर के बीच फटी-फटी आँखोंवाले मर्द-स्त्रियों को डोलते देखा है, वे जानते हैं कि दंगा क्या होता है।

आग लगाने से पहले लोग उसके घर के अन्दर घुस आए थे। जहूर बख्श के सामान के लिए छीना-झपटी हुई थी, पर उसकी किताबों को किसी ने नहीं छुआ था—उन्हें तो बाद में आग की नज्र किया गया था। जहूर बख्श के घर में ट्रंक और बरतन और कपड़े-लत्ते थे ही कितने कि किसी का मन भरता। फिर भी, उसकी आँखों के सामने लोग उन्हें उठा-उठाकर, घसीट-घसीटकर ले जाते रहे थे। जाने कहाँ ले जाते रहे थे! पर किताबों को किसी ने नहीं छुआ। किताबों और पांडुलिपियों को तो जलते घर में से जहूर बख्श खुद ही उठा-उठाकर बाहर लाता रहा था, मानो जीते-जागते इनसानों को बचा रहा हो! पर ज्यादा कुछ नहीं निकाल पाया। उसके हाथ झुलस गए थे और दाढ़ी झुलस गई थी और देह हाँफ-हाँफकर गिरने को हो रही थी। कुछ किताबें फिर भी बाहर ले आया था, पर फिर भागते लोगों के पाँव उन पुस्तकों पर पड़ते रहे थे। एक ठुड्डा लगा और कालिदास के 'शाकुन्तलम्' की प्रति कहाँ से कहाँ जा पहुँची, दूसरा ठुड्डा लगा तो प्रेमचन्द के 'गोदान' की प्रति धूल चाटने लगी। पांडुलिपियाँ पन्ना-पन्ना हो गईं, रेजा-रेजा, और जहूर बख्श दीवार के साथ लगा रुँधे गले से, फटी-फटी आँखों से देखता रहा, मानो अपनी मौत स्वयं देख रहा हो! प्रलय के समय होनेवाला नरपिशाचों का नृत्य भी ऐसा ही होता होगा। सब खत्म हो गया था। तीस वर्ष की साधना मैदान में उड़ते अधजले कागज-भर रह गई थी। इन कागजों और किताबों को वह छाती से लगाकर रखा करता था, सहला-सहलाकर पढ़ा करता था, क्योंकि वे भी किसी की साधना की देन थीं।

जब चारों ओर आग लगने लगी और दरवाजे तोड़-तोड़कर लोग अन्दर घुस आए थे तो जहूर बख्श के होश गुम हो गए थे। एक साथ इतने लोग, लाठियाँ-बर्छे उठाए। इस पर चिल्लाहटें, छीना-झपटी। उसकी पत्नी ऊँचा-ऊँचा बोल रही थी। फिर वह भी चीखने-चिल्लाने लगा था, 'मैंने किसी का क्या बिगाड़ा है? आप क्यों आए हैं? क्या चाहते हैं?'

अन्दर घुसने वाले लोगों को लगा था, जैसे वह बड़ी धौंस से बोल रहा है। रस्सी जल गई पर बल नहीं गया। फिर कब उसकी पत्नी की आवाज मौन हो गई थी, कब उसकी बेटी की आवाज भी आनी बन्द हो गई थी, उसे कुछ मालूम नहीं था। उस बदहवासी में उसे कुछ भी तो नहीं सूझा। वह घूमकर देख भी नहीं पाया कि क्या

हो रहा है। वह केवल उनके सामने खड़ा गिड़गिड़ा रहा था, 'भाइयो, सबकुछ ले लो; जो कुछ है, उठा लो; ये किताबें-कागज छोड़ दो! ये मेरी जिन्दगी-भर की पूँजी हैं। इन्हें छोड़ दो, खुदा के वास्ते! मैं तुम्हारे पाँव पड़ता हूँ...'

पर उसे धकेलकर घर के बाहर कर दिया गया था। फिर लूट-खसोट मची थी और बाद में घर को आग लगा दी गई थी।

मैंने जहूर बख्श की ओर देखा। एक पहेली की तरह वह वैसे-का-वैसा खड़ा था। छोटी-सी दाढ़ी, बड़ी-बड़ी पथराई-सी आँखें, दुबला शरीर, जैसे अन्दर की किसी आग ने उसे भी अधजला कर डाला हो! तभी उसका नाम मेरे जेहन में कौंध गया था। अरे, यह तो वही जहूर बख्श है जिसकी कहानियाँ मैंने पढ़ी हैं! इसने तो तरजुमे भी किए हैं। वे भी पढ़े हैं। शेख सादी की 'गुलिस्ताँ' और 'बोस्ताँ' के हिन्दी अनुवाद। यही वह जहूर बख्श है? पर इसने सूरत क्या बना रखी है? नंगे पाँव, तहमद ऊपर को चढ़ी हुई, दीवार के साथ यों लगकर खड़ा है, जैसे किसी ने कील ठोंककर उसे दीवार के साथ जड़ दिया हो!

उस दिन जहूर बख्श ने कुछेक पन्ने काले करने के बाद उन्हें एक ओर रखा था, एक बीड़ी सुलगाई थी और अँगड़ाई लेकर तख्त पर से उठ खड़ा हुआ था। वह गहरे सन्तोष का अनुभव कर रहा था। कलम चल निकली थी और दिल के उद्‌गार कागजों पर उतरते चले गए थे। गहरे सन्तोष की घड़ी थी वह। वह अभी भी सरूर में डूबा हुआ था जब बाहर मैदान में दौड़ते पाँवों की आहट सुनाई पड़ी थी। फिर चिल्लाहटें, फिर शोर, फिर नारे, और भद्‌दी गालियाँ। जिस बात का डर पिछले कुछ दिनों से बना हुआ था, एक प्रकार का मौन और तनाव, उसमें पहला विस्फोट हुआ था। लगता था, जैसे कोई बाँध टूट गया है और घृणा का सैलाब चारों ओर उमड़ आया है!

उस वक्त भी जहूर बख्श आश्वस्त रहा था; बल्कि दरवाजा खोलने के लिए उठा था, जब उसकी पत्नी सहसा चिल्ला उठी थी, 'बाहर मत जाओ जी, यहीं से देख लो। दरवाजा मत खोलो जी।'

'नहीं-नहीं, कुछ नहीं होगा, चिन्ता मत करो। यह हमारे घर के सामने नहीं होगा।'

'नहीं जी, दरवाजा मत खोलो, तुम्हें मेरे सिर की कसम!'

'पगला गई हो गया?' जहूर बख्श हँस दिया था, 'इस शहर में कौन है जो मुझे नहीं जानता?' और जहूर बख्श बड़े इत्मीनान से दरवाजा खोलने के लिए आगे बढ़ा था।

तभी जोर से धमाका हुआ था। क्या किसी ने उसके दरवाजे पर कुछ फेंका था?

फेंका नहीं था, कुल्हाड़ी से वार किया था। एक बार नहीं, दो बार, तीन बार, और तीसरे वार पर दरवाजा चरमराकर टूट गया था।

जहूर बख्श अब भी समझे बैठा था कि उनसे भूल हुई है, कि वे लोग उसे देखेंगे, उसे पहचानेंगे, और उल्टे कदमों लौट जाएँगे। पर यहाँ तो बहुत-से आदमी भाले-बर्छे उठाए अन्दर घुस आए थे। यह सब पलक मारते हो गया था। इससे पहले केवल बाहर का सन्नाटा टूटा था, पर जहूर बख्श उससे बेखबर अपनी लेखनी चलाता रहा था। जब लिखने बैठता था तो उसे दीन-दुनिया की खबर नहीं रहती थी।

'हाय माँ!' बड़ी बेटी चिल्लाई थी और भागकर माँ से लिपट गई थी। छोटी बेटी वहीं किताबों की अलमारी के पास खड़ी रही थी। उससे मानो हिला ही नहीं गया। उसका चेहरा पीला पड़ गया था और आँखें त्रस्त हिरनी की आँखों की तरह सामने देखे जा रही थीं। जहूर बख्श को इतना याद था कि उसकी नजर अपनी बेटी पर पड़ी थी जो घबराई हुई किताबों की अलमारी के पास खड़ी थी। इसके बाद वह कहाँ गई, उसकी पत्नी की चिल्लाहटों का क्या हुआ, उसे कुछ मालूम नहीं था। हाँ, लोगों के मजमे में उसे विश्वेश्वर का चेहरा नजर आया और उसकी काँपती टाँगों में थोड़ी ताकत आ गई थी। विश्वेश्वर बगलवाले मुहल्ले में रहता था और एक हिन्दी पत्रिका के कार्यालय में काम करता था। विश्वेश्वर उसे जानता था, उसकी लेखनी का प्रशंसक था, उससे कहा करता था—'जहूर बख्श, तुम हो तो मुसलमान, लेकिन तुम हिन्दी साहित्य को समृद्ध बनाओगे।' उसके दो-एक लेख विश्वेश्वर ने अपनी पत्रिका में छपवाए भी थे। विश्वेश्वर यहाँ क्या कर रहा है? यह इन्हें रोकता क्यों नहीं है? जहूर बख्श ने वहीं से चिल्लाकर कहा था, 'विश्वेश्वर भैया, तुम तो मुझे जानते हो!'

पर फिर जब जहूर बख्श ने आँख उठाकर देखा तो विश्वेश्वर का कहीं नाम-निशान नहीं था। देखते-ही-देखते वह भीड़ में खो गया था। जैसे धरती उसे लील गई हो!

लोग चिल्लाए जा रहे थे। जहूर बख्श के पाँव थर्रा गए, और त्रास की ठंडी लहर शरीर में दौड़ गई थी। वह हकलाते हुए बोला था, 'देखो साहिबो, जो माँगते हो, हाजिर है, पर एक छोटी-सी अर्ज है...' उसने हाथ बाँधकर कहा। कुछ लोग चुप हुए, कुछ पहले से भी ज्यादा चिल्लाने लगे। पढ़ने-लिखनेवाले लोग समझते हैं, विनम्रता से, ठहराव से बात करेंगे तो लोग उनकी बात सुनेंगे, उनके तर्क की ओर ध्यान देंगे। पर यहाँ तो लोगों की आँखों में खून उतरा हुआ था। 'साहिबो, सब ले लो, मेरी किताबें छोड़ दो। मैंने पाई-पाई जोड़कर ये किताबें इकट्ठी की हैं।'

फिर जाने उसे क्या हुआ, वह पागलों की तरह चिल्लाने लगा था, 'यह देखो, निराला, पन्त, महादेवी के काव्यग्रंथ हैं। यह वृन्दावनलाल वर्मा की ग्रन्थमाला है। ये प्रेमचन्द के उपन्यास हैं। भगवती बाबू मुझे जानते हैं। मैं नागरजी को भी जानता

हूँ। ये रहीं उनकी रचनाएँ। देखिए, मैंने गाढ़ी कमाई से इन्हें इकट्ठा किया है। इन्हें छोड़ दीजिए, मेरी पांडुलिपियाँ हैं; मैंने 'गुलिस्ताँ' का हिन्दी में अनुवाद किया है...'

तभी जहूर बख्श के मुँह पर एक झापड़ पड़ा और उसका मुँह बन्द हो गया। बस, एक सिसकी-भर उसके मुँह से निकली और वह चुप हो गया। तभी कई हाथ आगे बढ़े और जहूर बख्श को घसीटकर बाहर खींच ले गए। तभी कहीं से आवाज आई, 'म्लेच्छ! हिन्दी में लिखता है!' यही वाक्य जहूर बख्श के कानों में पड़ा और उसकी चेतना जड़ हो गई।

सामान लूटा जाने लगा। ट्रंक, बिस्तर, बक्से, खाट, जो जिसके हाथ लगा, उठाकर ले गया। तभी उसके व्याकुल हृदय को बीवी-बच्चों की याद आई, उसके मुँह से गगनभेदी चीख निकली, पर उसे एक और धक्का पड़ा और वह मैदान में औंधा जा गिरा। तभी आग के शोले उठने लगे, और घर की खिड़की में से और टूटे दरवाजे में से धुआँ निकलने लगा।

'खैर मना जो तेरी जान बख्श दी है। हरामी की औलाद! मुसल्ले!'

और कहकहे लगाती, नारे लगाती, गालियाँ बकती भीड़ किसी दूसरे शिकार पर आगे गढ़ गई थी। और जहूर बख्श थर-थर काँपता, अपने जलते घर के सामने, अपने घर की, अपने पुस्तकालय की होली देख रहा था! उसका मन इतना क्षुब्ध था कि उसने जलते घर की ओर पीठ मोड़ ली। लेकिन उसके जीवन-भर की आस्था अभी केवल जख्मी हुई थी, मरी नहीं थी। वह फिर घूम गया। उस वक्त उसे और तो कुछ नहीं सूझा, वह पागलों की तरह घर के अन्दर घुसकर किताबें और पांडुलिपियाँ खींच-खींचकर बाहर लाने लगा। इन्हें अपनी आँखों के सामने जलने कैसे दूँ, जो बचता है, बचा लूँ। न जाने कितनी देर तक, उस वक्त तक, जब तक उसके हाथ नहीं जल गए थे, और फेफड़ों में धुआँ नहीं भर गया था, और वह हाँफता हुआ, सिर पकड़कर बाहर आकर बैठ नहीं गया था, वह उन्हें ढो-ढोकर बाहर लाता रहा था।

और अब जहूर बख्श अपने घर की जली हुई दीवार के साथ लगकर खड़ा था, और सामने मैदान में बीसियों बेघर परिवार, बचे-खुचे टीन-कनस्तरों, खाली डिब्बों, उड़ते कागजों, मिट्टी-गर्द और कीच-गोबर के बीच अपना घर बनाए हुए थे। जहूर बख्श की फैली-फैली, फटी-फटी आँखें न जाने क्या देख रही थीं!

जब हम लोग--पत्रकार और नेता और धर्मनिरपेक्ष समाज की दुहाई देनेवाले भद्रगण—बेघर शरणार्थियों के प्रति सद्भावना जताने और उनकी मदद करनेवालों की पीठ ठोंकने वहाँ आए थे, तब भी वह दीवार से पीठ लगाए खड़ा था और सामने देखे जा रहा था। तभी सहसा मैंने उसे पहचान लिया था और लपककर, अपनी नोटबुक और पेंसिल सँभालता हुआ उसके पास चला गया था।

"आप तो लेखक हैं न? हिन्दी में कहानियाँ लिखते हैं न? आपने 'शेख सादी' का अनुवाद किया है न?"

उसने पलकें उठाकर मेरी ओर देखा, फिर पलकें गिरा दीं, मानो मेरी शक्ल में भी उसे विश्वेश्वर नजर आया हो! एक क्षीण-सी मुस्कान उसके होंठों पर आई, "कहानियाँ लिख डालीं जो लिखनी थीं। यही मेरी आखिरी कहानी थी।" वह ऐसा ही कुछ बुदबुदाया।

एक कहानी वह होती है जो लेखक लिखता है, एक कहानी वह होती है जिसे वह जीता है, तिल-तिलकर जीता है। जहूर बख्श किस कहानी की बात कर रहा था?

बाहर मैदान में अभी भी अधजले कागज उड़ रहे थे। कहीं-कहीं पर किताबें भी बिखरी पड़ी थीं—मिट्टी और कीच में सनी।

एक हमदर्द ने आगे बढ़कर एक किताब को उठा लिया। कीच में सनी हुई किताब थी। न जाने कितने पैरों के नीचे रौंदी जा चुकी थी! रामायण थी, तुलसीकृत रामचरित मानस, जिसमें जगह-जगह निशानियाँ लगी थीं, मानो इसे पढ़नेवाला इसे पढ़ता नहीं रहा था, इसे पूजता रहा था।

आग ठंडी पड़ जाने के बाद बहुत दिन तक शहर मानो कराहता रहा था, अपने जख्म सहलाता रहा था। पर फिर, घरों के दरवाजे फिर से खुलने लगे थे। पेट की आग फिर से लोगों को बाहर खींच लाई थी। दुकानें खुलीं, दिलशिकन लोग फिर से जैसे-तैसे अपने दिल थामकर उठे। वतन तो अपना था, सभी को यहीं रहना था, कोई कहाँ तक रोए! मलबा उठाया जाने लगा, मकानों की मरम्मत की जाने लगी। लगा, जैसे दंगे के पाँच दिन भयावह दुःस्वप्न जैसे थे, जो आया और चला गया। फिर से गलियों और सड़कों पर खेलते बच्चों की हँसी सुनाई पड़ने लगी। जिजीविषा फिर से दिलों में कसमसाने लगी, आशाओं के हरे-हरे अंकुर फिर से फूटने लगे। लगा, जैसे काली घटा जो सिर के ऊपर छाई थी, अब उतर गई है। न मानते हुए भी लोग अपने दिलों को समझाने लगे। कट्टरपंथियों के हाथों आहत होनेवाले मुसलमान भी और हिन्दू भी। नहीं, अब यह नहीं होगा। लोग अपना नफा-नुकसान समझेंगे, इस अभागे देश का नफा-नुकसान समझेंगे।

लगभग दो बरस बाद की बात है। शहर की सड़कों पर हमारी मोटर दौड़ी जा रही थी। साम्प्रदायिकता के सवाल पर आयोजित एक सम्मेलन में हम लोग भाग लेने आए थे। मुझे भाषण भी देना था। मैं पिछले कुछ सालों से हर दंगे के बाद घटनास्थल पर पहुँचता रहा हूँ और दंगों के कारणों की छानबीन करता रहा हूँ। बिरले ही कोई ऐसा दंगा हुआ होगा जिसके बाद मैं वहाँ नहीं पहुँचा और विस्थापितों से

मिलकर पूरी पूछताछ नहीं की। इससे मेरी जानकारी खूब बढ़ी है और मैं अधिकार के साथ इस विषय पर बोल सकता हूँ। मेरे साथ दो-एक और समाजसेवी भी थे। एक जगह पर गाड़ी रुकी तो छोटी-सी भीड़ इकट्ठी हो गई। कुछ कुतूहलवश, कुछ अपनी शिकायतें लेकर पहुँच गए थे। मैंने और मेरे साथियों ने उनका शंका-समाधान किया। उन्हें आश्वासन दिया कि सरकार उनकी माँगों पर गौर कर रही है, और उन्हें धर्मनिरपेक्षता के सिद्धान्त को हृदयंगम करने का उपदेश दिया।

ज़ब गाड़ी चली तो एक आदमी आगे बढ़ आया और बोनट से लगकर धीरे-धीरे आगे बढ़ने लगा। ऐसा लगता था, जैसे वह गाड़ी के सामने लेट जाना चाहता हो। पर कुछ लोगों ने उसे देख लिया और झट से उसे धकेलकर परे हटा दिया।

जहूर बख्श था। मुझे पहचानने में देर नहीं लगी। वही छोटी-सी दाढ़ी जो अब बहुत कुछ सफेद हो चुकी थी। वही फटी-फटी आँखें, वही उलझे हुए बाल। मन चाहा, गाड़ी रुकवाकर उससे दो बातें करूँ। उस दिन तो वह कुछ नहीं बोला था पर अब तक तो जरूर उसके मन में स्थिरता आ गई होगी। मैंने उड़ती खबर भी इस आशय की सुनी थी कि जहूर बख्श को फिर से बसाने की कोशिशें की जा रही हैं, पर जब मैंने मुड़कर पीछे देखा तो जहूर बख्श को देखकर मैं स्तब्ध-सा हो गया। वह सड़क के बीचोबीच डोल रहा था, मानो रास्ता भटक गया हो; मानो उसे मालूम न हो कि वह कहाँ पर है या उसे कहाँ जाना है!

"जहूर बख्श है साहिब।" मेरी बगल में बैठे एक स्थानीय व्यक्ति ने मुझे पीछे मुड़-मुड़कर देखने पर बताया, "इसका दिमाग हिल गया है साहिब, कुछ-कुछ पगलाने लगा है।"

जहूर बख्श कुछ कहना चाहता था?—क्या मुझसे कुछ कहना चाहता था? क्या मुझे उसने पहचान लिया था? उसका मुँह अभी भी हमारी गाड़ी की ओर था। उसके उलझे बाल और फटे कपड़े अपनी कहानी—उसकी आखिरी कहानी—खुद ही बता रहे थे।

यही जहूर बख्श के साथ मेरी आखिरी मुलाकात थी। कुछ ही मुद्दत बाद सुनने में आया कि जहूर बख्श अब इस दुनिया में नहीं है।

[यह कहानी सच्ची है। मैंने श्रीमती सुभद्रा जोशी के मुँह से सुनी है।—भीष्म साहनी]

विकल्प

मौसाजी घर में सबसे समझदार आदमी हैं—अनुभवी, सहनशील, सोच-समझकर हर कदम उठानेवाले, कुछ-कुछ भीरु स्वभाव, पर बड़े सन्तुलित। घर-परिवार में अथवा प्रियजनों में जहाँ कहीं कोई समस्या उठ खड़ी होती है—पति-पत्नी के बीच हो, बाप-बेटे के बीच, या भाई-भाई के बीच हो, आड़े वक्त में सम्बन्धियों को सदा मौसाजी की याद आती है। बूढ़ी बुआ परमेशरी का मन जब संसार से उचटने लगा तो मौसाजी उसे संसार से मन लगाने के उपाय बताते रहे। मौसाजी बुजुर्गों में भी उतने ही लोकप्रिय थे, जितने नौजवानों के बीच। किसी घर में यदि पर-स्त्री प्रेम का झमेला उठ खड़ा होता—और आए-दिन ऐसे झमेले उठते रहते थे—तो मौसाजी गृहिणी को अपना धैर्य बनाए रखने और पति को अपना प्रेम-सम्बन्ध छिपकर बनाए रखने की सलाह देते। उनके सभी उपदेश धीमी आँच पर पकाए गए सालन की भाँति होते थे—हल्के-हल्के, रास्ता सुझाते हुए, जिससे नैतिक नियम भी बने रहें, समाज की आचार-संहिता भी भंग नहीं हो, और मामला शान्तिपूर्ण ढंग से पटरी पर भी आ जाए।

जब उन्हीं के चचेरे भाई की बेटी, पड़ोस के एक लड़के से प्रेम करने लगी तो मौसाजी ने उसकी पीठ सहलाते हुए, उसे प्रेम और वासना का भेद बताया और अपने अकाट्य तर्कों और गहरी सद्भावना से आश्वस्त कर दिया कि जिसे वह लड़की प्रेम समझे बैठी है, वह वासना के घिनौने आवेग से अधिक कुछ नहीं। चुनाँचे वासना का अंकुर वहीं पर मसल दिया गया। लड़की भी आश्वस्त हो गई, माँ-बाप ने चैन की साँस ली और दोनों की नजरों में मौसाजी और ऊँचे उठ गए। एक ओर आधुनिकता और दूसरी ओर परम्परा, इनके बीच, मौसाजी नाजुक-सा सन्तुलन बनाए रखते। न बहुत दाएँ जाते, न बहुत बाएँ। इससे बुजुर्ग लोग समझते कि हमारा पक्ष ले रहा है, और नौजवान समझते कि नई रोशनी का आदमी है, हमारे साथ है। मौसाजी के सहयोग से कलह शान्त होते रहे, मौसाजी जख्मों पर धैर्य का मरहम लगाते रहे, टूटते घरों को सहिष्णुता और शान्ति की बैसाखियों की टेक दे-देकर

गिरने से बचाते रहे। और इस तरह उनकी जिन्दगी के बरसों बीत गए, यहाँ तक कि कनपटियों के बाल सफेद हो चले थे। उन्हें कभी-कभी लगने लगता, जैसे दूसरों की गुत्थियाँ सुलझाते हुए, उन्हें अपने जीवन की गुत्थियाँ सुलझाने का वक्त ही नहीं मिला। शायद लोकप्रियता की गुदगुदाहट के कारण उन्हें अपनी समस्याओं की चुभन कभी महसूस ही नहीं हुई। प्रशंसा, प्रेम और लोकप्रियता की चिकनी सतह पर उनका जीवन लिखा हुआ-सा चलता रहा। हर बार जब किसी की गुत्थी सुलझा देते और वह गद्‌गद होकर मौसाजी का धन्यवाद करता, या करती--तो मौसाजी के अन्दर ऐसी पुलकन उठती, आत्म-सन्तोष की झुरझुरी-सी कि लगता, जीवन सार्थक हो गया है—मेरे हाथों एक और गाँठ खुल गई है, किसी का भला हो गया है। यहाँ तक कि भावोद्रेक में वह और अधिक विनम्र और विनीत महसूस करने लगते।

अपनी जीवन-यात्रा में भी मौसाजी सन्तुलित ही बने रहे, धीमी गति से समतल भूमि पर ही चलते रहे। न तो वह अमीर बन पाए, न गरीब ही रहे, मतलब कि न अपना घर बनवाया, न किराये के मकान में ही रहे, वह अपने पुश्तैनी घर में ही बने रहे। उनके मन में कभी-कभी तो यह विचार उठता कि अगर बैंक में अच्छा पैसा होता, तो उनके तर्कों में भी ज्यादा वजन आ जाता, उनका व्यक्तित्व भी और उनके परामर्श भी, अपने-आप ही अधिक प्रभावशाली बन जाते। पर ऐसा नहीं हुआ तो इसका उन्हें खेद भी नहीं था, बल्कि वह इस बात से आश्वस्त ही थे कि उनका जीवन बहुत कुछ उनके सिद्धान्तों के अनुसार ही चलता रहा है।

पर अब, पिछले कुछ अर्से से मौसाजी को लगने लगा था कि दुनिया कुछ टेढ़ी होती जा रही है। जिस समतल भूमि पर चलने के वह आदी थे, वह ऊबड़-खाबड़ होने लगी है। अब हर वक्त सड़क के बीचोबीच चलनेवाले व्यक्ति को भी पीछे से मोटर-गाड़ी आने पर, बाएँ या दाएँ तो हटना ही पड़ता है। मौसाजी एक ओर को हट जाते, और गाड़ी निकल जाने पर फिर सड़क के बीचोबीच आ जाते। पर उन्हें लगने लगा था कि अब उन्हें बार-बार पैंतरे बदलने पड़ रहे हैं, सड़क के बीचोबीच चलते रहना सम्भव ही नहीं हो पा रहा है। बदलती दुनिया तो सारा वक्त एक सन्तुलन तोड़कर नया सन्तुलन ग्रहण कर पाने की कोशिश करती रहती है। इस स्थिति में मौसाजी का सन्तुलन कैसे बना रह सकता था?

आज मौसाजी 109 नम्बर बस में बैठे, दिल्ली के दूसरे छोर पर, एक और घरेलू-गुत्थी सुलझाने चले जा रहे थे। हिचकोले खाती बस में उन्हें स्वयं कुछ ऐसा भास होने लगा था कि वह परामर्शदाता न रहकर, कुछ-कुछ पुरोहित-से

बनते जा रहे हैं। जिस किसी के घर में कोई अड़चन उठती है, वह उनसे मिलने चला आता है, या उन्हें बुलवा भेजता है, और मौसाजी वैसे ही उसके घर की ओर चल देते हैं, जैसे पुरोहित कहीं सगाई करवाने, या मुंडन करवाने, अपनी पोटली बगल में दबाकर चल देता है। वह एक तरह से पेशेवर सलाहकार बन चुके थे।

उसी दिन सुबह मुन्नी का टेलीफोन आया था और मुन्नी टेलीफोन पर ही रो पड़ी थी, और मौसाजी का भी दिल भर आया था।

'मेरा क्या बनेगा? मैं कहीं की नहीं रहूँगी।' उसने रुँधी आवाज में हिचकियों के बीच कहा था। और जवाब में सदा की भाँति, मौसाजी ने ढाढ़स बँधाते हुए कहा था, 'हौसला रखो मुन्नी! हौसला छोड़ देगी तो बनता काम भी बिगड़ सकता है। यह पृथ्वी किसी सन्तुलन पर टिकी है आखिर...।'

'आप चले आइए। जैसे भी हो, आ ही जाइए!' मुन्नी ने रोते हुए आग्रह से कहा था, और कहते ही चोंगा रख दिया था।

और अब मौसाजी, बस नम्बर 109 में बैठे दानिशमन्दी की अपनी पोटली बगल में दबाए, मुन्नी के घर की ओर चले जा रहे थे।

मामला नया नहीं था, काफी दिन से चल रहा था, और अब किसी विकट स्थिति में पहुँच गया जान पड़ता था। वही पर-स्त्री प्रेम का ही झगड़ा था, जो मुन्नी के बरसों के विवाहित जीवन के चूल-कील हिलाए दे रहा था। मुन्नी के प्रति मौसाजी का दिल पसीज उठा था। मौसेरे भाई की बेटी थी, अब तो उम्र में भी बड़ी हो चली थी, पर उन्हीं की गोद में खेलकर बड़ी हुई थी। उसके आग्रह को कैसे टालते! और न जाने अब कौन-सा नया गुल खिला है!

मन से चिन्तित होने पर भी, बस में बैठे-बैठे, मौसाजी जीवन की विडम्बनाओं पर मुस्कराए बिना नहीं रह पा रहे थे। मुस्कराते जाते और अपने दार्शनिक निष्कर्ष निकालते जाते। यही आदमी मुन्नी का पति—जो अब मुन्नी से बार-बार यही कहता रहता था कि तुम्हारे साथ मेरा विवाह एक बहुत बड़ी भूल थी, हम एक-दूसरे के लिए नहीं बने हैं, यही आदमी कभी मुन्नी को 'देवी' कहा करता था, और दिन में दो-दो चिट्ठियाँ लिखा करता था और मुन्नी से कहा करता था कि तुम्हारे बिना मेरे लिए जीवन का कोई अर्थ ही नहीं रह गया है। और मुन्नी ने भी घर में जिद पकड़ ली थी कि ब्याह करेगी तो उसी के साथ। और अन्त में ब्याह करके छोड़ा था। अब बात करो तो मुन्नी कहती है, 'ओ, मौसाजी, छोड़िए, अब इस बात को। मुझे क्या मालूम था कि इतनी जल्दी बदल जाएगा! इसने तो विवाह के कुछ ही दिनों बाद मुझे सताना शुरू कर दिया था।' आदमी जिन्दगी में एक पड़ाव नहीं, कितने ही पड़ाव लाँघता है, और हर पड़ाव पर उसका नजरिया बदल चुका होता है।

मौसाजी मुन्नी को सदा धैर्य का उपदेश देते रहे थे, और अब उन्हें यकीन-सा हो गया था कि मुन्नी ने उनकी सीख पर अमल किया होता तो बात बिगड़ती नहीं।

पर नहीं, जिस दिन से यह पर-स्त्री अभिसार हुआ था, मुन्नी पानी में से बाहर फेंकी हुई मछली की तरह छटपटाने लगी थी।

'वह है कौन मेरे आदमी पर डोरे डालनेवाली? देखने में चुड़ैल लगती है, मोटी-मोटी आँखें, मेढक-जैसी! बाल कन्धों पर छितराए रहती है। अपने को बड़ी मॉर्डन समझती है।' वह तड़पकर कहा करती।

इस पर मौसाजी मुस्कराकर कहा करते, 'तुम उससे ईर्ष्या करने लगी हो!'

'मैं? मैं उसे अपनी जूती बराबर नहीं समझती। वह है कौन? मेरा आदमी बेवकूफ बन रहा है।'

पर यह इस अभिसार का पहला चरण था। तब भी मौसाजी ने मुन्नी को सब्र और धैर्य से काम लेने की सीख दी थी।

पर मुन्नी ने सुनी नहीं। सुन लेती तो यह नौबत नहीं आती; बल्कि एक दिन तो बौखलाकर अपने पति से कह भी दिया, 'यह मत समझो कि मैं चुप बनी रहूँगी। अगर तुम मुझे खदेड़ोगे तो मैं भी तुम्हें छोड़ूँगी नहीं।'

सुनकर मौसाजी ने दाँत-तले होंठ काट लिये थे।

'मुन्नी, यह तुमने क्या कह दिया! क्या तुम अपना घर बर्बाद करना चाहती हो?' और मौसाजी ने उसे समझाया था कि इस तरह से बात कभी नहीं सुलझेगी, बल्कि और बिगड़ेगी।

मौसाजी उस वक्त भी मुन्नी के दुःसाहस से प्रभावित तो हुए थे, पर वह जानते थे कि दुःसाहस के ये शब्द आत्म-सम्मान के कारण नहीं, ईर्ष्या के कारण बोले जा रहे हैं। पर यह उन दिनों की बात थी जब किस्सा अभी शुरू ही हुआ था और उसके कपड़ों से उस 'चुड़ैल' की महक आने लगी थी।

मुन्नी बौखला उठी थी, और रात-रात करवटें बदलती हुई गरम-गरम आँसुओं से अपना तकिया भिगोने लगी थी। फिर, इस अभिसार का वह चरण भी आया, और वह देर-सवेर घर लौटने लगा—कभी आता, कभी नहीं आता! अब उसने मुन्नी को घर से बाहर अपने हाथ ले जाना छोड़ दिया, नाते-रिश्तेदारों के घर भी नहीं ले जाता था, और एक दिन जब रात को 'तू-तू, मैं-मैं' हुई तो वह अपना बिस्तरा भी उठाकर कमरे में से बाहर ले गया और उस दिन के बाद बरामदे में ही सोने लगा था।

तब भी मौसाजी ने मुन्नी को धैर्य बनाए रखने की सीख दी थी, और देर तक पुरुषों की वृत्तियों का विश्लेषण करते रहने के बाद उसे परामर्श दिया था कि वह सब्र से काम ले, घर में अच्छे-अच्छे कपड़े पहनकर बैठा करे, ताकि उसके पति को बीते दिनों की 'देवी' की झलक मिलने लगे, और अच्छे-अच्छे व्यंजन तैयार करवाया करे, ताकि वह फिर से घर के साथ अपना लगाव महसूस करने लगे। पर तब भी मुन्नी ने सब्र से काम नहीं लिया; बल्कि व्याकुल हिरनी की तरह उसके पीछे-पीछे भागने लगी।

वह शाम को घर पर नहीं लौटता तो उसकी टोह में जासूसों की तरह कभी एक जगह जाती, कभी दूसरी जगह भटकती फिरती। कभी उसके दफ्तर के बाहर जा पहुँचती लुक-छिपकर, कभी किसी पेड़ के पीछे तो कभी किसी दीवार की ओट में यह देख पाने के लिए कि अब वह किस ओर घूमेगा, कहाँ जाएगा, उसे कहाँ-कहाँ ले जाएगा। कभी किसी रेस्तराँ में जा घुसती, इस आशंका से कि वह उस 'कलमुँही' को लिये वहाँ तो नहीं बैठा है!

बस में बैठे-बैठे मौसाजी मुस्करा रहे थे, कैसी विडम्बना है! स्त्री ही सबसे अधिक यातना भोगती है, और उसे यातना पहुँचानेवाली भी कोई स्त्री ही होती है। एक स्त्री, दूसरी स्त्री का घर बर्बाद करने में तनिक भी संकोच नहीं करेगी। न जाने अपनी किस ललक को पूरा करने के लिए वह आदमी को अपनी उँगलियों पर नचाती भी है, और उसकी पत्नी को सताती भी है।

'अबला नारी!' मौसाजी बुदबुदाए, और मुस्कराने लगे।

फिर वह मंजिल भी आई थी, जब वह अलग हो जाने की धमकी देने लगा था।

मौसाजी को यकीन था कि यदि मुन्नी अब भी सब्र से काम ले तो बात सँभल जाएगी। उसकी बेसब्री के कारण ही मामला बिगड़ता चला गया है। बवेला मचाने से भी काम सुधरे हैं? तुम पहले मन में फैसला कर लो कि घर को, बाल-बच्चोंवाले परिवार को बनाए रखना है या तोड़ देना है! अगर बनाए रखना है तो तुम्हें उसके अभिसारों पर आँखें मूँदे ही रहना होगा। ईर्ष्या और शक करते रहने से कुछ नहीं होगा। मामला बिगड़ेगा ही, सुधरेगा नहीं!

सहसा मौसाजी के मन में एक सवाल उठा : क्या सचमुच ईर्ष्या ही के कारण मुन्नी इतना छटपटा रही है या इसके पीछे कोई और कारण भी हो सकता है? और क्या कारण हो सकता है? वह समझती है कि बाहर की औरत उसके घरवाले को उससे छीने लिये जा रही है, और वह बर्दाश्त नहीं कर सकती, और क्या! वह तिरस्कृत महसूस करती है। वह समझती है कि वह उस 'कलमुँही' से किसी बात में कम नहीं है, फिर क्यों उसकी हेठी हो?

मौसाजी को एक घटना याद हो आई और उसे याद करके वह थोड़ा विचलित हुए। मुन्नी के पति के दफ्तर में पार्टी थी। बड़े-बड़े अफसरों को बुलाया गया था। और भी दफ्तर के बहुत लोग थे, यह 'कलमुँही' भी, क्योंकि यह भी उसी दफ्तर में काम करती थी। इस पार्टी की खबर मुन्नी को नहीं दी गई थी। जाहिर है, उसका पति नहीं चाहता था कि वह उस पार्टी में जाए, इसलिए उसने निमन्त्रण-पत्र मुन्नी तक पहुँचने ही नहीं दिया। पर मुन्नी को पार्टी की खबर मिल गई, कि पार्टी होने वाली है और इसमें अफसरों के साथ उनकी पत्नियों को भी बुलाया गया है।

पहले तो मुन्नी कटकर रह गई और निराले में जाकर देर तक रोती रही, पर जब पार्टी का वक्त आया तो झट से तैयार होकर खूब बन-ठनकर, पूरी सज-धज के साथ, उस पार्टी में जा पहुँची। और वहाँ पहुँची ही नहीं, अपने पति के साथ सटकर, जाकर खड़ी भी हो गई, और सारा वक्त उसके साथ चिपकी भी रही।

'तुम्हें ऐसा करने की क्या जरूरत थी, मुन्नी ?' मौसाजी ने बाद में मुन्नी से पूछा था, 'अगर तुम्हारा घरवाला नहीं चाहता था कि तुम उस पार्टी में जाओ, तो तुम क्यों गईं ?'

'क्यों मौसाजी, मैं क्यों न जाऊँ ? क्या मैं उसकी पत्नी नहीं हूँ ? यह पार्टी साल में एक ही बार तो होती है, और सभी बड़े अफसरों की पत्नियाँ बन-ठनकर जाती हैं। मैं क्यों न जाऊँ ?'

सोचते हुए मौसाजी फिर मुस्कराने लगे, तो यह केवल ईर्ष्या ही नहीं है, बड़े अफसर की पत्नी होने का दम्भ भी है, और स्त्रियाँ ठाठ से जाएँ तो वह क्यों न जाए।

मौसाजी को मुन्नी का तर्क उस समय तो सही नहीं लगा था, क्योंकि इस तरह के व्यवहार में मुन्नी की हेठी थी, तिरस्कार था। अपने को पति की नजरों में और नीचा गिरानेवाली बात थी और अपने पति को ज्यादा चिढ़ाने और नाराज करनेवाली बात भी थी। पर अब मौसाजी मुन्नी की मानसिक स्थिति को समझते हुए उसे स्वाभाविक प्रतिक्रिया ही मान रहे थे। बरसों के बाद वह बड़ा अफसर बना है तो वह उसकी पोजीशन से स्वयं भी तो गौरवान्वित होना चाहती है! यह सब सोचते-सोचते मौसाजी का मन मुन्नी के प्रति फिर से द्रवित होने लगा। अब जो अच्छा खाने-पहनने के दिन आए थे, मान-मर्यादा के साथ रहने के दिन आए थे, तो यह नया बखेड़ा उठ खड़ा हुआ है। यह भी भाग्य की विडम्बना ही है, इसे और क्या चाहिए!

फिर वह चरण भी आया जब कहीं किसी मोड़ पर, काँटा बदल गया था, और मुन्नी का मन किसी दूसरी दिशा में दौड़ने लगा था। वह पहले-सी ईर्ष्या और छटपटाहट अब नहीं थी। या तो उसे यकीन हो गया था कि उसका पति अब उसके पास लौटकर नहीं आएगा, या वह थककर निढाल-सी हो गई थी, और इसमें ईर्ष्या का डंक अपने-आप ही टूट गया था। अब जब भी मौसाजी से बात करती तो एक ही वाक्य कहती, 'मौसाजी, मेरा क्या होगा ?' जवाब में मौसाजी उसे समझाते हुए कहते, 'मुन्नी, तुम्हारा घर-परिवार है। दो छोटे-छोटे बच्चे हैं। वे बड़े हो रहे हैं। अपनी ओर से तो पूरी कोशिश करनी चाहिए कि तुम्हारा घर बना रहे। और जो न हो सका, तो देखा जाएगा।'

'हाँ, पर मौसाजी, मेरा क्या बनेगा ?'

यहाँ पहुँचकर मौसाजी असमंजस में पड़ जाते थे। मुन्नी को क्या सलाह दें? यथास्थिति बनाए रखनेवाले परामर्श, धैर्य और विनम्रता और आत्मसम्मान और जाने क्या-क्या सीख देनेवाले परामर्श में अब कोई तुक नहीं रह गया था। पर सब्र तो हर स्थिति में काम आता है, वही एक रामबाण चूर्ण है जो मौसाजी हरेक को सदा से देते आए थे, और इस पर से उनका विश्वास अभी भी उखड़ा नहीं था, क्योंकि घर को टूटने से बचाने के लिए भी इसकी जरूरत रहती है, और अगर घर टूट ही जाए तो टूटन के दर्द को सह पाने के लिए भी सब्र की जरूरत रहती है।

मौसाजी तनिक घबरा उठे, 'क्या मालूम, सचमुच ही मुन्नी के पति ने अलग हो जाने का निश्चय कर लिया हो! सचमुच ही वह घर को तोड़ना चाहता हो! फिर क्या होगा? अगर तोड़ने का निश्चय कर ही लिया है तो हम क्या कर सकते हैं? सुलह-सफाई से अलग हो जाए, मुन्नी और बच्चों के रहन-सहन का प्रबन्ध कर दे, तो हम कहेंगे, अच्छा भाई, नहीं निभती तो न सही। या फिर मुकदमेबाजी करो, कचहरियों की खाक छानो, इसमें क्या तुक है! पर मैं मुन्नी का हौसला बढ़ाऊँगा। मैं कहूँगा, चिन्ता नहीं करो, मुन्नी, हम सब तुम्हारे साथ हैं। वह तुम्हारे साथ नहीं रह सकता तो बला से। ऐसी भी क्या बात है! घर में रहना है तो आत्मसम्मान के साथ ही रहना है। इज्जत बेचकर नहीं। बहुत सह लिया। सीधा मेरे घर में चली आओ। उस घर में एक दिन के लिए भी नहीं रहो, जिस घर में तुम्हें दुत्कारा जाता है। मेरे घर में रूखी-सूखी खा लेना, इज्जत-आबरू से तो रहोगी। इस चिख-चिख में क्या रखा है! अभी तुम्हारी उम्र ही क्या है! अपनी मेहनत की कमाई पर निर्वाह कर लेना, आदि-आदि। मैं मुन्नी को सान्त्वना का सहारा तो दे सकता हूँ, उसकी हिम्मत तो बढ़ा ही सकता हूँ, और मुझसे जो बन पड़ा, उसकी मदद भी करूँगा। यही एक-दूसरे का दर्द बाँटना होता है, और क्या होता है!'

बार-बार मौसाजी के मन में आशंका-सी उठती। न जाने क्या हुआ है! उसने टेलीफोन करके बुलाया है, जरूर कोई नया बखेड़ा उठ खड़ा हुआ होगा! उनका मन कभी क्षुब्ध तो कभी द्रवित हो उठता। मुन्नी को इस शादी से क्या मिला! न पति इज्जत करता है, न उसे चैन से जीने देता है। अब तक घर बना हुआ था, सिर पर छत थी, अब उसका भी कोई भरोसा नहीं!

इसी उधेड़बुन में मौसाजी को पता ही नहीं चला कि कब उनकी बस दिल्ली की तंग सड़कों और भीड़ की चिल्ल-पों में से निकलकर साउथ दिल्ली की साफ-सुथरी सड़कों पर दौड़ने लगी है। दो-एक बार मौसाजी ने बाहर झाँककर देखा।

नए-नए डिजाइन के कितने ही घर इस बीच बन गए थे। आलीशान घर और हर घर के आँगन में फुलवाड़ी। लगता था, किसी दूसरे उपग्रह पर पहुँच गए हों!

जब मौसाजी मुन्नी के घर में पहुँचे तो घर में वह अकेली थी। उसके चेहरे की ओर देखकर ही मौसाजी को आश्वासन हुआ कि मुन्नी रोती नहीं रही है, वह बहुत उद्विग्न भी नहीं लग रही थी। सदा की भाँति मौसाजी ने मुन्नी की पीठ थपथपाई, सद्भावना और सहानुभूति का यह हल्का-सा निर्देश बड़ा सहायक होता है, मौसाजी जानते थे, और इसलिए इस तरह की सहानुभूतिपूर्ण मुस्कान अपने-आप ही उनके होंठों पर आ जाया करती थी।

"कहाँ है तेरा घरवाला?" मौसाजी ने चहकते हुए, मुन्नी के साथ बरामदा लाँघते हुए कहा।

"वह घर पर नहीं है।" मुन्नी ने कहा, "इसीलिए मैंने आपको बुलाया है।"

"और अगर वह मेरे यहाँ रहते आ गया तो?"

"नहीं-नहीं, जब मोटर आँगन के अन्दर आती है तो पता चल जाता है। मैं आपको बता दूँगी। आप तब पिछले रास्ते से बाहर चले जाना।"

मौसाजी को यह सुझाव कुछ अटपटा-सा लगा, "क्यों, पिछले रास्ते से क्यों? उसने मुझे देख लिया तो क्या होगा?"

"नहीं-नहीं, मौसाजी, उसने देख लिया तो कोई नई आफत उठ खड़ी होगी।"

मौसाजी चुप रहे, और सिर झटककर बरामदा लाँघते हुए बैठक की दहलीज तक जा पहुँचे।

बड़ा साफ-सुथरा, करीने से सजा घर था। अपनी परेशानी के बावजूद, मुन्नी भी घर में सज-सँवरकर बैठी थी। उसे देखकर लगता नहीं था कि कुछ ही देर पहले वह टेलीफोन पर बिसूरती रही थी। घर में, इन घरों का विशेष गुण—मौन, भयावह मौन छाया था।

दहलीज पर मौसाजी तनिक ठिठक गए। 'जूतोंसमेत कालीन पर चला जाऊँ या जूते उतारकर जाऊँ?' अन्दर बिछा कालीन इतना लश-लश कर रहा था कि मौसाजी असमंजस में पड़ गए थे कि जूते पहनकर उस पर चला जाना सही होगा या उतारकर!

"पहने रखिए, मौसाजी, पहने रखिए!" मुन्नी ने कहा, "क्या मालूम, किस वक्त वह आ जाए। उसी क्षण आपको उठ जाना पड़ेगा न, तब कहाँ फीते बाँधते फिरेंगे! जूते पहने रखिए।"

मौसाजी फिर ठिठके। उन्हें अपनी स्थिति पर झेंप-सी हुई, पर काफी अर्से के बाद मुन्नी से मिलने उसके घर पर आए थे। जूते उतारे बिना, चुपचाप सोफा-कुर्सी पर जा बैठे। उन्होंने आँखें उठाकर देखा तो कमरे की सजधज देखकर अभिभूत-से हो गए। सोफों पर नए कवर चढ़ाए गए थे। दीवार पर, सुनहरे चौखटों में अनेक नए

चित्र आ गए थे। तिपाइयों पर बिल्लौरी राखदानियाँ रखी थीं। डाइनिंग टेबल के पास, शीशेवाली अलमारी में बढ़िया विलायती क्राकरी सजी थी। इस साज-सज्जा को देखकर मौसाजी को फिर अटपटा-सा लगा। मुन्नी टेलीफोन पर बिसूरती रही थी, उस बिसूरने के साथ यह ठाठ-बाट कहाँ मेल खाता था? पर मौसाजी को, स्वभावानुसार इसमें भी भाग्य की विडम्बना ही नजर आई कि सुख-सुविधा के सभी साधनों के रहते हुए भी मुन्नी सुखी नहीं है।

"अब कहाँ क्या बात है? क्यों सवेरे-सवेरे टेलीफोन किया था? कोई घबराने की बात तो नहीं है न?"

इस पर मुन्नी सतर्क होकर आगे को झुक आई, दाएँ-बाएँ देखा, कि आसपास कहीं कोई खड़ा सुन न रहा हो, फिर धीमी आवाज में बोली, "कल दोपहर को मुझे उसका टेलीफोन आया था...।"

"उसका, किसका?"

"उसी कलमुँही का।"

मौसाजी सीधे होकर बैठ गए।

"तुम्हें उसका फोन आया था?'

"हाँ।"

"क्या कहती थी?"

"वह कहती थी, मेरा एक सुझाव है। मैं तुम्हारे पति से प्रेम करती हूँ। तुम उसकी पत्नी हो। क्यों न हम सब मिलकर, एक साथ रहें?"

सुनकर मौसाजी की आँखें फैल गईं। सनसनाती-सी एक लहर उनके पाँवों की एड़ियों में से उठी और दौड़ती हुई उनके सिर तक जा पहुँची। मौसाजी के सभी संस्कार झनझना उठे।

उन्होंने मुन्नी की ओर देखा। उसकी बड़ी-बड़ी आँखें मौसाजी के चेहरे पर लगी थीं। उसकी ओर देखते हुए मौसाजी क्षुब्ध और व्याकुल हो उठे, "तुमने क्या कहा?"

"मैं क्या कहती? मेरी तो कुछ समझ में ही नहीं आया। मैं कुछ भी नहीं बोली, चोंगा रख दिया और रोने लगी।"

मौसाजी के दिल को गहरा धक्का लगा। उन्होंने ऐसा सुझाव पहले कभी नहीं सुना था।

"अब तुम क्या सोचती हो?" मौसाजी ने कहा और मुन्नी के कन्धे पर हाथ रखते हुए, प्रोत्साहन-भरे लहजे में बोले, "मुन्नी, तुम किसी बात की चिन्ता न करो। मैं हर तरह तुम्हारे साथ हूँ।"

मुन्नी कहने लगी, "शाम को जब यह घर पर लौटा तो इसने अपने-आप ही कहा, 'आज तुम्हें कोई फोन आया था?' बहुत मुद्दत के बाद यह मेरे साथ बोला

था। और बोला भी तो क्या बोला! कहने लगा, 'मेरा भी यही सुझाव है। इसी घर के अन्दर पार्टीशन कर लेते हैं। तुम बच्चों के साथ एक ओर को बनी रहना। वह दूसरी ओर रहती रहेगी।' "

मौसाजी का तन-बदन फिर से झनझना उठा।

"फिर तुमने क्या कहा?"

"मैंने उससे भी कुछ नहीं कहा।" मुन्नी बोली, "मैंने सोचा, पहले आपसे बातें करूँगी।"

"सुनो, मुन्नी," आवेश के कारण मौसाजी की आवाज काँप रही थी, "तुम यहाँ से निकल जाओ। तुम अपना कपड़ा-लत्ता उठाओ, और दोनों बच्चों को लेकर मेरे यहाँ चली आओ। इज्जत है तो सबकुछ है। आगे जो होगा, देखा जाएगा।"

मुन्नी ठिठक पड़ी। जैसे चौंक-सी गई हो, फिर बोली, "आपके घर, मौसाजी! करौल बाग में?"

मुन्नी ने ऐसी आवाज में कहा कि मौसाजी स्तब्ध-से रह गए। मौसाजी का सुझाव सुनकर मुन्नी के माथे पर हल्की-हल्की रेखाएँ उभर आई थीं।

"अपना-अपना रहने का स्टैंडर्ड हो जाता है न मौसाजी! मैं क्या करूँ, अब मैं गलियों में तो नहीं रह सकती न!"

मौसाजी अभी भी स्तब्ध और, अवाक् मुन्नी के चेहरे की ओर देखे जा रहे थे।

फिर मुन्नी कहने लगी, "वह कहता था, तुम्हारा पूरा सेट अलग होगा—बाथरूम भी, और चाहोगी तो किचन भी। एक बड़ा कमरा, एक छोटा कमरा, और बाहर किसी को मालूम भी नहीं होगा कि हम एक-दूसरे से अलग हो गए हैं। मैं तुम्हें घर-खर्च बराबर देता रहूँगा। और बच्चों की पढ़ाई-लिखाई के लिए भी..."

मौसाजी फिर दुखी हो उठे। वह फिर से कहना चाहते थे, 'मुन्नी, रूखी-सूखी खा लेना, तुम पढ़ी-लिखी हो, अपनी मेहनत से दो पैसे कमा लेना। इज्जत-आबरू से तो रहोगी...' पर वाक्य मौसाजी के गले में अटके रह गए।

"आप क्या सोचते हैं, मौसाजी?"

"बच्चों का क्या होगा मुन्नी? तुम्हें बच्चों की बड़ी फिक्र रहती थी!"

"कहता था, अगर तुम चाहोगी तो बच्चों को बाहर होस्टल में डाल देंगे! आप क्या सोचते हैं, मैं क्या करूँ? आप भी तो कहते थे न कि कचहरियों में भटकने से कुछ हाथ नहीं लगता। इस घर को छोड़ दूँ तो कहाँ जाकर रहूँगी? मैं किसी पर बोझ नहीं बनना चाहती।"

मौसाजी के मन में फिर ज्वार-सा उठा। वह कुछ कहने के लिए मुँह खोलते, फिर बन्द कर लेते, फिर खोलते, फिर अपने-आप ही जैसे मुँह बन्द हो जाता था।

तभी बाहर मोटर आने की घरघराहट सुनाई दी। मुन्नी झट से उठ खड़ी हुई,

"वह आ गया है, मौसाजी, वह आ गया है! आपने मुझे कुछ भी नहीं बताया। अब आप चलिए, मैं फिर फोन पर बात करूँगी।"

मौसाजी दरवाजे की ओर बढ़ गए। जाते हुए पल-भर के लिए रुककर बोले, "बड़ा अच्छा सुझाव है, मुन्नी, तुम्हें मान लेना चाहिए।"

कमरे के बीचोबीच खड़ी मुन्नी, मोटर की आवाज सुनकर घबरा गई थी। हड़बड़ाकर बोली, "मैं टेलीफोन करूँगी मौसाजी, अब देर न कीजिए! उसने देख लिया तो मेरे लिए आफत खड़ी कर देगा! आप इधर पिछले दरवाजे से निकल जाइए..."

मौसाजी पिछले दरवाजे की ओर बढ़ गए और गुसलखाने में से होते हुए, पिछले दरवाजे में आ गए, और दानिशमन्दी की अपनी पोटली बगल में दबाए, लुकते-छिपते निकल पाने का रास्ता खोजने लगे!

पोखर

रेलवे कंडक्टर गठे हुए कद का आदमी था। नीली वर्दी में वह और भी ज्यादा चुस्त नजर आता था। हाथ में पकड़े कागज को झुलाता हुआ वह बार-बार चिल्ला रहा था, "मैं गाड़ी नहीं चलने दूँगा। तुम फौरन उतर जाओ—सब-के-सब। जिन लोगों के नाम इस फेहरिस्त में हैं, वही बैठ सकते हैं, बाकी सब उतर जाओ।"

वे सब लोग कौन थे जिन्हें वह सम्बोधित कर रहा था? वे सब तो इस बीच सारे कम्पार्टमेंट में छितर गए थे—कुछ नहीं तो बीस-पच्चीस जवान रहे होंगे। कुछ गलियारे में खड़े थे, कुछ केबिनों में घुस गए थे, और कुछ थे जो कंडक्टर की चिल्लाहटों के बावजूद अपना भारी सामान अभी भी डिब्बे में चढ़ा रहे थे। जगह-जगह उनके सामान के ढेर लग चुके थे—गलियारे में, दरवाजे के पास, संडास के सामने।

"तुम लोग यहाँ नहीं बैठ सकते। बस, मैंने कह दिया। मैं गाड़ी नहीं चलने दूँगा।"

वह फिर चिल्लाया पर अभी भी मालूम नहीं हो पाया था कि वह किस व्यक्ति विशेष को सम्बोधित कर रहा है।

मुसाफिरों के झुरमुट में खड़ा एक ऊँचा लम्बा फौजी जवान बेतकल्लुफी से बोला, "हमारे जवान तो जाएँगे ही। हम गाड़ी में चढ़ जाएँ तो उतरते नहीं। अब तो हम भोपाल में ही उतरेंगे।"

बावर्दी कंडक्टर ने लम्बे जवान को सिर से पैर तक देखा, क्षण-भर के लिए ठिठका, फिर ऊँची आवाज में बोला, "तुम रेलवे कानून तोड़ रहे हो। मैं रेलवे पुलिस को बुलाऊँगा। उतर जाओ गाड़ी में से।"

जवाब में लम्बे जवान ने दूसरी ओर देखते हुए अपने एक साथी से कहा, "जल्दी चढ़ाओ सामान, जानते नहीं, गाड़ी छूटने वाली है!"

अपना रोआब टूटता देखकर रेलवे कंडक्टर अन्य मुसाफिरों से मुखातिब हुआ, "देखते नहीं, बाहर लिस्ट लगी है? तुम क्यों चढ़ आए डिब्बे में?"

और उसने दो-तीन देहाती सवारियों को जो फौजी जवानों को चढ़ता देख, पीछे-पीछे गाड़ी में चढ़ आई थीं, गठरियों-समेत धकेलकर नीचे उतार दिया।

"कभी समझेंगे नहीं साले, परेशान कर दिया।" और अपनी सफलता पर इठलाता हुआ वह फिर चिल्लाकर बोला, "मैं किसी एक को भी सफर नहीं करने दूँगा। मैं गाड़ी रोक दूँगा।"

और अन्य घुसपैठियों से निबटने के लिए वह एक केबिन के अन्दर चला गया और सीट पर बैठकर अपने सामने अपना चार्ट खोल दिया। उसके बैठते ही मुसाफिरों के एक झुरमुट ने उसे घेर लिया। सात-आठ हाथ रेल-टिकटें पकड़े हुए उसकी ओर फैल गए।

"मैं वेटिंग लिस्ट में सातवें नम्बर पर हूँ।" एक ने कहा, "देख लीजिए, लिस्ट पर मेरा नाम लिखा है—लेखराज बजाज।"

"मेरा वेटिंग लिस्ट में तीसरा नम्बर है।" दूसरे ने कहा। उसका टिकटवाला हाथ बढ़कर कंडक्टर की नाक तक जा पहुँचा था।

"तीसरा नम्बर। सन्तोख सिंह। देख लो।"

"सीट है नहीं तो कहाँ से लाऊँ?" कंडक्टर चिल्लाया।

"सीट है नहीं तो टिकट क्यों दिये हैं?"

"टिकट वेटिंग लिस्ट में दिये हैं।"

"वेटिंग लिस्ट में दिये हैं तो कम-से-कम बैठने की जगह तो दो।"

कंडक्टर के माथे पर पसीना आ गया था और वह हाँफने लगा था।

"सीटें हैं नहीं तो कहाँ से दूँ? जनरल कम्पार्टमेंट में चले जाओ। एजेंसी कोटा भी भर गया है।" कंडक्टर ने कहा और सीटों पर बैठे अथवा पसरे हुए मुसाफिरों के टिकटों की, एक-एक करके, जाँच करने लगा।

तंग पतलूनवाला एक युवक जो बराबर सिगरेट फूँके जा रहा था, लपककर एक बर्थ पर चढ़ गया और चढ़ते ही पसर गया। फिर नीचे की ओर देखते हुए अपने किसी दोस्त को आँख मारकर, धीरे से बुदबुदाया, "देखेंगे, क्या होगा?" और हाथ के इशारे से अपने साथी को जता दिया कि गाड़ी चलने पर तू भी ऊपर आ जाना।

"यह बर्थ रिजर्व हो चुका है। अगले स्टेशन पर सवारी आ जाएगी।" रेलवे कंडक्टर चिल्लाया, "उतर जाओ।"

"जब सवारी आ जाएगी तो उतर जाएँगे।"

"सब चलता है," किसी ने डिब्बे में टिप्पणी की, जिसे सुनकर वहीं बैठे एक-दो आदमी हँस दिये।

गठीला कंडक्टर आसपास उठे टिकटोंवाले हाथों से बचने के लिए अपना सिर और भी पीछे की ओर ले गया और हाँफते हुए बोला, "रेल कानून मैंने नहीं बनाया। यह दो-टायर का डिब्बा है। इसमें वही बैठेगा जिसका लिस्ट पर नाम है। मुझे पुलिस बुलानी पड़ेगी। लाइए साहब, दिखाइए अपना टिकट। आप दिल्ली जा रहे हैं?"

गलियारे के जिस बर्थ पर युवक लपककर चढ़ गया था, उसी के साथवाले

बर्थ पर से एक महिला बोली, "यह क्या तमाशा है? जिसकी सीट रिजर्व नहीं है, वह यहाँ कैसे बैठ सकता है? सारा डिब्बा खचाखच भर गया है, अभी से दम घुटने लगा है।"

जवाब में किसी मनचले की आवाज आई, "आप पसरी रहिए, महारानी जी! आपको किस बात की चिन्ता है! आपको तो पूरा बर्थ मिला हुआ है।"

"मिला कहाँ है, खुद महीना-भर पहले रिजर्व करवाया था।"

"फिर आपको क्या पड़ी है इनसे उलझने की? चुपचाप पड़ी रहिए।"

"क्यों? मैं क्यों चुप रहूँ? जो बात गलत हो रही है, उसे क्यों होने दूँ?" उसने फिर ऊँची आवाज में कहा, "जो आदमी बुराई को देखकर आँखें मूँद लेता है, वह बुराई को बढ़ावा देता है।"

मनचला हँस दिया, "पूरा बर्थ मिल गया है न, इसलिए लेक्चर दे रही है।"

पर एक और मुसाफिर चिढ़कर बोला, "जब औरतों के लिए अलग डब्बा है तो औरतों का यहाँ क्या काम?"

इस पर महिला सहसा चुप हो गई, और मुँह फेरकर लेट गई।

कंडक्टर उठ खड़ा हुआ और चार्ट के पन्ने झुलाता हुआ दूसरे केबिन की ओर बढ़ गया। पाँच-सात आदमी उसके पीछे-पीछे हो लिये।

पर तभी एक युवक जो उसके पीछे-पीछे जाने लगा था, भागता हुआ लौट आया, "मेरा बटुआ!" वह हड़बड़ाकर बोला और सीटों के नीचे-ऊपर झाँकने लगा, "मेरा बटुआ! आपने काले रंग का बटुआ तो नहीं देखा है?" उसने कहा, और बार-बार कभी पतलून के पिछले पॉकेट को तो कभी अपनी कमीज के पॉकेट को टटोलने लगा, "मेरा बटुआ किसी ने निकाल लिया है।"

लम्बे कदवाला युवक था, रेशमी कमीज और क्रीम रंग की पतलून। रेलवे कंडक्टर को रिश्वत देने के खयाल से बार-बार वह उसे निराले में ले जाने की कोशिश करता रहा था। रिश्वत देने का मौका तो नहीं आया, इधर बटुआ ही गायब हो गया। उसका चेहरा पीला पड़ गया था, लापरवाही की जगह व्यवहार में हड़बड़ी आ गई थी, तनाव और बदहवासी आ गई थी।

लोगों को उसका बटुआ खोजने की बजाय, अपना गाँठ-खीसा सँभालने की फिक्र होने लगी। ऊपरवाले बर्थ पर बैठे एक वयोवृद्ध मुसाफिर ने, अपने वास्कट की अन्दरवाली जेब में से अपना बटुआ निकाला और कुर्ते के बटन खोलकर अन्दर बंडी की जेब में रख लिया।

"सब चलता है," आकाशवाणी की तरह कहीं से फिर आवाज आई।

आखिर रिजर्वेशनवालों को अपने-अपने बर्थ मिल गए, बैठनेवालों को सीटें, पर जिन्हें सीटें मिली थीं, उनके साथ सटकर और लोग भी बैठे हुए थे। अन्दर घुसनेवाला एक भी टस-से-मस नहीं हुआ था।

केबिन में ऊपरवाले आमने-सामने की दो बर्थों पर दो मुसाफिर आराम से पसरे हुए थे। एक ने तोंद पर हाथ फेरते हुए कहा, "मैं तो चावल खा-खाकर परेशान हो गया।"

कम्पार्टमेंट खचाखच भर जाने के बावजूद वे दोनों मजे से बतिया रहे थे, "ये सन्तरे तो मिले। दक्षिण में सन्तरे थे ही कहाँ! भात खा-खाकर नाक में दम आ गया।"

दोनों मुसाफिर आराम से सन्तरे छील-छीलकर खा रहे थे। उनमें से एक तो सन्तरे के छिलके बड़ी बेतकल्लुफी से सीधा नीचे फर्श पर फेंक रहा था। हर बार वह छिलका फेंकता तो नीचे बैठे मुसाफिर आँख उठाकर उसकी ओर देखते, लेकिन उसे कोई कहता कुछ नहीं था। हाँ, दूसरा मुसाफिर अपने छिलके अपने पास इकट्ठे करता रहता था, और जब कुछ छिलके इकट्ठे हो जाते तो हाथ में उठाकर वह थोड़ा-सा झुकता और किसी कसरती की तरह उन्हें खिड़की के बाहर प्लेटफार्म पर फेंक देता। वहाँ गिरते ही वे प्लेटफार्म पर छितर जाते।

बर्थ पर बैठा, फर्श पर छिलके फेंकनेवाला मुसाफिर कह रहा था, "एलोरा में हमने एक बात देखी। एलोरा में तीनों धर्मों के गुफा-मन्दिर हैं। बौद्ध, जैन, हिन्दू—तीनों के मन्दिर साथ-साथ हैं। मतलब कि पहले बौद्धों ने अपने मन्दिर बनाए, फिर जैन-मत वालों ने, फिर वैष्णवों-शैवों ने।"

"फिर?" दूसरे ने दिलचस्पी जाहिर करते हुए पूछा।

"आप समझे-नहीं, खास बात यह है कि किसी धर्म ने दूसरे धर्म के मन्दिर तोड़कर अपने मन्दिर खड़े नहीं किए। यह खास बात है। जब हिन्दुओं ने मन्दिर बनाए तो बौद्धों के मन्दिर ज्यों-के-त्यों खड़े रहने दिये। उन्हें तोड़ा नहीं, बिगाड़ा नहीं, हमारे यहाँ सहनशीलता रही है। हमारे देश की यह खास बात है।"

"दक्षिण में और क्या देखा?" दूसरे ने पूछा।

लेकिन पहला मुसाफिर उसी नुक्ते को लेकर गद्‌गद हो रहा था।

"जियो और जीने दो! यही हमारी संस्कृति का सार है।"

रेलवे कंडक्टर और मुसाफिरों के बीच अभी भी खींचातानी चल रही थी। वह चार्ट झुलाता हुआ फिर लौट आया था।

"आप यहाँ से हट जाइए," उसकी आवाज बार-बार गलियारे में से आ रही थी। मगर फालतू मुसाफिर न तो स्वयं गाड़ी में से उतर रहे थे और न कंडक्टर ही उन्हें उतार पा रहा था। चैकिंग के बाद भी कोई अपनी जगह से हिल नहीं रहा था। हाँ, लेटनेवाले मुसाफिर अपने-अपने बर्थ पर जमे हुए थे।

सहसा गाड़ी में हरकत आई, साथ ही शोर का भी जैसे धमाका-सा उठा। तरह-तरह की हड़बड़ी की आवाजें उठीं, पर ज्यादातर वे प्लेटफार्म की ओर से आई थीं, स्टेशन की चिल्ल-पों पीछे छूटने लगी। दो-एक जगह पर धक्का-मुक्की हुई, कुछ

गाली-गलौज भी हुआ, आपा-धापी भी हुई; तू-तू, मैं-मैं भी, पर शीघ्र ही यह सब थम गया। डिब्बे में लोग अपनी-अपनी जगह पर सैट होने लगे। गाड़ी में शीघ्र ही मौन-सा छाने लगा। सभी-के-सभी मुसाफिर सही-सलामत मौजूद थे, उनमें से एक भी नहीं उतरा था; हाँ, गाड़ी छूटने के क्षणों में कुछ और मुसाफिर लपककर डिब्बे में घुस आए थे। धीरे-धीरे पहियों की लयबद्ध आवाज और हल्के-हल्के लयबद्ध हिचकोले वातावरण पर छाने लगे।

हरकत में आते ही गाड़ी जैसे संसार से कट गई थी, और अपने मुसाफिरों को लिये किसी अनन्त विस्तार की ओर बढ़ने लगी थी। मुसाफिर खामोश होने लगे थे और जैसे वे इस गाड़ी के ही होकर रह गए थे। ऐसी ही कोई भावना रही होगी कि फालतू मुसाफिर, जिनकी संख्या डिब्बे में वैध मुसाफिरों से दुगुनी रही होगी, धीरे-धीरे एक-दूसरे के निकट आने लगे थे। और एक-दूसरे की सीट पर साथ-साथ जमने लगे थे। शाम पड़ते ही एक तरह की उदासी-सी चारों ओर छाने लगी थी, जो दिलों में आत्मीयता का भाव जगाने लगी थी। बाहर दूर-दूर तक फैले मैदानों पर शाम के साये, जो कब से उतर आए थे, अब गहराने लगे थे, और इन दूरियों में, जगह-जगह, घरों-कस्बों के टिमटिमाते दीये आँखों के सामने आ-आकर पीछे छूटते जाते थे। गाड़ी के पहियों की लयबद्ध खट-खट को सुनते हुए सभी मुसाफिर अपने-अपने अन्दर सिमटने लगे थे। कंडक्टर शायद पहले ही सन्ध्या के इस अवसाद का शिकार हो चुका था, इसीलिए वह अपने चार्ट उठाकर चुपचाप कहीं चला गया था। मुसाफिर एक-दूसरे के निकट आने लगे थे। लम्बू जवान एक सीट के सिरे पर बैठ गया था—आधा बैठा और आधा हवा में लटका हुआ था। उसके इस तरह अटक जाने पर किसी मुसाफिर ने विरोध नहीं किया। रेल-सफर के अपने नियम होते हैं, अपने इनसानी रिश्ते होते हैं! जितनी देर स्टेशन पर गाड़ी खड़ी रहे, मुसाफिर एक-दूसरे के जानी-दुश्मन होते हैं, बाहर से घुसनेवाले को फटकारा जाता है, उसका सामान उसके मुँह पर फेंका जाता है, पर एक बार वह जैसे-तैसे अन्दर घुस आए तो उनके साथ सम्बन्ध बदल जाता है। वे नाती बन जाते हैं। डिब्बे की बिरादरी के सदस्य बन जाते हैं। अगला स्टेशन पहुँचते-पहुँचते वे स्वयं नए मुसाफिरों पर चिल्लाने और उनके मुँह पर उनका सामान फेंकने लगते हैं। मुसाफिर जाएँ भी तो कहाँ? उन्हें भी तो सफर करना है, कहीं पहुँचना है। इनकी भी तो कहीं कोई राह देख रहा होगा। ऐसी ही भावना दिलों में उठने लगती है।

अब तक लम्बू जवान खुलकर इत्मीनान से बैठ गया था। और साथवाला मुसाफिर अपने-आप ही थोड़ा और सिमट गया था। यह भाईचारे का कारण रहा हो या फौजी के डर से, कहना कठिन है।

''हम तो खड़े-खड़े भी तीन-तीन दिन का सफर काट लेते हैं,'' लम्बू थोड़ा और सीट पर सरकते हुए बोला, फिर मुँह ऊपर को उठाकर, डिब्बे के शून्य को

सम्बोधित करता हुआ ऊँची आवाज में चिल्लाया, ''खिलावन सिंह को ताप चढ़ा हुआ है। उसे पानी पिलाते रहना।''

दूर, कहीं सामान के ढेरों के बीच से आवाज आई, ''पानी पिला दिया है।''

बिस्तरों के ढेर के कारण संडास के सामने का रास्ता बन्द हो गया था। फिर भी बिल्कुल बन्द नहीं हुआ था। दीवार के साथ-साथ लगकर इंच-इंच बढ़ते जाओ, बाएँ हाथ से संडास के 'लैंच' तक हाथ पहुँचाओ तो संडास का दरवाजा खुल सकता है, और तुम संडास के अन्दर घुस सकते हो। और अगर इस बीच कोई होल्डाल अपनी जगह से लुढ़क न जाए तो जैसे तुम अन्दर गए थे, वैसे ही बाहर भी आ सकते हो। लगता है, रेलवेवालों ने बड़ा सोच-समझकर गाड़ियों के डिब्बे बनाए हैं। हर संडास के बाहर ढेरों सामान भी रख दो तो जैसे-तैसे संडास के अन्दर घुसा जा सकता है। अगर दरवाजे बाहर को खुलते तो इतना सामान कहाँ रखा जा सकता था?

खिड़की के पास, आमने-सामने बैठने की एक-एक सीट है, पर इस समय एक-एक पर दो-दो बैठे हैं। यहाँ भी लगता है, रेलवेवालों ने कमाल कर दिखाया है। एक आदमी पीठ-से-पीठ लगाकर बैठे, दूसरा थोड़ा आगे को झुक जाए और दोनों कोहनियाँ घुटनों पर टिका ले तो उसे स्वयं भी पता नहीं चलेगा कि वह केवल आधा बैठा हुआ है। इस तरह बैठे-बैठे या अधबैठे-बैठे सारी रात काट सकता है। एक युवक जो गलियारे की ओर मुँह किए, उकड़ूँ-सा बैठा बड़ी देर से ऊँघ रहा था, सहसा उठ खड़ा हुआ है और पलक मारते खिड़की के ऊपरवाली बर्थ पर चढ़ गया है, जिस पर पहले से एक आदमी सोया पड़ा था। ऊपर पहुँचकर युवक पहलू के बल लेट गया है। इस तरह जगह कम घेरी जाती थी। पहले से सोया आदमी, नींद में ही करवट बदलकर एक पहलू के बल लेट गया है। लगता है, इनसान का शरीर रेल के डिब्बों को ध्यान में रखकर ही बनाया गया है। सीधा लेटने के बजाय पहलू के बल लेट जाओ, टाँग-पर-टाँग चढ़ा लो, तो एक-एक बर्थ पर दो-दो आदमी सो सकते हैं। सो ही नहीं सकते, सोए-सोए उज्ज्वल भविष्य के सपने भी देख सकते हैं। भगवान ने पहले ही समझ लिया होगा कि आदमी जहाँ भी होगा, दूसरे के बर्थ पर घुसकर अपने लिए जरूर जगह बनाएगा।

नीचे की दो सीटों के बीच, फर्श पर, नींद से परेशान, एक मुसाफिर ने अपना बिस्तर बिछा लिया है। वह उस पर अभी अपनी टाँगें फैला भी नहीं पाया था कि कहीं से एक और मुसाफिर पहुँच गया है और पलक झपकते उसी बिस्तर में उसकी बगल में लेट गया है। दोनों में से कोई कुछ नहीं बोला। पूछने की औपचारिकता तक नहीं निभाई।

डिब्बे के बर्थ, सीटें, सीटें ही नहीं—सारा फर्श भी, गलियारे भी, सीटों के बीच का, बाहर खुलनेवाले दरवाजों के बीच का, संडास के सामने का, दो डिब्बों को मिलानेवाली खट-खट कमानी पर बना रास्ता भी—सभी मुसाफिरों से और मुसाफिरों

के सामान से अटा पड़ा है। सोए, अधलेटे, अधलेटे-अधबैठे, अधबैठे-अधखड़े, उकड़ूँ, पीठ लगाए, घुटनों के बीच सिर दबाए, दूसरे के कन्धे पर सिर लटकाए, दूसरे की जाँघ पर अपना सिर रखे, सीट के नीचे, सीट के आधे नीचे-आधा बाहर—हर मुसाफिर अपनी-अपनी जगह पर फिट हो गया है। डिब्बा 'सैट' होने लगा है। एक मुसाफिर का सिर चार जोड़ी जूतों के बीच लुढ़का पड़ा है। एक स्त्री, अपनी ट्रंकी के ऊपर सिर रखे, फर्श पर बैठी गहरी नींद सो रही है। उसका बच्चा, गोद में से लुढ़ककर गलियारे में नंगा पड़ा है, पर मुट्ठियाँ भींचे सोया पड़ा है। नींद में पड़े बेबस शरीर अपने-आप ढीले पड़ गए हैं। उनके सभी जोड़, सभी सींवनें जैसे अपने-आप खुलने लगी हैं। सभी जैसे-तैसे एक-दूसरे पर पड़कर झूलने लगे हैं।

ऊपर की दो बर्थों पर के दोनों मुसाफिर अभी भी बतिया रहे हैं। अधमुँदी आँखों से नीचे का दृश्य देखते हुए एक सज्जन, जो एलोरा की यात्रा से लौट रहे हैं, बोले, "आपने देखा होगा," वह गद्‌गद आवाज में कहते हैं, "डिब्बा कितना खचाखच भर गया है, लेकिन किसी ने किसी स्त्री-मुसाफिर को परेशान नहीं किया। कहीं और होता तो आप देखते। हमारे लोग सचमुच बड़े धर्मपरायण लोग हैं, बड़े सहनशील।"

गाड़ी बराबर चिंघाड़ती हुई अँधेरे में बढ़ती जा रही थी। लगता था, न जाने यह कहाँ मुसाफिरों को जा पटकेगी! सिर झूलने लगे थे, बैठे हुए मुसाफिर अपने-आप लुढ़कने लगे थे, एक-दूसरे पर गिर रहे थे। किसी का अपने पर कोई काबू नहीं रह गया था। पतली मूँछोंवाला जवान न जाने कब सीट पर बाजू और सिर टिकाकर गहरी नींद सो गया था। जिस युवक का बटुआ चोरी हो गया था, अब थककर गलियारे में खड़ा था, और एक बर्थ के साथ सिर टिकाए खड़े-खड़े ही सोने की कोशिश कर रहा था।

ऊपरवाली बर्थ पर लेटे मुसाफिर की दुनिया ही दूसरी होती है। वह टाँगें पसार सकता है, जब चाहे लेट सकता है, अधमुँदी आँखों से नीचे की दुनिया का नजारा ले सकता है। नीचे बैठा कोई मुसाफिर, जो सो नहीं पाया और बीड़ी फूँके जा रहा है, वह आँखें ऊपर उठाकर देखे तो उसे मानो जन्नत का नजारा देखने को मिलेगा, जहाँ बर्थवाला मुसाफिर टाँगें फैलाए फिल्मी रसाले में अधनंगी औरतों की तस्वीरें देख रहा है। ऊपरवाली बर्थ वैसी ही है जैसे कोई पुख्ता ऊँचा मचान, जहाँ से आप इत्मीनान से बैठे नीचे बाढ़ का दृश्य देख सकते हैं, जहाँ मवेशी और इनसान और खाटें और घरों का साज-सामान गड्‌ड-मड्‌ड हो रहा है और हाहाकार मची है।

ऊपर की दूसरी बर्थ पर वयोवृद्ध मुसाफिर जो भारतीय संस्कृति पर गद्‌गद हो रहे थे, उठ बैठे हैं। अभी थोड़ी देर पहले उन्हें झपकी आ गई थी। वह उठ बैठे हैं और तैरती नजर से नीचे की दुनिया को देखे जा रहे हैं। जैसे लाशों का अम्बार लगा हो! नींद में लोग कितने अटपटे, बेजान पुतले-से नजर आते हैं! अधिकांश के मुँह

खुले हुए, टाँगें कहाँ और बाजू कहाँ लुढ़के हुए, अस्त-व्यस्त—क्या ये सचमुच इनसान हैं? क्या ये सचमुच जिन्दा हैं?

महानुभाव नीचे उतर आए हैं। उतरने के लिए दो जगह पर छोटे-छोटे पायदान लगे हैं। पहले एक पायदान पर पाँव रखो तो तुम आधा नीचे उतर आओगे। दूसरे पर रखो तो पूरा उतर आओगे, फिर हल्की-सी छलाँग और आप फर्श पर हैं। बड़ी सफाई से, किसी नट की तरह, आप उतर आए हैं। देवलोक से पृथ्वीलोक पर आ गए हैं। स्वर्ग से सीधा पाताल पहुँच गए हैं। उन्हें संडास जाना है और यहाँ संडास तक पहुँचने का कोई रास्ता नहीं।

पाँव रखने की जगह नहीं। बच्चे के सिर और माँ के घुटने के नीचे तनिक-सा फर्श खाली है। उन्होंने उस पर दायाँ पाँव रखा है। बायाँ पैर रखने से पहले उसके लिए स्थान ढूँढ़ना जरूरी है। आगे किसी का ट्रंक रखा है। एक आदमी का सिर भी लुढकता हुआ ट्रंक के पास पहुँच गया है और ट्रंक पर दो सिर पहले से रखे हैं—एक महिला का, दूसरा उसके बेटे का। सिरों के बीच ही ट्रंक पर ही छोटी-सी जगह खाली है। बायाँ पैर उस पर आ गया है। अगला पैर एक आदमी के सिर के पास पड़ेगा। फिर उससे अगला—अरे, यहाँ तो किसी बच्चे ने टट्टी कर दी है। आसपास वालों को मालूम पड़ गया होगा, क्योंकि वे इससे बचकर थोड़ा सरककर लेट गए हैं। पास में ही हाथ धोने का वाश-बेसिन है। बेसिन में गन्दा पानी भरा है, शायद उसका छेद बन्द हो गया है। गाड़ी के हिचकोलों से पानी बार-बार छलक जाता है और छलककर नीचे फर्श पर गिरता है।

छक-छक पानी फिर छलका है। निकट के मुसाफिर गहरी नींद में सोए पड़े हैं। छलकते जल की बूँदें मुसाफिरों के कपड़ों, उनके चेहरों पर गिर रही हैं। किसी सुनहले सपने में खोई हुई महिला को लगा कि वह अमराई में खड़ी है, और बरसात की झड़ी लगी है और उसके चेहरे पर फुहार पड़ रही है। महानुभाव आगे बढ़ गए हैं। गन्दे पानी के छींटे औरत पर, फौजी जवान के चेहरे पर और उकड़ूँ बैठे एक रेल मजदूर पर पड़े हैं। जवान ने चेहरा ढक लिया है, औरत ने मुँह पर अपने पल्ले का सिरा ओढ़ लिया है, और उकड़ूँ मजदूर बड़बड़ाया है और बड़बड़ाकर फिर सो गया है।

संडास तक पहुँच पाना, पहाड़ की चोटी तक पहुँचने के बराबर है, पर बुजुर्ग ने हिम्मत नहीं हारी—न केवल संडास तक पहुँच पाए हैं, बल्कि वापस भी निकल आए हैं। पर लौटते हुए संडास का दरवाजा बन्द करने का खयाल उन्हें नहीं आया और न ही संडास में पानी छोड़ने का। क्षणभर के लिए ठिठकते जरूर हैं, पर फिर यह सोचकर कि किसे पता चलेगा कि मैंने खुला छोड़ा है या किसी दूसरे ने? अपने बर्थ की ओर चल देते हैं।

अब वह कदम-कदम, ध्यान से रखते, बच-बचकर चलते हुए अपने बर्थ की ओर लौट रहे हैं। उनके दिल में फिर से भावुकता उमड़ने लगी है। किस तरह ये लोग

एक-दूसरे से सटकर सोए पड़े हैं, रात काट रहे हैं, जैसे एक ही परिवार के लोग हों! रात ही तो काटना है, जैसे-तैसे कट जाए। बस, रात काटने के लिए बालिश्त-भर जगह चाहिए, ये और कुछ नहीं माँगते, किसी को परेशान नहीं करते।

सहसा दो घटनाएँ एकसाथ घट गई हैं। ऐन नीचेवाली बर्थ पर एक बच्चे ने पेशाब कर दिया है, और पेशाब चूकर सीधा नीचे फर्श पर लेटे मुसाफिर के सिर पर गिरा है। और अभी भी गिर रहा है। बह-बहकर चूता हुआ उसके कन्धों, बाँहों पर गिरने लगा है और वह हड़बड़ाकर उठ बैठा है।

"पानी गिरा है।" उसने कहा, फिर सहसा उसकी नींद टूटी और सचाई का बोध हुआ, "अरे, पेशाब कर दिया! हरामी की औलाद, कौन है?" फिर चिल्लाकर बोला, "अबे, बन्द कर।" बच्चे का पेशाब सचमुच बन्द हो गया है, जैसे मदारी के तमाशे में होता है।

"हरामी की औलाद, मेरा सारा बिस्तर भिगो दिया।" वह बड़बड़ाया। पर वास्तव में सारा बिस्तर नहीं भीगा था, अभी तक केवल चादर का एक किनारा भीगा था। चादर के सूखे हिस्से से उसने मुँह-हाथ पोंछा, कुछ देर और बड़बड़ाया और फिर पड़कर सो गया।

दूसरी घटना इससे अधिक गम्भीर थी। बेसिन का नल कहीं से फट गया था, और सारा गन्दा पानी जो अन्दर रुका पड़ा था, फव्वारे की तरह उछलकर फर्श पर फैलने लगा था।

सबसे पहले पास में सोई हुई एक स्त्री हड़बड़ाकर उठी। पानी बहता हुआ उसके नीचे जा पहुँचा था जिससे उसकी साड़ी गन्दे पानी से सन गई थी।

"हाय माँ, यह क्या है?" वह चिल्लाई और अपने बेटे को उठाया।

ट्रंकी पर रखा दूसरा सिर भी उठा। दीवार के साथ उकड़ूँ बैठा अपने घने बालोंवाला मजदूर भी उठा। पानी फर्श पर बहे जा रहा था और उसमें तरह-तरह के पीले-सफेद कण तैर रहे थे और बदबू के भभूके उठ रहे थे।

"कोई बात नहीं," कहीं से कोई मुसाफिर बोला, "जितना बहना था, बह चुका है, अब और नहीं बहेगा।"

"सारा फर्श गन्दा कर दिया। खिड़की खोल दो।" कहीं से आवाज आई, पर किसी ने खिड़की नहीं खोली।

बदबू का भभूका फिर उठा। बच्चे को बहते पानी से थोड़ा दूर लिटाकर, और उसे कुछ देर तक थपकी देते रहने के बाद स्त्री उठी और खिड़की का आधा पल्ला उठा दिया। फर्राटे का झोंका अन्दर आया।

दोनों बेंचों के बीच फर्श पर लेटे मुसाफिर का बिस्तर ऊपर से भी और नीचे से भी पानी से सन गया था। ऊपर से बच्चे के पेशाब के कारण और नीचे से वाश-बेसिन से छलकते गन्दे पानी के कारण, जो उसके होल्डाल के नीचे तक चला गया

था। वह लेटे-लेटे ही, मन-ही-मन खीज रहा था : 'कैसे जाहिल लोग डिब्बे में घुस आए हैं! हरामी की औलाद! और अब किसी ने खिड़की खोल दी है और बाहर की ठंडी हवा सीधी मेरे सिर पर पड़ने लगी है। अगर खिड़की रात-भर खुली रही तो सुबह तक मुझे जरूर जुकाम हो जाएगा।' उसने कनखियों से अधखुली खिड़की की ओर देखा। खिड़की बहुत दूर नहीं थी। उसका मन हुआ, हाथ बढ़ाकर उसका ताक गिरा दे। उसने लेटे-लेटे हाथ बढ़ाया भी, पर वह उस तक पहुँच नहीं पाया।

"खिड़की बन्द कर दो," वह चिल्लाया।

पर कोई मुसाफिर नहीं उठा।

उसने हाथ पीछे को खींच लिया और कम्बल के एक सिरे से सिर को ढकते हुए करवट बदल ली।

"सिर ढका रहे तो कोई जरूरी नहीं कि जुकाम लग ही जाए। अब तो हम उठने से रहे। सुबह देखेंगे, क्या होता है।" नींद की एक और लहर उठी और उसकी चेतना को सराबोर कर गई।

सिर के नीचे दोनों हाथ रखे, गद्गद महोदय छत को ताक रहे थे और भावुक हो रहे थे। भावना का ज्वार-सा फिर उनके अन्दर उठा था, "सहनशीलता कोई हमारे लोगों से सीखे। वाह, वाह! हम सहना जानते हैं और सहते हुए, एक-दूसरे की सहायता भी करते हैं। वाह, वाह!"

उन्होंने फिर नीचे की ओर कनखियों से देखा। मुसाफिर अस्त-व्यस्त एक-दूसरे में उलझे हुए नींद में बेहोश पड़े थे। हल्की-हल्की, मीठी-मीठी, भावना की लहरियाँ अभी भी उनके अन्दर बराबर उठती जा रही थीं, और इन लहरों पर तिरती हुई किसी कविता की दो पंक्तियाँ उभरकर आईं और गाड़ी की लयबद्ध खट-खट के साथ मस्तिष्क में गूँजने लगीं :

कुछ बात है कि हस्ती मिटती नहीं हमारी
सदियों रहा है दुश्मन दौरे जहाँ हमारा।

और गद्गद ने अपनी टाँगें लम्बी कर लीं।

सरदारनी

स्कूल सहसा बन्द कर दिया गया था और मास्टर करमदीन छाता उठाए घर की ओर जा रहा था। पिछले कुछ दिनों से शहर में तरह-तरह की अफवाहें फैलने लगी थीं। किसी ने मास्टर करमदीन से कहा था कि शहर के बाहर राजपूत रेजिमेंट की टुकड़ी पहुँच गई है, कि अबकी बार रामनवमी के जुलूस में झाँकीवाली गाड़ी में ही बर्छे और तलवारें भरी रहेंगी, कि कस्बे में बिना लाइसेंस के चालीस पिस्तौल पहुँच गए हैं, और हिन्दुओं के मुहल्ले में मोर्चेबन्दियाँ तेजी से खड़ी की जा रही हैं, कि पाँच-पाँच घरों के पीछे एक-एक बन्दूक का इन्तजाम किया गया है।

उधर हिन्दुओं के मुहल्ले में यह बात तेजी से फैल रही थी कि जामा मस्जिद में लाठियों के ढेर लग गए हैं और धड़ाधड़ असला इकट्ठा किया जा रहा है, कि दो दिन पहले नदी पार से एक पीर आया था और रात को वकील के घर में साजिशें पकाई जा रही हैं।

इन खबरों को भला कौन झुठला सकता था? देखते-ही-देखते शहर में तनाव बढ़ने लगा था। मुसलमानों ने हिन्दुओं के मुहल्ले में जाना छोड़ दिया और हिन्दुओं-सिक्खों ने मुसलमानों के मुहल्लों में। कोई खोमचेवाला या छाबड़ीवाला फेरी पर निकलता तो दिन डूबने से पहले घर लौट जाता। शाम पड़ते न पड़ते ही गलियाँ और सड़कें सुनसान पड़ने लगीं। एक-दूसरे से फुसफुसाते दो-दो, चार-चार लोगों की मंडलियाँ किसी सड़क के किनारे या गली के मुहाने पर खड़ी नजर आने लगी थीं। तनाव और दहशत यहाँ तक फैली कि कहीं कोई ताँगा या छकड़ा भी तेजी से भागता नजर आता तो लोगों के कान खड़े हो जाते और दुकानदार अपनी दुकानों के पल्ले गिराने लगते। झरोखों से अधखुले दरवाजों के पीछे घूरती आँखें तैनात हो जातीं। यह ऐसा वक्त था कि अगर किसी घर के चूल्हे से चिंगारी भी उड़ती तो सारा शहर आग की लपेट में आ सकता था। ऐसा माहौल बन गया था जब आदमी न तो घर पर बैठ सकता था, न बाहर खुले-बन्दों घूम सकता था। वह केवल अफवाह सुन-सुनकर परेशान हो सकता था।

इसी बढ़ते तनाव को देखकर स्कूल वक्त से पहले बन्द कर दिया गया था और बच्चों को दोपहर से पहले ही अपने-अपने घर भेज दिया गया था और मास्टर करमदीन छाता उठाए अपने घर की ओर जा रहा था।

स्कूल का मास्टर तो यों भी भीरु स्वभाव दब्बू-सा प्राणी होता है, अपने काम से मतलब रखनेवाला—'ना काहू से दोस्ती, ना काहू से बैर'। बस, किताबें और अखबार बाँचने और फलसफे बघारनेवाला। इसमें शक नहीं कि कभी-कभी अन्धविश्वासी, आग उगलनेवाले भी इन्हीं में से निकलते हैं पर आमतौर पर स्कूल का अध्यापक बड़ा शील स्वभाव और गरीबतबह आदमी होता है, जो हर किसी की बात सुन भी लेता है और विश्वास भी कर लेता है।

मुहल्ले में दाखिल हुए तो मास्टरजी के कान खड़े हो गए। स्कूल में तरह-तरह की अफवाहें सुनते रहे थे, और जो वारदातें होती हैं, वह अँधेरी गलियों में ही होती हैं। भले ही मास्टरजी का आगे-पीछे कोई नहीं था, 'न रन्न, न कन्न', न पत्नी न, परिवार, फिर भी जान तो जान है, कट-कट मरने से तो सभी को डर लगता है।

मास्टरजी चले जा रहे थे और हर आहट पर ठिठक-ठिठक जाते थे। कहीं कोई पीछे से छुरा उठाए तो नहीं आ रहा! किसी दरवाजे के पीछे कोई घात लगाए तो नहीं बैठा! हर दरवाजे के पीछे उन्हें डोलते साये और घूरती आँखें नजर आ रही थीं। मन में खौफ तो था ही, सबसे ज्यादा खौफ इस कारण था कि हिन्दुओं-सिक्खों की गली में वही अकेले मुसलमान रहते थे। वर्षों की दुआ-सलाम तो हमसायों के साथ थी, पर किसी के साथ उठना-बैठना, आना-जाना नहीं था। अकेला आदमी किसी परिवारवाले के साथ कैसे हिल-मिल सकता है? यहाँ किसी ने पीठ में छुरा भोंक दिया तो पता भी नहीं चलेगा कि मास्टर कभी था भी या नहीं था।

वह घर के अन्दर जाने लगे तो पड़ोसवाले घर के बाहर बैठी सरदारनी पर उनकी नजर पड़ी। उन्हें लगा, जैसे पड़ोसिन सरदारनी उनकी ओर अजीब-सी नजर से देख रही है। यह मन का गुमान रहा हो, या सचमुच ऐसा ही था, उनका मन हुआ कि झट से अपनी कोठरी के अन्दर घुस जाएँ। एक बार मन में यह भी आया कि रोज की तरह आदाब अर्ज कर दें, पर अकेली बैठी औरत से दुआ-सलाम करने का गलत मतलब भी निकाला जा सकता है और फिर आज के दिन।

वह अपनी कोठरी का ताला खोल ही रहे थे कि पीछे से आवाज आई, "सलाम मास्टर।"

सरदारनी की आवाज थी और सुनते ही मास्टर के मन का तनाव कुछ-कुछ ढीला पड़ गया।

सरदारनी बड़ी हँसमुख पंजाबिन थी। अनपढ़, मुँहफट, सारा वक्त बतियानेवाली, चौड़ी हड्डी की काया, बाल उलझे रहते, छातियाँ उघड़ी रहतीं, घर के बाहर ही

कपड़े धोती, घर के बाहर ही चौका करती, और पौ फटने के पहले, कई बार गली के नल पर नहाने भी बैठ जाती थी। मास्टर इससे खम भी खाता था, और इसे पसन्द भी करता था। इसके पास से गुजरते हुए ही उसे झेंप होने लगती थी। न सरदारनी को पल्ले-दुपट्टे का ध्यान रहता, न इस बात की परवाह कि कौन सुन रहा है, कौन देख रहा है। दिन-भर बतियाती थी। मास्टर अपने कमरे में बैठा किताब तक नहीं पढ़ सकता था।

उसकी आवाज सुनकर मास्टर करमदीन के मन का तनाव कुछ ढीला पड़ा। अगर यह औरत इतनी निश्चिन्त हो सकती है, तो शहर में कोई तनाव नहीं होगा, सब मनगढ़ंत अफवाहें होंगी। आराम से बैठी घर के बाहर बर्तन मल रही है। पर फिर, मुहल्ला भी तो हिन्दुओं-सिक्खों का है, इसे क्यों किसी बात की चिन्ता होने लगी!

"मास्टर, क्या शहर में रौला है?"

मास्टर करमदीन ठिठक गया, वहीं खड़े-खड़े बोला, "हाँ, रौला है, तालाब के पास किसी की लाश मिलने की बात सुनने में आई है। शहर में तनाव पाया जाता है।"

इस पर सरदारनी हँस पड़ी।

"इसीलिए दुबककर घर में घुस रहा है? फिकर नहीं करो, मास्टर, हमारे रहते तुम्हारा कोई बाल भी बाँका नहीं करेगा।" फिर हँसकर बोली, "अच्छा किया जो शादी-ब्याह नहीं किया। अकेली जान पर ही तेरा दम सूख रहा है, घर में बीवी-बच्चे होते तो तेरा तो हार्ट ही फेल हो जाता!"

और खुद ही ठहाका मारकर हँसने लगी।

मास्टर को अच्छा लगा। दिन-भर जो बातें सुनता रहा, उनसे ये मुख्तलिफ थीं। इसकी आवाज में दहशत नहीं थी, खौफ, डर नहीं था, खुशदिली थी और एक तरह का हमसायापन जिसकी कोई पहचान नहीं, परिभाषा नहीं, पर जो दिलों को बाँध लेता है। उसे सचमुच लगा, जैसे इस औरत के रहते उसे किसी बात का डर नहीं है।

"मैं सोचता हूँ, मैं इस मुहल्ले से चला जाऊँ। मुसलमानों के मुहल्ले में जा रहा हूँ।"

"क्यों? हमारे मुँह पर कालख पोतकर जाएगा? अब कहा है, फिर यह बात मुँह पर नहीं लाना।"

मास्टर को यह भी अच्छा लगा। इसमें अपनापन था। उसकी डाँट-भरी तिरस्कारपूर्ण आवाज में भी आत्मीयता थी।

"फिसाद भड़क उठा तो मैं कहीं नहीं जा पाऊँगा। अभी से निकल जाऊँ।"

"आराम से बैठा रह, फिसाद-विसाद कुछ नहीं होगा। अगर हुआ तो मैं सरदारजी से कहूँगी, तुम्हें मुसलमानों के मुहल्ले में छोड़ आएँगे।"

मास्टर के मन का डर जाता रहा, पर केवल कुछ देर के लिए ही। अपने कमरे के अन्दर जाने की देर थी कि फिर पहले-सी उधेड़-बुन शुरू हो गई। इसका घरवाला मुझे काट डाले तो मैं क्या कर सकता हूँ? बातें बड़ी मीठी-मीठी करती है, हँस-हँसकर, पर इन पंजाबियों का क्या एतबार! जिन्दा आदमियों को भी जलती आग में झोंक सकते हैं। यह न भी हमला करे, पड़ोस में कितने ही लोग भरे पड़े हैं जो इश्तआल में आकर मेरा गला काट सकते हैं। मैं तो जैसे पिंजरे में बन्द हो गया हूँ। अभी भी निकल जाऊँ तो शायद बच जाऊँ, यहीं पर पड़ा रहा तो मेरी लाश का भी पता नहीं चलेगा।

मास्टर फिर परेशान हो उठा।

उस रात वह अभी बिस्तर पर करवटें ही बदल रहा था कि दंगे की आवाजें आने लगीं। गहरे अँधेरे को चीर-चीरकर आती हुई नारों की आवाजें, 'हर-हर-हर महादेव!' और दूर, बहुत दूर, शायद मस्जिद शरीफ के पास से, 'अल्लाह-ओ अकबर!' की आवाजें। और भागते कदमों की और छतों पर खड़े लोगों की। मास्टर का तन-बदन पसीने से तर हो गया। अब वह निकलकर कहाँ जा सकता है, केवल मौत के मुँह में ही जा सकता है। उसे लगा, जैसे किसी बाजार में आग लगी है और जैसे उसके अपने कमरे की दीवार पर उस आग की अस्थिर-सी लौ नाचने लगी है। हर बार कोई शोर सुनाई देता तो उसे लगता, जैसे आवाज उसी के घर की ओर बढ़ती आ रही है। रात-भर, त्रास और घृणा में भागते कदमों और चिंघाड़ते दानवों की आवाजें उसके कानों में पड़ती रहीं। मास्टर ने रात बैठकर काटी। उसे डर था कि अभी किसी कुल्हाड़ी का वार उसके दरवाजे पर पड़ेगा और उसका काम तमाम कर दिया जाएगा। कल शाम उस पंजाबिन की बातों में आ गया, वरना निकल जाता तो बच जाता।

आखिर किसी जन्तु-जैसी अँधियारी रात का हाँफना बन्द हुआ और प्रभात का झुटपुटा खिड़की-रौशनदान में से झाँकने लगा। तब कहीं मास्टर को झपकी आई और बैठे-बैठे ही बिस्तर पर लुढ़क गया।

पर कुछ ही देर बाद वह हड़बड़ाकर जागा। नींद की झोंक में उसे लगा था, जैसे मुहल्ले के कुछ लोग चलते हुए उसके घर के सामने से गुजरे हैं और एक ने कहा है, 'यहाँ रहता है एक मुसला!' जवाब में किसी ने कहा है, 'नोट कर लो,' और फिर आगे बढ़कर दरवाजा तोड़ने लगा है। मास्टर हड़बड़ाकर उठ बैठा। सचमुच कोई दरवाजा पीट रहा था। जागने पर, पहले तो उसकी समझ में कुछ नहीं आया। उसने सोचा, ग्वाला दूध लाया होगा, पर वह तो कभी-कभी साँकल खटखटाता है, इस तरह किवाड़ तो नहीं पीटता।

तभी बाहर से आवाज आई।

"ओ मास्टर, ओ मास्टर! खोल दरवाजा।" सरदारनी की आवाज थी।

मास्टर इस वक्त तक इतनी यातना भोग चुका था कि उसका मस्तिष्क जड़ हो चुका था। चेतना का कहीं कोई स्फुरण शेष नहीं रह गया था। यह आवाज दोस्त की भी हो सकती थी, खून के प्यासे दुश्मन की भी।

"खोल दरवाजा मास्टर, निकल बाहर।"

मास्टर ने अल्लाह का नाम लिया और दरवाजा खोल दिया।

सामने सचमुच सरदारनी पड़ोसिन खड़ी थी और उसके हाथ में चमचमाती कटार थी। लम्बे चमचमाते फलवाली कटार जिस पर से अभी लाल-लाल खून नहीं चू रहा था।

मास्टर को काटो तो खून नहीं। उसका चेहरा पीला पड़ गया और माथे पर ठंडे पसीने की परत आ गई।

"क्या हुक्म है बहिन?" उसने धीमी-सी आवाज में कहा।

"निकल आओ बाहर।"

मास्टर को यकीन नहीं हुआ कि यह वही औरत थी जो कल शाम हँस-हँसकर बातें कर रही थी और अपने कमरे में आराम से पड़े रहने का आश्वासन दे रही थी। जिन्दगी में वही लोग सबसे ज्यादा धोखा दे जाते हैं, जिन पर इनसान सबसे ज्यादा विश्वास करता है। मास्टर अपने दो कपड़ों में ही नंगे पाँव बाहर निकल आया।

"चलो मेरे साथ।"

मास्टर चुप रहा, कहाँ चलूँ इसके साथ! शायद किसी दीवार के पीछे जैसे लोग, दीवार की ओट में मुर्गी काटते हैं, या बकरा जबह करते हैं।

"चलो मेरे साथ," उसने कहा और मुड़ पड़ी।

मास्टर नंगे पाँव उसके पीछे हो लिया। अनजाने में ही उसके हाथ पीठ-पीछे बँध गए, जैसे सूली पर चढ़ाए जानेवाले लोगों के बँध जाते हैं।

सरदारनी चौड़ी काठ की थी। उसकी सलवार के चौड़े-चौड़े पायँचे जमीन पर सदा घिसटते रहते थे और इस समय भी घिसट रहे थे। बालों की लटें कन्धों पर झूल रही थीं। तीस और चालीस के बीच की रही होगी सरदारनी।

उसने कुछ नहीं बताया कि वह कहाँ जा रही है, मास्टर ने नहीं पूछा कि वह उसे कहाँ ले जा रही है, नंगे पाँव वह उसके पीछे चलता जा रहा था। ढीलम-ढालम औरत सड़क के बीचोबीच चलती हुई मुहल्ले के बाहर पहुँच गई।

तभी सहसा सामने, उसे गली के सिरे पर डोलते साये नजर आए। कुछ आदमी मुश्कें बाँधे, हाथों में बर्छे और लाठियाँ उठाए खड़े थे।

'मेरा वक्त आ गया है,' मास्टर ने मन-ही-मन कहा और उसके मन में स्थिरता-सी आ गई, 'अब कुछ नहीं हो सकता। मैं धोखा खा गया हूँ, अब कुछ नहीं हो सकता। मुझे पनाह की जरूरत थी, यह मुझे घर के बाहर घसीट लाई है, अब कुछ नहीं हो सकता।' मास्टर के जेहन में ये शब्द बार-बार कौंध रहे थे, और उसके

शरीर में बहता खून पानी में बदल रहा था। पाँव बार-बार लरज जाते थे।

आदमियों की गाँठ आगे को सरक आई थी। मुश्कों के पीछे आँखों की जोड़ियाँ, हाथों में बर्छे, उन्होंने मास्टर की दाढ़ी से ही अपना शिकार पहचान लिया था और आगे बढ़ आए थे।

सरदारनी खड़ी हो गई। अपनी कटार अपने सामने करके ऊँची आवाज में बोली, "यह गुरुगोविन्द सिंह की तलवार है। तुम्हें जान प्यारी है तो सामने से हट जाओ!"

सरदारनी ने ललकारकर कहा था। उसकी पीठ-पीछे खड़ा मास्टर पहले तो समझ नहीं पाया, फिर स्तब्ध-सा खड़ा रह गया।

मुश्कें बाँधे आदमियों का टोला दुर्निवार चट्टान की तरह सामने खड़ा था। मास्टर को मानो मालूम हुआ, जैसे वह निर्णायक क्षण आ पहुँचा है—वही निर्णायक क्षण, जब जीवन की गति थम जाती है, और सारा संसार चित्रवत् नजर आने लगता है। शताब्दियों लम्बा क्षण—ऐसा क्षण, जब सब-कुछ सपने-जैसा लगने लगता है। पर यह सपना नहीं था, जीवन का दारुण सत्य था।

सरदारनी चिल्ला रही थी, "आगे से हट जाओ, यह गुरु महाराज की तलवार है!"

आदमियों की गाँठ में से पीछे से आवाज आई, "यह मुसल्ला तेरा क्या लगता है? इसे कहाँ ले जा रही है?"

पर मास्टर ने देखा, जैसे किसी दीवार में सहसा दरार पड़ जाए, ऊपर से नीचे तक, वैसे ही बर्छे-भालेवालों की चट्टान बीच में से फट गई। काले-काले-से जैसे दो टुकड़े हो गए और बीच में से रास्ता खुल गया।

दूसरे क्षण सरदारनी, अपनी उस छोटी-सी कटार को अपने सामने उठाए हुए, पहले की ही तरह आगे बढ़ रही थी।

उसके बाद मास्टर को कुछ मालूम नहीं रहा कि वे कहाँ गए, किस गली में घुसे, किस-किस रास्ते से आगे बढ़ने लगे। उनकी टाँगों में ताकत आ गई थी, और सिर अपने-आप झुक गया था, और सरदारनी के पीछे वह चुपचाप आगे बढ़ता जा रहा था।

वे जिस गली में घुसे, वह गली लम्बी थी, हवा में संशय था, और दिन का उजाला न होकर प्रभात का झुटपुटा था, पर मास्टर के सीने में उसका धड़कता दिल मानो बल्लियों उछल रहा था।

गली पार करके वे फिर सड़क पर आ गए थे, और सड़क पर से फिर किसी गली में पहुँच गए थे। गली कहीं टेढ़ी हो गई, कहीं पर मुड़ गई थी। अगर यह औरत मेरे सीने में अपनी कटार घोंप दे, तो मुझे मंजूर होगा, मैं इसे एहसान मानकर कबूल कर लूँगा। मास्टर मन-ही-मन कह रहा था।

मुसलमानों के मुहल्ले तक पहुँचना आसान नहीं था। बीच में कितने ही और मुहल्ले पड़ते थे, कितनी ही गलियाँ, कितने ही टेढ़े-मेढ़े रास्ते, और हर मुहाने पर, सड़क के हर नाके पर बर्छे-भाले उठाए हुए शिकारी रास्ता रोक लेते थे, और एक नहीं, तीन जगह पर सरदारनी घिर गई थी। एक घर पर से तो किसी ने पत्थर भी फेंका था। कई बार माँ-बहन की गालियाँ और भयानक धमकियाँ भी सुनने को मिली थीं। पर गुरु महाराज की कटार, जो वास्तव में लम्बे फलवाले चाकू से ज्यादा नहीं थी, वह सचमुच उस सरदारनी के हाथ में निहत्थों की रक्षा करनेवाली, निःसहाय लोगों का त्राण, अन्याय के विरुद्ध सहस्रों बर्छों-भालों को काट गिराने की क्षमता रखनेवाली कटार, जैसे वह चलेगी तो उसमें से बिजलियाँ फूटेंगी और आततायियों के हाथ से उनके बर्छे-भाले गिर पड़ेंगे।

देवियाँ और क्या होती होंगी, मास्टर सोच रहा था।

"यह गुरु महाराज की तलवार है, किसी आततायी को नहीं छोड़ेगी। हट जाओ सामने से, जिसे जान प्यारी है!"

मास्टर मुसलमानों के मुहल्ले में पहुँच चुका था जब सरदारनी का दमकता हुआ चेहरा मास्टर को देखने को मिला। गम्भीर कठोर, जैसे चट्टान में से तराशा गया हो!

"जाओ मास्टर!" उसने कहा और उन्हीं कदमों अपने मुहल्ले की ओर लौट पड़ी।

फसाद की आग धू-धू करके बहुत दिनों तक जलती रही। बसा-बसाया नगर मसान-जैसा बन गया। बुनकरों के करघे जल गए, मंडी जल गई, अनगिनत दुकानें लूटी गईं, आग के शोले आसमान को छूते थे, कितने ही लोग मारे गए।

पर धीरे-धीरे लोगों को होश आया, दुःस्वप्न टूटा। कुछ जनून उतरा, पर अभी तक लोगों को मालूम नहीं हो पाया था कि यह क्यों हुआ और किसने करवाया। तभी नेता लोग भी पहुँच गए। बरसात के बाद जैसे कुकुरमुत्ते उग आते हैं, हर फसाद के बाद लीडर लोग पहुँच जाते हैं। लीडर पहुँचे, अखबारनवीस पहुँचे, फोटोग्राफर पहुँचे। तभी इनसानियत से प्रेम करनेवाले कुछ लोगों को सरदारनी की भी याद आई। मास्टर करमदीन अपने कुछ साथियों को लेकर, साथियों को ही नहीं, बहुत-से बुजुर्गों, अमनपसन्द लोगों को लेकर अपने मुहल्ले में आया।

गली का मोड़ मुड़ने पर उसने देखा कि सरदारनी अपने घर के बाहर चूल्हा जला रही थी।

सरदारनी ने बहुत-से लोगों को आते देखा तो उठ खड़ी हुई, और दरवाजे की ओट में हो गई। उसकी समझ में नहीं आया कि कौन लोग हैं, कहाँ से आए हैं, क्यों आए हैं। मास्टर करमदीन भीड़ में पीछे कहीं खड़ा था।

पर उम्ररसीदा लोगों की मंडली उसके घर के सामने आकर रुक गई थी।

सरदारनी के कारनामे को सुनकर उसके सामने प्रशंसा के दो शब्द, अपने हृदय के उद्‌गार व्यक्त करने चले आए थे।

पर सरदारनी दरवाजे की ओट से बाहर नहीं आई। वहीं खड़े-खड़े बोली, ''हमारे सरदारजी घर में नहीं हैं। मिलना है तो हमारे सरदारजी से मिलो। वह शाम को आएँगे। काम पर गए हैं।''

[यह घटना सच्ची है। श्रीमती सुभद्रा जोशी के मुँह से सुनी है। —भीष्म साहनी]

नदामत

यों तो हमारे यहाँ दंगल भी होते हैं और कुत्तों की लड़ाई भी होती है, बटेर और मुर्ग भी लड़ाए जाते हैं, पतंगबाजी भी होती है, कबूतरों पर भी शर्तें बाँधी जाती हैं, पर जब से शहर में स्कूल-कॉलेज खुले हैं, और हॉकी का खेल खेला जाने लगा है, तब से शहरवालों की दिलचस्पी इस खेल में भी खूब बढ़ने लगी है।

आज हमारे यहाँ हॉकी का बड़ा मैच है, और शहर में अभी से मेले का-सा समाँ बँध रहा है। यों यह मैच साल में एक बार होता है—दो स्थानीय कॉलेजों की टीमों के बीच, पर इसमें शिरकत शहर के लोग भी करते हैं।

अभी दिन के ग्यारह बजे हैं, मैच चार बजे शुरू होगा, पर तैयारी अभी से शुरू हो गई है। इक्का-दुक्का खिलाड़ी, वर्दी चढ़ाए, हल्की-हल्की चहलकदमी करता हुआ, कभी किसी पनवाड़ी की दुकान पर तो कभी किसी चौराहे पर जा खड़ा होता है। हर खिलाड़ी आज शहर-भर का हीरो है। इधर खिलाड़ी तैयार होकर निकल रहे हैं, उधर शहर का कारोबार बन्द हो रहा है। आज मैच है, दुकानें दो बजे बन्द हो जाएँगी। स्कूल-कॉलेज तो कल से ही बन्द हैं। गाड़ीवान गाड़ियों में से घोड़े खोल देंगे और लाठी-छड़ी हाथ में लेकर मैच के मैदान की राह लेंगे। तीन बजते-बजते खोमचेवाले भी अपने खोमचे उठाए मैदान के बाहर जा पहुँचेंगे। शर्तें बाँधनेवाले अभी से एक-दूसरे को ललकारने लगे हैं।

हर खेल का अपना रंग होता है, अपनी वजह-कतह। कुत्तों की लड़ाई जाड़ों के मौसम में होती है—साल में दो या तीन बार, और उसके बाद सारा साल, अनेक कन-कटे और दुम-कटे कुत्ते हमारे शहर की गलियों में घूमते नजर आते हैं। यह खेल पुश्तैनी खेल है, सदियों से चला आ रहा है। दंगल भी साल में दो-तीन बार होते हैं। उनका अपना रंग है। दंगल से एक दिन पहले पहलवान ताँगे पर निकलता है। पिछली सीट पर ढोल बजानेवाला बैठता है, उसकी बगल में इश्तहार बाँटनेवाला, और अगली सीट पर स्वयं पहलवान—माँडीदार तुर्रेवाली पगड़ी बाँधे, मूँछें साधे, दोनों बाजू छाती पर बाँध, शहर-भर को चुनौती देता हुआ निकलता है। ताँगे के पीछे

उड़ते इश्तहारों पर लपकते छोटे-छोटे बच्चों का जुलूस होता है। यहाँ भी शर्तें बाँधी जाती हैं, साथ में ललकारें, चुनौतियाँ, कहीं-कहीं पर घूँसेबाजी भी।

पर हॉकी का खेल नया है, पुराना पुश्तैनी खेल नहीं है। हाँ, थोड़े-से अर्से में ही हमारे शहर के निवासियों ने इसे भी अपने रंग में ढाल लिया है। यह भी उतना ही लोकप्रिय होता जा रहा है जितना कुत्तों की लड़ाई, या बटेरबाजी, चुनाँचे इस पर भी शर्तें बाँधी जाती हैं। इस पर भी सिर-फुटौवल होता है, लाठियाँ चल जाती हैं। मैच खत्म होने तक शहर-भर में धूल उड़ने लगती है, सैकड़ों दर्शकों के गले बैठ चुके होते हैं। कई सिरों पर पट्टियाँ बाँधी होती हैं। खेल खत्म होते-होते, अधिकांश खिलाड़ियों के घुटने छिले होते हैं।

मतलब कि शहरवालों ने हॉकी के खेल को अपना लिया है और अपने ढंग से इसकी परवरिश कर रहे हैं। हॉकी की लोकप्रियता यहाँ तक बढ़ गई है कि कुछ लोग तो सड़क-बाजार में भी लाठी की जगह हॉकी-स्टिक लेकर घूमने निकलते हैं। कहीं झगड़ा-फसाद हो तो उसमें उतनी ही लाठियाँ चलती हैं जितनी हॉकी-स्टिकें। कुछ लोगों का कहना है कि हॉकी-स्टिक जबड़े पर सही बैठती है। हॉकी-स्टिक देखने में भी अच्छी लगती है। छड़ी या लाठी की तुलना में ज्यादा 'खानदानी' नजर आती है। जब मैच शुरू होता है तो जितनी हॉकियाँ खेल के मैदान के अन्दर होती हैं, उनसे कई गुना ज्यादा मैदान के बाहर, भीड़ में मौजूद होती हैं।

इस लोकप्रियता के कारण ही हमारे यहाँ इस खेल के अपने नियम-उपनियम बन गए हैं। ऐसे नियम शायद और किसी शहर में नहीं होंगे। एक नियम तो यह है कि विरोधी टीम का खिलाड़ी गेंद लिये तुम्हारी ओर चला आ रहा हो तो तुम्हारी आँखें गेद पर नहीं, विरोधी-खिलाड़ी के टखने पर होनी चाहिए। गेंद निकल जाए तो निकल जाए, दुश्मन नहीं निकलने पाए। इसी तरह, हर मैच से पहले तुम्हें पता लगा लेना चाहिए कि दुश्मन की टीम में सबसे अच्छा खिलाड़ी कौन-सा है। खेल पर ध्यान देने की तुलना में उससे निबटना ज्यादा जरूरी है, आदि-आदि।

शायद इसी लोकप्रियता को देखते हुए अधिकारियों ने इस वार्षिक मैच की रूपरेखा बदल दी है। पहले, हर साल, यह मैच दो स्थानीय कॉलेजों की टीमों के बीच हुआ करता था, पर अक्सर हार-जीत का फैसला होने से पहले ही लाठियाँ चल जाती थीं, दर्शकों की भीड़ मैदान में घुस जाती थी, और रेफरी को जान बचाकर भागना पड़ता था। बड़ी हुड़दंग मचती थी। इसी को देखकर अबकी बार अधिकारियों ने यह फैसला किया है कि यह मैच दो स्थानीय टीमों के बीच न होकर एक स्थानीय टीम और एक बाहर की टीम—पेशावर के एक कॉलेज की टीम—के बीच होगा।

जब से यह खबर आई है, शहर के लोग अटपटा महसूस करने लगे हैं। एक तो शर्त बाँधनेवाले असमंजस में हैं, किस पर दाव लगाएँ, कौन जाने कौन जीतेगा! पहले यह होता था कि सारा शहर दो हिस्सों में बँट जाता था—एक हिस्सा एक टीम

के पक्ष में चिल्ला रहा है, तो दूसरा दूसरी टीम के पक्ष में। दोस्त–दुश्मन की सही पहचान होती थी। अब अनजानी जिन्स पर कोई क्या शर्त बाँधे या हथियार तेज करे! घर के खिलाड़ियों में से तो महीनों पहले पता चल जाता है कि किस–किसके टखने पर नजर रखनी होगी। अब बाहर से आनेवाली टीम का क्या पता! सभी खिलाड़ी हमारे लिए नए होंगे। पहली बार उनसे वास्ता पड़ रहा होगा। चुनाँचे हमारे खिलाड़ी भी अन्दर से घबरा रहे थे, और शर्तें बाँधनेवाले भी अपनी जगह असमंजस में थे, और शहर में आशंका और अनिश्चय का–सा माहौल बनता जा रहा था।

पर ज्यों–ज्यों मैच का दिन नजदीक आने लगा, एक नया जज्बा जोर पकड़ने लगा—अपने नगर से लगाव का जज्बा, हब्बुलवतनी का जज्बा। बाहर की टीम हमारे घर से जीतकर चली जाए, इससे बड़ी बेइज्जती क्या होगी! इससे तो शहर की नाक कट जाएगी। हम कहीं मुँह दिखाने लायक नहीं रहेंगे। सवाल शहर की इज्जत का बनता जा रहा था।

जब हमारी टीम का कप्तान, वर्दी डाटे—जिसे अब 'खलीफा' के नाम से पुकारा जाने लगा है, क्योंकि वह पिछले छह साल से इंटरमीडिएट में ही डटा हुआ है, और फकत हॉकी की सेवा कर रहा है—पनवाड़ी की दुकान के पास पहुँचा तो सड़क के पार, खाट पर बैठे नूरदीन ने चिल्लाकर कहा, "अबे ओ, खलीफे के बच्चे, बड़े पटे सँवारकर घूम रहा है! अगर बाहरवाले जीत गए तो तेरी चक्करी घुमा दूँगा। दोनों कान खोलकर सुन ले।" और फिर अपने पास बैठे नत्थासिंह के घुटने पर थाप देकर बोला, "लग गई शर्त। हमारे जोधा जीतेंगे। दस–दस रुपए शर्तें।"

"और अगर हार गए, तो?"

"तो मैं दाढ़ी मुड़वा दूँगा," फिर एक बार नत्थासिंह के घुटने पर थाप देकर बोला, "अगर जीत गए तो? तो मैं तुमसे बीस लूँगा। मंजूर है? रख दे पैसे पनवाड़ी के पास।"

दो बजते–बजते ही दर्शकों की टोलियाँ खेल के मैदान की ओर बढ़ने लगी थीं। सभी की जेब मूँगफली या चिल्गोजों से भरी थी। दुकानों के ताक चढ़ाए जाने लगे थे और लोग घड़ियाल बजाते, कहीं बिगुल तो कहीं तूतनी तो कहीं ढोल बजाते खेल के मैदान पर पहुँचने लगे थे।

बाहर से आनेवाले खिलाड़ियों की खूब आवभगत की गई थी। भोजन के साथ उन्हें भरपेट खीर खिलाई गई थी ताकि खेल में वे जल्दी हाँफ जाएँ। इसी बीच पूछताछ भी चलती रही थी और पता चला था कि खिलाड़ियों में असगर नाम का कोई खिलाड़ी है, जो एक बार 'डी' में पहुँच जाए तो गोल किए बिना नहीं लौटता।

ठीक चार बजे दोनों टीमें मैदान में उतरीं। हमारी टीम के लड़के पीले और नीले रंग की दोरंगी वर्दी पहने हुए थे, जबकि पेशावर की टीम लाल और सफेद रंग की वर्दी में थी। खिलाड़ियों के अन्दर आते ही मैदान में रंग छिटक गया। मौसम सुहावना

था। जाड़ों की धूप खिली थी—नहाई-नहाई धूप, ऊपर नीला आकाश और पीछे नीले-मायल पहाड़ियाँ। सबकुछ धुला-धुला, निखरा-निखरा था।

जब टीमें मैदान में उतरीं तो उत्साह और उत्तेजना और वतनपरस्ती का ज्वार-सा उठा। बिगुल बज उठे। सीटियाँ, ढोल, तुरहियाँ बजने लगीं। आवाजें कसी जाने लगीं।

पर खेल शुरू होने की देर थी, और अभी दर्शकों की आँखें खिलाड़ियों पर जम भी नहीं पाई थीं, कि बाहर की टीम के सेंटर फारवर्ड ने बुली मिलाई, और पलक झपकते ही गेंद लेकर कहाँ-से-कहाँ पहुँच गया। फिर कभी अपने बाएँ हाथ के साथी को तो कभी दाएँ हाथ के साथी को गेंद बाँटता हुआ वह सीधा हमारी 'डी' तक जा पहुँचा। यह तो गनीमत थी कि गेंद किसी के पाँव को छू गया, और रेफरी की सीटी बज गई वरना हमारे खिलाड़ी अभी सँभल ही नहीं पाए थे कि उन पर पहला गोल हो गया होता।

चारों ओर सकता-सा छा गया। हमवतनों के बिगुलों, तुरहियों को जैसे साँप सूँघ गया। यह टीम तो हमारे लौंडों को दिन में भी तारे दिखाएगी। उनका सेंटर फारवर्ड, छरहरे बदन का एक दुबला-पतला लड़का, स्टिक पर गेंद आते ही इस फुर्ती से आगे बढ़ता था कि देखते ही बनता था। खिलाड़ियों की टाँगों में से रास्ता बनाता हुआ, किसी बल खाते साँप की तरह वह आगे निकल जाता। यह खिलाड़ी नहीं, यह तो बला है। और अपने साथियों के साथ इसका कम्बिनेशन भी बहुत बढ़िया है।

गरज कि हमारे हलके में ऐसी गेंद घुसी कि निकलने में ही नहीं आती थी। बिगुल, ढोल, मजीरे सब फुसफुसाकर चुप हो गए। शहरवाले भौंचक्के-से देखते रह गए।

यही दुबला-पतला लड़का असगर था। बला की फुर्ती से गेंद पकड़ता था और किसी के रोके नहीं रुकता था। उसका शरीर इतना लचीला था और वह इस बाँकपन के साथ, इतनी सफाई के साथ गेंद निकाल ले जाता था कि देखते ही बनता था। छोटा-सा लड़का—कभी गेंद को दाएँ फेंकता, कभी बाएँ, कभी पीछे, कभी आगे। लगता, सारी टीम को खेला रहा है। गेंद उसकी स्टिक पर यों उछलती, जैसे उसके साथ कलोलें कर रही हो! वह सचमुच हॉकी का खिलाड़ी नहीं, कलाकार था।

शीघ्र ही यह नौबत आ गई कि हमारे गोल की ओर बढ़ती हुई गेंद जब भी असगर की हॉकी-स्टिक पर आती तो दर्शकों की साँस ऊपर-नीचे होने लगती, कि अभी गोल हुआ कि हुआ। और जब गेंद किसी कारण से लौट आती तो लोग चैन की साँस लेते।

पूरे दस मिनट तक तो उन्होंने वह दबाया, वह दबाया कि हमारे खिलाड़ियों के होश गुम हो गए।

फिर लोगों ने देखा कि हमारी टीम का खलीफा, घबराया हुआ, अपने खिलाड़ियों को हिदायतें देने लगा है। किसी खिलाड़ी को आगे ले आया, किसी को पीछे भेज दिया, खुद सेंटर में आ गया। शीघ्र ही लोगों ने पाया कि हमारी टीम के तीन खिलाड़ी असगर के साथ जुट गए हैं। वह जहाँ जाता है, उसे घेरे रहते हैं। पर असगर गेंद मिलने पर, बड़ी सफाई से इनके घेरे में से निकल जाता था।

पर इससे सचमुच हमारी टीम पर दुश्मन का दबाव कुछ ढीला हुआ। अब किसी-किसी वक्त गेंद हमारे हलके में से निकलकर दुश्मन के हलके में भी पहुँचने लगी। तनाव कुछ ढीला हुआ। बाहर खड़े लोग हमारे खिलाड़ियों पर आवाजें कसने लगे :

'कहाँ गई वह सारी दूध-मलाई जो हराम की खाते रहे हो ? अभी से हाँफने लगे हो,' एक चिल्लाया।

'इनसे हार गए तो मुँह काला करके शहर में घुमाएँगे' दूसरा चिल्लाया।

धीरे-धीरे दर्शकों का लगाव बढ़ने लगा। हमारी टीम के किसी खिलाड़ी के पास गेंद पहुँचती तो बीसियों आवाजें एक साथ उठतीं : 'पास दे! लम्बा पास दे! ओ बजीरे! गेंद अपने पास नहीं रख! हरामी! आगे बढ़ा दे!'

बाहर से हिदायतें आतीं :

'ओ फकीरे, पीछे हो जा, नहीं तो ऑफ-साइड हो जाएगा। देखता नहीं, कहाँ खड़ा है!'

तीन खिलाड़ी उस दुबले-पतले असगर के साथ चस्पाँ कर देने से हमारी टीम जरूर कुछ सँभल गई थी। एक बार तो हमारे खिलाड़ी सचमुच दुश्मन की 'डी' तक भी जा पहुँचे थे। गेंद हमारे खलीफे की स्टिक पर थी। क्षण-भर के लिए लगा भी था कि खलीफा और उसके साथी शायद गोल कर डालें। पर गेंद हाथ से निकल गई तो निराशा की घनी-गहरी आवाज हजारों की भीड़ में से आई और उसके साथ ही खलीफे की शान में बीसियों गालियाँ भी सुनने को मिलीं।

लोग फिर से उत्तेजित होने लगे, फिर से किसी-किसी वक्त बिगुल और तुरहियाँ बजने लगीं। आखिर शहर की इज्जत का सवाल था। अगर अपने ही अखाड़े में दुश्मन हमें चित कर गया तो इससे बड़ी बेइज्जती क्या होगी!

आधे टाइम तक तो हमारी टीम जैसे-तैसे मैच को खींच ले गई, पर खतरे के बादल अभी भी सिर पर मँडरा रहे थे।

हाफ टाइम के वक्त मैदान में बड़ी धूल उड़ी। दर्शक भागकर अन्दर आ गए। खिलाड़ियों से तू-तू, मैं-मैं हुई, उन्हें नसीहतें दी गईं, धमकियाँ दी गईं। कुछ तो इतने उत्तेजित थे कि उनके मुँह में से बोल नहीं फूट पा रहा था, वतनपरस्ती की भावना से उनके गले रुक-रुक जा रहे थे।

हाफ टाइम के बाद जब खेल शुरू हुआ तो मैदान में काला कुत्ता छोड़ा गया।

जब मैच जीतने की सम्भावना कम हो, तो अपशगुन तोड़ने के लिए हमारे यहाँ मैदान में काला कुत्ता छोड़ा जाता है। यह भी हमारे यहाँ पुरानी प्रथा है। इससे खेलनेवालों की नसें ढीली पड़ती हैं, खेल का तनाव भी कुछ देर के लिए ढीला पड़ जाता है, लोगों का मनोविनोद होता है। कुत्ता मैदान में कभी एक ओर को तो कभी दूसरी ओर को भागता है। बाहर निकलने का उसे रास्ता नहीं दिया जाता। हँसी के फव्वारे छूटते हैं। और हाँफते हुए खिलाड़ियों को सँभलने का मौका मिल जाता है।

और सचमुच हमारे खिलाड़ी सँभल गए। अब यह काले कुत्ते के कारण रहा हो, या किसी और कारण से, हमारे खिलाड़ी सचमुच दुश्मन की पाँतें तोड़ने लगे।

और एक बार, इसी हंगामे में जब गेंद दुश्मन की 'डी' में थी और जान की बाजी लगाई जा रही थी, तो हमारे खलीफे के हाथों सचमुच गोल हो गया। कई लोगों ने ठक् की आवाज सुनी, फिर रेफरी ने सीटी दी, और हमारे लड़के नाचते-कूदते खलीफे के बगलगीर होते सेंटर की ओर दौड़े।

भीड़ में लोगों ने पगड़ियाँ-टोपियाँ हवा में उछालीं, ढोल-मंजीरे बज उठे, दर्शक एक-दूसरे के बगलगीर होने लगे। मरदूद खलीफा हीरो बन गया। लोग फिर से चिल्लाने और शर्तें बाँधने लगे।

यों खलीफा खेलने में बहुत माहिर नहीं था। उछल-कूद बहुत मचाता था। खिलाड़ियों पर चिल्लाता भी बहुत था, पर स्वयं, जब भी उसकी स्टिक पर गेंद आकर टिकती तो उसकी आँखें बन्द हो जाती थीं, जैसे साँप को देखकर कबूतर की आँखें बन्द हो जाती हैं। भागता तेज था, गेंद के पीछे लपकता तो लगता, गेंद से आगे निकल जाएगा, पर जब हिट लगाने का वक्त आता तो या तो गेंद उसके पाँवों में उलझ जाती थी, या वह हिट लगाते-लगाते गिर पड़ता था। यहाँ भी—बाद में पता चला—उसकी आँखें बन्द हो गई थीं, पर जाने कैसे गोल हो गया! लोगों के दिल बल्लियों उछलने लगे।

अब कोई मजायका नहीं, टीमवालों ने शहर की इज्जत रख ली थी।

तभी एक छोटी-सी घटना घटी और पासा बदल गया।

लोगों ने देखा, असगर की स्टिक ने गेंद को रोका है, और दूसरे क्षण वह बिजली की रफ्तार से भागता हुआ अपना रास्ता साफ करता हुआ, सीधा हमारे गोल की ओर बढ़ रहा है। उसी से थोड़ा हटकर, दाएँ-बाएँ उसके साथी भी भागते चले जा रहे थे। मैच खत्म होने में अभी कुछ वक्त बाकी था। देखनेवालों के दिल धक्-धक् करने लगे। पर साथ-ही-साथ असगर की हुनरमन्दी और सफाई पर मन-ही-मन अश-अश भी कर रहे थे।

'डी' के करीब पहुँचकर उसने स्टिक पर बाल उछाला और उसे दो बार उछालकर अपने साथी की ओर बढ़ा दिया, और स्वयं 'डी' में और आगे बढ़ गया। इसी बीच उसका पीछा करते हुए हमारे खिलाड़ी खलीफा और दो-तीन और

भागकर 'डी' के अन्दर पहुँचे। असगर के पास फिर से गेंद पहुँच गई। वह सीधा हिट लगाने ही वाला था, जब लोगों ने देखा कि असगर की स्टिक उसके हाथ से छूटकर हवा में उछली है, फिर मैदान में उड़ती धूल में उन्हें यह भी नजर आया कि असगर उकड़ूँ हुआ है, और फिर वह जमीन पर लोटने लगा है, और लोटता, पलसटें खाता हुआ कहाँ से कहाँ जा पहुँचा है।

'ओ-ए-ए-ए-ए!' की अजीब-सी आवाज दर्शकों के भीड़ में से उठी। असगर अभी भी जमीन पर पड़ा तड़प रहा था।

चारों ओर चुप्पी छा गई। एक अजीब, उद्विग्न-सी चुप्पी। यह कोई नई बात तो नहीं थी कि कोई खिलाड़ी पिट जाए। हमारे यहाँ तो मैच में अक्सर लाठियाँ चल जाती थीं। और दर्शक भी इसे रोज की बात समझते थे। और यहाँ तो शहर की इज्जत का सवाल था। पर लोग चुप थे। ऐसी प्रतिक्रिया पहले कभी देखने को नहीं मिली थी।

फिर कहीं से कोई आदमी चिल्लाकर बोला, "ओ बेगैरत, यह क्या कर दिया! ओ बेशरम, शहर का मुँह काला कर दिया!"

विरोधी टीम के खिलाड़ी लपककर असगर को उठाने गए। हमारे खिलाड़ी भी पहुँचे। थोड़ी देर तक वह उकड़ूँ बैठा रहा। फिर वह सहारा लेकर उठ खड़ा हुआ और धीरे-धीरे चलता हुआ मैदान के बाहर आ गया। अब वह खेलने लायक नहीं रह गया था। मैदान के बाहर उसे एक बेंच पर बैठा दिया गया।

इस दौरान रेफरी भी भागता हुआ आया था, और घटना का जायजा लेकर पैनल्टी का हुक्म दे दिया था।

पर एक अजीब बात देखने में आई। भीड़ की दिलचस्पी मैच में नहीं रह गई थी। एक अजीब-सी चुप्पी छा गई थी। मैच का सारा उत्साह, सारी उत्तेजना, सारी हुब्बुलवतनी काफूर हो गई थी।

बड़ी अनहोनी-सी बात थी। हमारे शहर में ऐसी प्रतिक्रिया हो, बड़ा अजीब-सा लग रहा था। वे जो स्वयं लट्ठ लेकर घूमते थे और स्वयं लट्ठ लेकर आए थे, उन्हें यह छोटी-सी बात क्यों नागवार गुजरी? क्या इसलिए कि एक खिलाड़ी के नाते असगर का कोई सानी नहीं था? उसकी हुनरमन्दी ने उनका मन मोह लिया था, या इसलिए कि हमारे खिलाड़ियों ने एक मेहमान पर हाथ उठाया था, जिसे हमारे यहाँ बहुत बुरा मानते हैं, पर हमारे लोग इतने संवेदनशील कब से हुए? आखिर तो घर की टीम को जिताने के लिए ही ऐसा किया गया था। दुश्मन जीत जाता तो क्या शहर की नाक नहीं कट जाती?

पेनल्टी की हिट से पहले हमारे खिलाड़ी भाग-भागकर 'डी' के बाहर पहुँच रहे थे। उधर दर्शकों की भीड़ सचमुच छँटने लगी थी। दर्शकों की मंडिलयाँ, भीड़ में से टूट-टूटकर वहाँ से हटने लगी थीं। बिना कुछ बोले, चुपचाप लोग सरकने लगे

थे, मानो नदामत के बोझ के नीचे दबे जा रहे हों! देखते-ही-देखते मैच की सारी रौनक फीकी पड़ गई।

मैच अभी भी चल रहा था। रेफरी ने पेनल्टी दी थी, उस पेनल्टी में पेशावर की टीम ने हम पर गोल भी कर दिया था। दोनों टीमें अब बराबर थीं। ठक् की आवाज भी आई थी, गोल की सीटी भी बजी थी, दर्शकों के लिए मैच मानो कब का खत्म हो चुका था।

अतीत के स्वर

वह बातें करता तो लगता, जैसे इतिहास बोल रहा है। वह पुरातत्त्ववेत्ता था—अतीत का अध्येता। उसे अतीत से मोह था—खँडहरों से, भग्नावशेषों से। किसी प्राचीन मन्दिर अथवा खँडहर का चित्र दिखाता हुआ वह किसी कालविशेष की चर्चा करने लगता और अतीत के धुँधलके में खो जाता। वर्तमान के सब नख-शिख आँखों से ओझल हो जाते, और वह भग्नावशेष अतीत के अँधियारे में किसी सितारे की तरह झिलमिलाने लगता। काल के प्रचंड प्रवाह में वह खोया-भटका खँडहर जैसे स्थिर हो जाता, अस्तित्व ग्रहण कर लेता और उसी में से उस काल का इतिहास मुखर होने लगता। आए-दिन वह अतीत की खोह में से मानव-प्रतिभा के अनूठे नमूने निकालकर लाता। अधटूटी मूर्तियाँ, मन्दिरों-विहारों के मानचित्र, हस्तलिपियाँ—यही मानो उसकी पूँजी थी।

वह अपने साथियों के साथ, कुछ ही दिन पहले, ल-प्रदेश की यात्रा करके लौटा था। धूसर रंग के उसके कपड़ों पर धूल की परत थी। उसके मोटे तलेवाले बूट, पीठ पर लादकर ले जानेवाला गहरे रंग का झोला, मानो अतीत की ही किसी खोह में से निकलकर आया है, और उसकी पलकों पर भी अतीत की ही धूल हो! अबकी बार वह बड़ी जोखिम-भरी यात्रा करके लौटा था, बल्कि मुश्किल से जान बचाकर लौटा था। उसके झोले में कुछ अनमोल चित्र और मानचित्र थे, जिन्हें वह बहुत सँभालकर रखे हुए था। बीच पहाड़ों में कहीं तूफान आया था और वह उसकी चपेट में से सौभाग्यवश बचकर निकल आया था और उसके साथ इन चित्रों का अनमोल संग्रह भी बचकर निकल आया था। और आज वह हमें इन चित्रों के स्लाइड दिखा रहा था। उसके कमरे की दीवार पर ही मैजिक लैंटर्न की मदद से, एक-एक रंगीन चित्र उतर रहा था—मन्दिरों-विहारों के चित्र। किसी-किसी चित्र में उस प्रदेश के लोग भी दिखाए गए थे—उनके झुर्रियों-भरे चेहरे, हवाओं के थपेड़ों से जैसे उनमें दरारें पड़ गई हों, उनकी रंगीन पोशाकें, उनकी स्त्रियों के परम्परागत आभूषण, केश-विन्यास, किसी-किसी चित्र में उनके टूटे-फूटे घर, दालानों में बँधे

उनके मवेशी...उन्हें देखते हुए लगता, जैसे वे वर्तमान के जीते-जागते प्राणी न होकर उसी अतीत के निवासी हों जिस अतीत की वह यात्रा करके लौटा था। उन्हें देखकर आभास होता कि क्या इन्हीं के पुरखा, उन अद्भुत मन्दिरों के निर्माता थे?

"महाराज लिङ्.पो ने अपने शासनकाल में 108 मन्दिर बनवाए थे," वह कह रहा था। "एक-से-एक भव्य, एक-से-एक सुन्दर, परन्तु आज उन 108 मन्दिरों में से केवल 6 या 7 बच रहे हैं। बाकी सब काल के गर्त में खो चुके हैं।"

पर्दे पर एक चित्र आया। पहाड़ पर खड़े किसी प्राचीन मन्दिर का चित्र था। आसपास, दूर-दूर तक फैली घाटी के बीच गर्व से माथा उठाए एक चट्टान पर खड़ा था वह। लगता, जैसे किन्हीं कुशल शिल्पियों ने बड़ी-बड़ी चट्टानों को इस ढंग से काटा था कि पूरा-का-पूरा मन्दिर, तराशा-का-तराशा, बीच में से निकल आया हो!

"यह घाटी सदा ही वीरान रही है।" वह कह रहा था, "पहाड़ी इलाका है। प्रकृति हर वक्त अपने तेवर चढ़ाए रहती है। न जाने ऐसे बीहड़ इलाके में इतने सुन्दर मन्दिर कैसे बने होंगे! यहाँ अन्धड़ चलते हैं, ऐसी हवाएँ जो अपने थपेड़ों से चट्टानों को चूर-चूर कर डालती हैं।"

फिर वह मन्दिर की बनावट समझाने लगा :

"मन्दिर की पीछे की दीवार ज्यादा मोटी बनाई जाती थी, उसके साथ पुश्ते बाँधे जाते थे ताकि अन्धड़-पानी से बची रहे। ये पुश्ते दाएँ-बाएँ, पाँच-पाँच फीट तक फैले भी रहते हैं, जैसे बाँहें फैलाए हों—मन्दिर को अन्धड़ों से बचाने के लिए।"

वह बराबर मन्दिर की वास्तुकला के बारे में बता रहा था कि मन्दिर की बनावट पर यूनानी निर्माण-कला का कितना प्रभाव है और चीनी वास्तु-कला का कितना।

पर्दे पर चित्र बदल गया। उसी मन्दिर को एक दूसरे कोण से दिखाया गया था। मन्दिर की छत की ओर इशारा करते हुए कहने लगा, "यह मन्दिर के पिछले भाग में बना कोष्ठक है। यहाँ वैरोचन की मूर्ति स्थापित है। कोष्ठक के अन्दर घुप्प अँधेरा होता है। लेकिन ऐन ऊपर छत पर, एक गोल, चपटी, शिला रखी रहती है। यदि उस शिला को हटा दिया जाए तो कोष्ठक रोशनी से भर जाता है और मन्दिर की मूर्तियाँ, भित्तिचित्र, अलंकरण—सभी प्रकाश में खिल उठते हैं।"

और अबकी बार दीवार पर कोष्ठक का दृश्य था—बहुत ही खिला-खिला, पीछे वैरोचन की समाधिस्थ मूर्ति, आसपास अनेक मूर्तियाँ और भित्तिचित्र, नीचे पूजा-आराधना का सामान। सभी कुछ प्रकाश में चमक रहा था।

फिर एक और चित्र हमारी आँखों के सामने आया और उसे देखकर हम दंग रह गए। चित्र क्या था, कला का अद्वितीय नमूना था। उसी मन्दिर के भीतरी भाग का चित्र था। दाएँ-बाएँ और सामने, दीवारों पर असंख्य छोटे-छोटे बौद्ध-चित्र थे। ऊपर से नीचे तक दीवारें इन चित्रों से ढकी थीं। मन्दिर के बीचोबीच एक वयोवृद्ध

पुजारी खड़ा अर्घ्य दे रहा था। उसके हाथ में पकड़े पात्र में से सुरभित धुआँ उठ रहा था। दाएँ हाथ की दीवार के पास वयोवृद्ध व्यक्ति फर्श पर उकड़ूँ-सा बैठा दीवार पर बने छोटे-छोटे चित्रों पर अपनी कूची चला रहा था। कोने में बड़ी-बड़ी आँखोंवाला एक लड़का खड़ा मुस्करा रहा था। उसके सफेद दाँतों की पाँत चमक रही थी।

"यह बूढ़ा आदमी उसी गाँव का रहनेवाला है। गाँव-भर में यही एक आदमी है जो उन रंगों का रहस्य जानता है जिन रंगों से भित्तिचित्र बनाए जाते थे। यह बहुत पुराना शिल्प है। और यह लड़का भी इसी गाँव का है। वह सारा वक्त मेरे साथ रहा। मैं इसके घुटे सिर और तिरछी कानी आँखों के कारण उसे नन्हा लामा कहकर बुलाया करता था..." कहते-कहते उसकी आवाज धीमी पड़ गई, "तुम मानोगे नहीं, पर ये सब चित्र उस मन्दिर के हैं जिसका अधिकांश भाग अब टूट चुका है और वह भाग मेरी आँखों के सामने गिरा था।" फिर वह तनिक उद्वेलित-सी आवाज में बोला, "और सौभाग्यवश, मन्दिर उस समय टूटा जब मैं अपनी तस्वीरें और उसके एक-एक भाग की पैमाइशें ले चुका था।" उसकी आवाज में हमें गर्व का भास मिला। "दाएँ हाथ की दीवारों को छोड़कर उसका बाकी का हिस्सा ढह चुका है," उसने कहा।

"तुम भाग्यशाली हो जो इन चित्रों को उतार लाए हो। मन्दिर तो नहीं बचा, पर उसकी छवि तो बच रही है। उसके गठन का पूरा विवरण तो तुम्हारे पास है। तुम उसे महाकाल के मुँह में से निकालकर ले आए हो।"

फिर चित्र बदला। वही मन्दिर फिर से चट्टान पर खड़ा था—गर्व से माथा ऊँचा किए। पीछे सुरमई रंग के छिटपुट बादलों के टुकड़े, और बाएँ हाथ छोटी-सी नदी के पास बसा हुआ गाँव, गाँव के चौकोर डिब्बानुमा घर—एक-दूसरे के साथ सटे हुए। गाँव नहीं, घरों का एक झुरमुट-सा था। तस्वीर से भी दीन-हीन, धरती के साथ जुड़ा-जुड़ा। लेकिन मन्दिर का माथा ऊँचा था, सपाट सीधा, मानो अपना प्रभुत्व जानता हो, ध्वज और पताकाओं से सजा हुआ। नीचे सारी घाटी उसके कदमों पर बिछी थी।

"ये इस मन्दिर के अन्तिम चित्र हैं। या यह कह लो कि इस मन्दिर के अब यही चित्र बचे हैं, और बहुत कुछ समाप्त हो गया है...प्रकृति का जो रूप मैंने वहाँ देखा, उसी से मैं समझ गया कि लिङ्.पो के बनाए 108 मन्दिर क्यों एक-एक करके धराशायी हो गए होंगे। पर मेरा सौभाग्य, मैं मन्दिर के एक-एक भाग का चित्र और खाके और मानचित्र बना लाया हूँ। इस पर तो पूरी-की-पूरी किताब लिखी जा सकती है। ये चित्र ही लाखों की सम्पत्ति हैं।"

फिर वह उस भयावह घटना की कहानी सुनाने लगा।

"कुछ क्षणों में ही सब तहस-नहस हो गया।" उसने कहा, "चित्र में, नीचे की ओर यह नदी देखते हो न, यही छोटी-सी नदी यहाँ बहती है। जब पहाड़ों पर बर्फ

पिघलती है तो इसमें पानी भर जाता है।

"एक दिन मैं मन्दिर के चित्र उतारकर लौट रहा था जब मैंने देखा कि गाँव के बहुत-से लोग नदी के किनारे चित्रित-से खड़े थे। पूछने पर पता चला कि नदी में जल का स्तर नीचा हो गया है, और इसी के बारे में लोग बातें कर रहे हैं। पानी का स्तर नीचा हो जाने का मतलब था कि कहीं ऊपर पहाड़ों में पानी के बहाव में रुकावट आई है। वह रुकावट कोई बड़ी चट्टान भी हो सकती है, बर्फ का तोदा भी हो सकता है जो अपनी जगह से खिसक गया हो! रुकावट अपने-आप हट जाए तो ठीक, वरना जलप्रवाह में गतिरोध आ जाना खतरेवाली बात भी हो सकती है।

"दूसरे दिन नदी में पानी का स्तर और भी नीचा हो गया। मैंने देखा कि गाँव के लोग बड़े बेचैन हो उठे हैं। इसलिए नहीं कि उनके लिए अथवा उनकी छोटी-मोटी खेती के लिए पानी की कमी हो गई थी, बल्कि इसलिए कि पानी का बहाव अवरोध को ज्यादा देर तक बरदाश्त नहीं कर सकता। अगर पानी के बहाव को कोई और रास्ता नहीं मिला तो वह चट्टानों को तोड़ता हुआ अपने पूरे वेग से बह निकलेगा, और क्या मालूम, भयंकर जलप्रपात का रूप ले ले!

"मैंने पुरातत्त्व की किताबों में पढ़ रखा था और मैं जानता था कि स्थिति विकट और गम्भीर हो उठी है। मैंने फौरन ही अपना खेमा मन्दिर के पास से उखाड़ा और दाएँ हाथ के पहाड़ पर ले गया। अगर अवरोध टूटे तो बाढ़ का जल जाने कहाँ से आ जाए! नदी के रास्ते से भी आ सकता है, और नदी के पाट से हटकर चट्टानों के ऊपर से ठाठें मारता भी आ सकता है। और उसका वेग इतना प्रबल होता है कि वह बड़ी-बड़ी चट्टानों को बीच में से काटकर निकल जाता है, मानो किसी ने बड़े आरे के साथ उन्हें चीर डाला हो!

"मैं इस प्रदेश के भूगोल से परिचित था। दिशा का अन्दाज लगाकर ही मैंने ऊँचे पहाड़ पर, खूब ऊँचाई पर, अपना खेमा गाड़ लिया था।

"तभी मैं मन्दिर के चित्र भी धड़ाधड़ लेने लगा। मैंने मन्दिर की एक-एक दीवार का मानचित्र बनाया, सैकड़ों फोटो-चित्र उतारे। बाहर-अन्दर मैं पागलों की तरह मन्दिर में घूम रहा था। सारा वक्त मेरे कान बाहर, पहाड़ों के पीछे लगे रहते। मैंने निश्चय कर लिया था कि जितनी जल्दी हो सके, मैं चित्र उतारकर ऊँचे पहाड़ों पर चला जाऊँगा। यहाँ नहीं रुकूँगा।

"मुझे इस बात का भी विश्वास था कि गाँववाले भी स्थिति को जानते-समझते हैं, वरना वे पानी के स्तर को देखते हुए इतने उद्विग्न क्यों हो उठते? वे भी निश्चय ही समय रहते किसी सुरक्षित स्थान की ओर चल देंगे।"

"तुमने बहुत बड़ा जोखिम उठाया।" हममें से एक दर्शक ने कहा, "ऐसे भी कोई करता है! मन्दिर के चित्र जरूरी हैं बेशक, लेकिन अपनी जान भी तो जरूरी

है। तुम्हें उसी वक्त वहाँ से निकल जाना चाहिए था।''

''तीन-चार दिन इसी तरह निकल गए। नदी की धार बहुत ही क्षीण और पतली हो गई थी। मैं अपना काम समाप्त करके सीधा पहाड़ पर चढ़ गया।

''शायद सातवाँ या आठवाँ दिन रहा होगा, जब प्रात:काल के समय मैंने देखा कि गाँव के बहुत-से लोग गाँव में से निकल आए हैं और मन्दिर के पिछवाड़े पहुँच गए हैं, और बड़े-बड़े पत्थर उठा-उठाकर मन्दिर की पिछली दीवार के साथ, एक-के-ऊपर-एक, रखते जा रहे हैं, दीवार के साथ पुश्ता बाँध रहे हैं। मैं अवाक्-सा रह गया। गाँववाले यह जान गए हैं कि संकट का समय आ गया है, और ये मन्दिर को बचा पाने के लिए पत्थरों की आड़ देने लगे हैं। उनकी श्रद्धा को देखकर मैं प्रभावित तो हुआ, पर यह श्रद्धा किस काम की, जब भयंकर जलप्रपात के सामने सबकुछ ध्वस्त हो जाने का डर हो! बेशक इन्हीं के पुरखों ने यह मन्दिर बनाया था, इसके साथ इनका गहरा लगाव होना भी स्वाभाविक है, पर क्या यह नहीं जानते कि सैलाब फूटा तो ये अपने को किसी भाँति भी बचा नहीं पाएँगे? गाँववालों में से कोई एक आदमी भी उस पहाड़ की ओर अभी तक नहीं आया था जिस पर मैंने अपना खेमा गाड़ लिया था। शायद वे समझते हैं कि खतरा इतना बड़ा नहीं होगा जितना मैं समझे बैठा हूँ, कि जल का रेला आएगा और चला जाएगा।

''उसके अगले दिन गाँव में फिर बड़ी हरकत थी। गाँव के लोग कन्धों पर गट्ठर और घर का साज-सामान उठाए बच्चों को पीठ पर लादे, लम्बी पाँत में, (अपने जानवरों को खींचते) वहाँ से दूर जाने के बजाय, मन्दिर की ओर बढ़े जा रहे थे। नदी में जल की एक पतली-सी रेखा झिलमिला रही थी। अभी भी मन्दिर के पीछे और आसपास अवरोध खड़े करने का काम चल रहा था। उन्होंने पुश्ते बाँधे थे, मन्दिर के दोनों ओर बड़ी-बड़ी नालियाँ खोदी थीं, मन्दिर से थोड़ा हटकर अवरोध खड़े किए थे। मगर यह क्या कि गाँव-का-गाँव, अपने खच्चर और घोड़े और भेड़-बकरियाँ हाँकता हुआ, मन्दिर में घुस रहा है? अगर सैलाब नहीं भी फूटा तो यहाँ कोई घातक बीमारी फूट पड़ेगी और ये लोग उसी में मर जाएँगे। मन्दिर जरा एक चट्टान पर खड़ा था लेकिन इतना ऊँचा नहीं था कि बाढ़ आने पर बचा रह सके या इनका बचाव कर सके।

''इन्हें देखकर मैं अपनी स्थिति के बारे में आतंकित हो उठा। क्या मैं इस ऊँचे पहाड़ पर भी रुककर भूल तो नहीं कर रहा हूँ? मुझे वक्त रहते इससे भी अधिक सुरक्षित स्थान पर चले जाना चाहिए। मैंने अपनी स्थिति की फिर से जाँच की, बहुत विचारा और इसी नतीजे पर पहुँचा कि मुझे इसी पहाड़ पर बने रहना चाहिए, मगर किसी सूरत में भी नीचे मन्दिर की ओर नहीं जाना चाहिए। बड़े से बड़ा विस्फोट भी यहाँ पर मुझे नहीं छू सकता। तभी अनायास ही, एक गहरे सन्तोष की लहर भी मेरे अन्दर उठी। मेरे थैले में मन्दिर के दर्जनों चित्र और मानचित्र मौजूद थे—मन्दिर

के चप्पे-चप्पे के रंगीन चित्र और मानचित्र। मन्दिर ढह भी जाए तो भी उसकी छवि को मैंने बचा लिया था। उसके निर्माण-सम्बन्धी शिल्प का एक-एक ब्यौरा मेरे पास था। यह सोचकर मुझे पुलकन हुआ कि इन चित्रों के साथ मेरा नाम भी अमर हो जाएगा। मैं न केवल प्राचीन मन्दिरों का अध्येता हूँ, बल्कि इस समय मैं इतिहास के उन क्षणों का भी साक्षी हूँ जब एक पूरा मन्दिर अपना पूरा अस्तित्व खोने जा रहा था—महाराज लिङ्‌पो के विश्वविख्यात मन्दिरों में से बचा-खुचा एक मन्दिर। जब ये चित्र छपेंगे तो उनके साथ यह विवरण भी छपेगा कि जिस दिन मन्दिर काल-विगलित हुआ, उसी दिन मन्दिर के सहस्रवर्षीय जीवन के अन्तिम दिन, अमुक अनुसंधानक ने ये चित्र उतारे थे। क्या मालूम, इस चित्रमाला को मेरे ही नाम से पुकारा जाने लगे ? इतिहास के पन्नों पर जहाँ अनेक अनुमान और किंवदन्तियाँ और अटकलें अटी रहती हैं, वहाँ पर ये प्रामाणिक चित्र भी होंगे।

‘‘तभी मेरे कानों में धीमी गहरी-सी आवाज पड़ी। मैं सिर से पाँव तक काँप उठा। मैं बड़े ध्यान से उसे सुनने लगा। नहीं, यह जलप्रपात का शब्द नहीं था, यह आवाज मन्दिर की ओर से आ रही थी। मन्दिर में इकट्‌ठे हुए ग्रामवासी प्राणरक्षा के लिए आराधना करने लगे थे। ये आराधना के शब्द थे। मैं स्तब्ध-सा उन्हें सुनता रह गया। क्या इन मन्दिरों के इतिहास में, हर बार संकट के समय ऐसा ही होता आया है ? क्या इतिहास का ही कोई पन्ना फिर से मेरी आँखों के सामने खुल रहा है ?

‘‘उस रोज दोपहर की पीली-पीली धूप चारों ओर फैली थी और ऊपर, नीले आकाश के असीम विस्तार में कहीं-कहीं चीलें पंख फैलाए तैर रही थीं। वायुमंडल में एक अनोखी-सी स्तब्धता आ गई थी। केवल मन्दिर में से आराधना के समतल स्वर बराबर सुनाई पड़ रहे थे। सारा दृश्य मुझे चित्रवत-सा लगा, मानो सबकुछ काँच का बना हो ! सामनेवाले पहाड़ के पीछे से गुलाबी-सी प्रकाश की किरण चोटी को काटती हुई-सी उतर आई थी, पर देखते-ही-देखते वह भी बुझ गई। मुझे लगा, जैसे कहीं कोई तिनका भी नहीं हिल रहा है, कि यदि कुछ भी हिला तो काँच का यह दृश्य उसी क्षण चटककर चूर-चूर हो जाएगा।

‘‘फिर दूर, बाईं ओर, पहाड़ की तलहटी पर मुझे कुछ हिलता नजर आया। बहुत ध्यान देने पर भी स्पष्ट कुछ नहीं था। पर लगा, जैसे कहीं कोई गति है, कुछ हिला है और अभी भी हिल रहा है। इस बात का भी भास हुआ कि हिलनेवाली चीज काले रंग की है—काले साये-जैसी। तभी चट्‌टानों के पीछे से कुछ भेड़ें-बकरियाँ दौड़ती हुई ढलान पर उतरने लगी थीं। उन्हीं की झलक मुझे दिखी होगी। भेड़ें भाग रही थीं।

‘‘मन्दिर में आराधना के स्वर और अधिक ऊँचे हो गए थे।

‘‘जहाँ पहले, नीले आकाश के शान्त प्रसार में चीलें पंख फैलाए तैर रही थीं,

वहाँ अब वही चीलें दक्षिण की ओर पंख फड़फड़ाती भागी जा रही थीं।

"वायुमंडल में तेजी से तब्दीली आने लगी। सामने पहाड़ पर कुछ नहीं था। केवल चोटी पर सुरमई रंग के बादलों की हल्की-सी रेखा खिंच गई थी।

"तभी उस गहरे मौन के भीतर मुझे हू-हू का-सा शब्द सुनाई पड़ने लगा। लेकिन इतना हल्का कि मानो मुझे वहम हुआ हो!

"गाँव में से आनेवाले लोग अभी भी मन्दिर की ओर बढ़े जा रहे थे (मवेशियों को खींच-खींचकर अपने साथ हाँककर लिये जा रहे थे), मन्दिर की ओर से अभी भी ऊँची आवाज में आराधना के स्वर सुनाई पड़ रहे थे किन्तु आराधना का वह स्वर अब निःसहाय क्रन्दन-सा प्रतीत होने लगा था। मन्दिर के पीछे अभी भी पत्थर जोड़े जा रहे थे। पुश्ते बाँधे जा रहे थे।

"कहीं किसी ओर से किसी प्रकार की सहायता की अपेक्षा नहीं की जा सकती थी।

"तभी, प्रकृति की विनाशकारी शक्तियों का तांडव नृत्य आरम्भ हो गया। एक प्रबल जलधारा, विनाश की दुंदुभि बजाती, अपने अवरोधों को तोड़-तोड़कर फेंकती, बड़ी-बड़ी चट्टानों को उछालती हुई पीछे की अँधेरी खोहों में से फूट पड़ी थी और छलाँगें लगाती घाटी की ओर बढ़ती आ रही थी।

"पलक मारते दृश्य बदल गया। ठाठें मारता जलप्रपात नदी के रास्ते ही आया था। वह सीधा तीर की तरह बढ़ता आ रहा था—बड़ी-बड़ी चट्टानों पर छलाँगें मारता हुआ। उसकी लहरें एक-दूसरे को रौंदती हुई-सी बढ़ती आ रही थीं। उनका सफेद फेन नजर आता था या फिर धूसर रंग का घुमड़ता जलप्रपात। और बस!

"देखते-ही-देखते, सारी घाटी में पानी फैल गया। यह विचित्र बात हुई। जल-प्रवाह नदी की दिशा में ही मन्दिर के पीछे से किसी अँधेरी खोह में से घरघराता हुआ निकला और दूसरे क्षण उस टीले को काटने के बाद, घाटी-भर में फैलने लगा। देखते-ही-देखते, नदी के पार, जल-ही-जल का फैलाव नजर आने लगा। क्षण-भर में सारा गाँव उसमें डूब गया था और शीघ्र ही टूटते घरों की लकड़ियाँ, बल्ले, बचे-खुचे जानवर—सभी पानी में बह रहे थे। मन्दिर की बाईं ओर की दीवार कटकर जलमग्न हो चुकी थी, लेकिन जल की धारा नदी की ओर बह जाने के कारण मन्दिर अभी भी चट्टान पर खड़ा था। मन्दिर का आँगन कहीं नजर नहीं आता था, न ही मन्दिर के पीछे पुश्ते बाँधनेवाले व्यक्ति ही कहीं दिख पा रहे थे। एक सैलाब-सा घाटी में भर गया था।

"मुझे कुछ न सूझा। लरजती टाँगों से मैं अपने खेमे में जाकर घुस गया और थर-थर काँपता हुआ अपनी खाट पर औंधा पड़ रहा।

"दो दिन और दो रात तक मैं वहीं पड़ा रहा। मैं इतना साहस नहीं जुटा पा रहा था कि बाहर निकलकर बाढ़ के उस विकराल दृश्य को देख पाऊँ। मैं मन-ही-मन

जानता था कि सबकुछ समाप्त हो चुका है।

"इस विनाश के तीसरे दिन मैं ऊपर खड़ा इस दृश्य को देख रहा था। कहीं कोई हरकत न थी। नीचे दूर-दूर तक जैसे कीच-ही-कीच था और उस कीच में जगह-जगह धँसी लाशें—कहीं हैवानों की तो कहीं इनसानों की। दूर-दूर तक जगह-जगह काले धब्बे-से छितरे थे, जो इनसानों और हैवानों की लाशें ही थीं। सारा गाँव बह गया था—बच्चे, बूढ़े, मर्द, औरतें, जानवर। इन्हीं में वह लड़का भी रहा होगा जिसे मैं 'नन्हा लामा' नाम से बुलाया करता था। इन्हीं में वह वृद्ध चित्रकार भी रहा होगा जो मेरे सामने भित्तिचित्रों में रंग भरता रहा या और बाद में अन्य ग्रामवासियों के साथ मन्दिर के पीछे पत्थर जोड़ता रहा था।

"मन्दिर का पूरा-का-पूरा हिस्सा टूट चुका था। लेकिन मन्दिर की पीठ पर जोड़ी गई शिलाओं और पत्थरों ने सचमुच उसे किसी हद तक बचा लिया था।

"इतिहास में इसी भाँति जलप्रपात फूटते रहे होंगे। इसी भाँति कला की अमूल्य कृतियाँ बनती और ढहती रही होंगी।"

वह चुप हो गया। थोड़ी देर चुप रहने के बाद उसने फिर से स्लाइड बदल दी। दीवार पर फिर से उस मन्दिर के भीतरी भाग की झिलमिलाती तस्वीर खेलने लगी। लाल, हरे, नीले, रंगों में असंख्य भित्तिचित्र, कोने में खड़ा मुस्कराता नन्हा लामा, उकड़ूँ बैठा बूढ़ा चित्रकार, अर्घ्य देता बूढ़ा पुजारी...जिनमें से अब एक भी नहीं बचा था।

उसने फिर चहकते हुए कहा, "यही उस मन्दिर का अन्तिम चित्र है। यही उस मन्दिर की रूपछवि है जिसे मैं सँजो लाया हूँ..."

उसकी आवाज में गर्व का भाव था। उसने यह चित्र हमें फिर से मानो इसलिए दिखाया था कि हम समझ लें कि इतिहास में मूल्यवान क्या है और मूल्यहीन क्या।

दहलीज

सबसे भयानक मौत है। वर्षों से मैं कयास लगा रहा हूँ कि मैं किस मौत मरूँगा। मेरा बाप मरने से पहले तीन साल तक बिस्तर से जुड़ा रहा था। उसके कमरे से दवाइयों की गन्ध आती रहती थी और बुढ़ापे की सड़ाँध। खाट के नीचे उसका एक जूता महीनों से औंधा पड़ा था, और दूसरा पैर जाने कहाँ, किसी अलमारी के नीचे। दोनों जूतों का नाता कब का टूट चुका था, लेकिन वह अभी भी जिन्दगी और मौत के बीच लटक रहा था, उसका धागा टूटने में नहीं आ रहा था।

मरने से पहले इनसान किसी ऐसी जगह पहुँच जाता है जहाँ जिन्दगी का दखल नहीं रह जाता। एक तरह की ड्योढ़ी—जो न घर के अन्दर है, न बाहर। जिन्दगी और मौत के बीच इनसान इसी ड्योढ़ी में डोलता रहता है। मेरा बाप तीन बरस तक इसी ड्योढ़ी में डोलता रहा था। यहाँ सारा वक्त झुटपुटा-सा छाया रहता है और हर चीज अपनी स्पष्टता खो चुकी होती है—न अँधेरा, न उजाला, न जिन्दगी, न मौत।

मैंने बहुत लोगों को इस ड्योढ़ी में डोलते देखा है और उनके चेहरों को देखते हुए मुझे अनुमान लगाने की आदत पड़ गई है कि कौन किस मौत मरेगा। अपने एक पड़ोसी के बारे में मैंने अनुमान लगाया था कि यह आदमी अगला जाड़ा नहीं काट पाएगा और यह सच साबित हुआ था। उन दिनों वह मौत की इसी ड्योढ़ी में डोल रहा था। एक दिन दोपहर को मैंने उसे एक बाग में घूमते हुए देखा था। वह सड़क के बीचोबीच चल रहा था और उसके कदम डगमगा रहे थे। हालाँकि वह उस समय गा रहा था। उसके पाँवों की अस्थिरता को देखकर ही मेरे अन्दर खटाक से यह बात कौंध गई थी कि यह आदमी ज्यादा दिन का मेहमान नहीं है। इसके कुछ दिन बाद, एक दिन दोपहर को वह आदमी मेरे घर के फाटक के पास खड़ा डोल रहा था, जैसे रास्ता भटक गया हो! मैं खिड़की के पीछे खड़ा उसे देख रहा था। वह आदमी नहीं जानता था कि कहाँ पहुँच गया है। वह देर तक फाटक से उलझता रहा। जब फाटक खुल गया तो वह डगमगाते कदमों से घर के आँगन में चला आया था। वह शायद समझ रहा था कि वह अपने घर में पहुँच गया है। उसके कपड़ों पर कहीं से कीच

गिर गया था और उसे इसकी खबर तक नहीं थी। गालों पर जगह-जगह सफेद बालों के ठूँठ निकले हुए थे। नौकर ने उसे चाय का प्याला बनाकर दिया। चाय का कप हाथ में लेकर, पीने की चेष्टा करते हुए भी वह पी नहीं पाया। चाय बार-बार छलक जाती थी, और प्याला बार-बार टेढ़ा हो जाता था। तभी मैं समझ गया था कि इस आदमी को कुछ भी मालूम नहीं कि वह कहाँ पर है और क्यों आया है। वह भी इस ड्योढ़ी के झुटपुटे में खड़ा डोल रहा था।

मैंने अखबार पढ़ना छोड़ दिया है। मन की शान्ति के लिए अखबार से दूर रहना चाहिए। अखबार पढ़ो तो लगता है, दुनिया का धुरा टूट गया है और हर चीज अपनी जगह से उखड़ गई है, और चारों ओर शोर-ही-शोर है। दुनिया पागलखाना बन चुकी है—पागलों का शोर, सियासतदानों का शोर। मुट्ठियाँ भींच-भींचकर तकरीरें करते हैं, जहर उगलते हैं। सारा वातावरण विषैला हो गया है। मैं इतना शोर बरदाश्त नहीं कर सकता। इनसान की अपनी परेशानियाँ क्या कम हैं कि वह दुनिया-भर के बखेड़ों के बारे में पढ़ता फिरे—कहाँ कितने मरे, कितने घायल हुए? अखबार से उत्तेजना बढ़ती है, और केवल एक ही बात का भास मिलता रहता है कि दुनिया टूट रही है, बिखर रही है; किसी अन्धड़ के थपेड़ों के नीचे छतें और दीवारें टूट-टूटकर गिर रही हैं।

घर में टेलीफोन हो तो इससे भी उत्तेजना बढ़ती है। हर बार टेलीफोन की घंटी बजती थी तो मेरा मन किसी आशंका से भर उठता था। कौन होगा? क्या कहना चाहता है? जरूर कोई बुरी खबर देगा। ऐसा हुआ भी था। टेलीफोन की घंटी बजने पर मैंने चोंगा उठाया तो खबर मिली कि मेरा अमुक सम्बन्धी मोटरकार की दुर्घटना में मारा गया है। मैंने चोंगा रख दिया। सदमे की बात तो अलग, मेरे शरीर का सारा स्नायु-जाल झनझना उठा था। उसके बाद टेलीफोन की घंटी बजने पर हर बार मन शंकित हो उठता, दिल धक्-धक् करने लगता, शरीर पर ठंडे पसीने की परत फैल जाती। कुछ साल पहले, जब कभी तारघर का आदमी दरवाजा खटखटाता तो मन आशंका से भर उठता था कि न जाने कौन-सी बुरी खबर लाया है! पर वह तो महीने-साल में कभी एक बार होता था, टेलीफोन की घंटी तो दिन में दसियों बार बजती है। हर बार मेरा दिल धक्-धक् करने लगता। मैंने घरवालों से कह दिया है कि टेलीफोन मेरे कमरे में से हटा लें। अब तो टेलीफोन को एक ऐसी जगह पर रख दिया गया है कि उसकी आवाज मेरे कमरे तक पहुँचती ही नहीं; बल्कि मैंने हिदायत कर दी है कि रात को एक मोटी रजाई तह करके टेलीफोन पर डाल दी जाया करे ताकि अगर घंटी बजे भी तो मुझे सुनाई न दे, रजाई के नीचे पड़े-पड़े ही उसका दम घुट जाए।

स्नायु-जाल को उत्तेजना से बचाना बहुत जरूरी है, पर कीटाणुओं से शरीर की रक्षा करना इससे भी ज्यादा जरूरी है। वातावरण सारा वक्त कीटाणुओं से अटा रहता है। इनसे कोई कैसे बचे? मैं तो अब किसी चीज को सीधा स्पर्श नहीं करता। डाकिया चिट्ठियाँ लेकर आता है तो मैं उससे कहता हूँ कि धूप में डाल दे। घंटा-भर धूप में पड़ी रहती हैं, तभी हाथों पर मोमियाई दस्ताने डालकर उन्हें उठाता हूँ। मैं हर चीज को कुछ देर के लिए धूप में डाल देता हूँ। धूप में पड़ी रहने से कीटाणु मर जाते हैं, या कम-से-कम बेहोश हो जाते हैं, या उनका डंक टूट जाता है। कीटाणुओं से दूर रहने के लिए लोगों से दूर रहना बहुत जरूरी है। मैं अपने कमरे में किसी बाहर के आदमी को घुसने नहीं देता। उसके जूतों से, उसके कपड़ों से, उसकी साँस से—विशेषकर उसकी साँस से कमरे की हवा दूषित हो जाती है। इनसान की साँस से ज्यादा विषैली कोई चीज नहीं। मेरे नजदीक खड़ा कोई आदमी साँस ले तो मेरा दम घुटने लगता है। मैं चाहता हूँ, वहाँ से भाग जाऊँ। न जाने कैसे-कैसे कीटाणु उसके अन्दर भरे पड़े हैं जिन्हें वह मेरे सामने उँडेल रहा है! स्त्री की साँस तो और भी ज्यादा विषैला होती है। उसके श्वास में तो अपने कीटाणुओं के अतिरिक्त न जाने किस-किसके कीटाणु भरे रहते हैं! चुम्बन से अधिक घातक कोई क्रिया नहीं है। इनसान के शरीर के अन्दर कितना गन्द भरा रहता है, इसका थोड़ा-सा अन्दाज भी हो जाने पर कोई आदमी कैसे अपने नजदीक किसी दूसरे आदमी को साँस लेने दे सकता है?

मैंने इसीलिए शादी नहीं की है। जीवन-भर स्त्री से दूर रहा हूँ। शायद इसी कारण अब तक बचा हुआ हूँ वरना कब का मौत की ड्योढ़ी में डोल रहा होता। एक बार एक स्त्री से मेरी घनिष्ठता बढ़ने लगी थी। मेरी बहन चालाकी से उसे मेरे पास भेजने लगी थी ताकि मैं उसके साथ शादी कर लूँ, पर मैं सतर्क बना रहा। वह मुझसे मिलने आती तो घंटा-भर मैं उसे धूप में बैठाए रखता था। पर फिर भी मेरे मन में शक बना रहता। जब कभी वह मुझे शाम को मिलने चली आती तो मैं परेशान हो उठता। उसके कीटाणु मारने का कोई तरीका मुझे नहीं सूझता था। एक बार जब उसने बड़े आग्रह से मुझे बाँहों में भर लिया तो मैं तड़पकर अलग हो गया। उस रात मैं सो नहीं पाया। मैं जानता था कि दूसरे दिन वह फिर आएगी और मैं उसकी साँस से बच नहीं पाऊँगा। तभी मुझे खयाल आया और मैं उसके होंठों पर लगाने के लिए एक दवाई ले आया जो कीटाणुओं को मारती थी। दूसरे दिन जब वह आई और मैंने दवाई लगाने का आग्रह किया तो वह बिगड़ उठी। उसे बुरा लगा और वह रूठकर चली गई। मैंने समझा, बात खत्म हो गई, लेकिन कुछ दिन बाद उसने मुझे खत लिखा। और पेश्तर इसके कि मैं उसके खत का जवाब दूँ, वह मुझे खुद मिलने चली आई। इतवार का दिन था, और मैंने उसका खत तीन दिन से धूप में रख छोड़ा था, और उस दिन मोमियाई दस्ताने पहने मैं उसके पास खड़ा था और वक्त-वक्त पर

उसे धूप में उलट-पलट रहा था। वह चहकती हुई आई, पर उसने देखा कि उसी का खत धूप में पड़ा है और मैंने उसे खोलकर देखा तक नहीं, और मोमियाई दस्ताने पहने उसके पास खड़ा हूँ तो वह उन्हीं कदमों लौट गई, और उसके बाद मुझे मिलने की कभी कोशिश नहीं की। मैंने भी चैन की साँस ली। जान है तो जहान है। प्रेम की खातिर मैं कीटाणुओं को तो नहीं पाल सकता। यह मुझसे न होगा। यों भी स्नायु-जाल को सबसे ज्यादा नुकसान प्रेम से होता है। नसों में सारा वक्त तनाव बना रहता है—कभी प्रेमिका से मिलने का इन्तजार, वह रूठ जाए तो मनाते फिरो; वह न मिले तो उसके पीछे मारे-मारे फिरो। इससे स्नायु-जाल का क्या रह जाएगा? और यह जानते हुए कि बिरले ही कोई प्रेम साल-छः महीने से ज्यादा टिकाऊ होता है, कौन यह जोखिम मोल ले?

यह कहना गलत है कि जवानी में मौत इनसान से दूर रहती है। वास्तव में जन्म लेने पर ही जब प्राण शरीर में प्रवेश करते हैं, उसी समय मौत भी चुपके से शरीर के अन्दर प्रवेश कर जाती है। और तभी से वह इस घात में लग जाती है कि कब वह आदमी को डस ले, उसे अपने चंगुल में दबोच ले। तब से ही बिल्ली-चूहे की तरह जिन्दगी और मौत के बीच उठक-पटक चलने लगती है। मौत आदमी को एक ही बार में नहीं दबोचती। वह बार-बार जख्मी करके, कभी सिर पटककर तो कभी टाँगें तोड़कर, तो कभी सारा शरीर झिंझोड़कर छोड़ देती है, और इनसान समझता है कि उसने मौत पर विजय पाई है। पर मौत खड़ी हँस रही होती है। चूहा भी कभी बिल्ली से बच निकला है?

मेरे ऊपर भी मौत खड़ी हँस रही है। किसी समय भी वह मुझे दबोच लेगी, मैं जानता हूँ। वह सारा वक्त इसी ताक में लगी रहती है। मेरी साँस फूलती है तो मैं समझता हूँ कि दमा के रास्ते मुझ पर पिल पड़ेगी। पहलू में दर्द उठता है तो मन आशंका से भर उठता है कि कहीं कैंसर के रास्ते मौत मुझे दबोचने न चली आई हो! मुझे सारा वक्त इस बात का डर बना रहता है कि मेरा दुश्मन मेरे पीछे लगा है, और मैं उससे बचने के लिए भागता हुआ कभी एक मोड़ काट रहा हूँ तो कभी दूसरा। मैं जानता हूँ कि एक दिन मैं मोड़ काटकर निकलूँगा तो मौत मेरे सामने खड़ी होगी और एक ही झपट्टे में मेरा काम तमाम कर देगी। वही इस बात का फैसला भी करेगी कि कब वह मुझे खत्म कर दे। जीवन उस कालखंड को कहते हैं जिसमें इनसान मौत के रहम पर साँस लेता रहता है।

नजला-जुकाम मामूली बीमारी नहीं है। उम्र कम करने में सबसे ज्यादा खतरनाक बीमारी है। यूनानी हकीमों का भी यही कहना है कि बार-बार जुकाम लगने से बाल पकने और उम्र कम होने लगती है। जाड़ा करीब आता है तो मुझे लगता है,

मैं किसी अँधेरी गुफा में दाखिल हो रहा हूँ, और जब जाड़े का अन्त होने पर, नाक पोंछता हुआ, इसमें से निकलता हूँ तो उम्र के तीन-चार साल कम हो चुके होते हैं। अब तो मैंने फैसला कर लिया है कि ज्यादा वक्त घर के अन्दर ही बना रहूँगा और मुँह-सिर ढाँपकर रखूँगा। घर पर बने रहो तो जुकाम का जोखिम बहुत कुछ कम हो जाता है।

मैंने घर-परिवार के मामलों में दिलचस्पी लेना छोड़ दिया है, और न ही और लोगों को अपनी जिन्दगी में दखल देने देता हूँ। अब तो मुझे इस बात की भी खबर नहीं रहती है कि कौन कहाँ पर है और किस हालत में है। जिन्दगी में अपना भार ढोना कठिन है, कोई दूसरों का बोझ क्योंकर उठाए? 'तुमको परायी क्या पड़ी, अपनी नबेड़ तू!'—यह आदर्श वाक्य मैंने सुनहरे अक्षरों में लिखवाकर अपने कमरे में टाँग दिया है। लोग तो तुम्हारी जिन्दगी में दखल देने के लिए उतावले बने रहते हैं। उन्हें इस बात की चिन्ता नहीं है कि तुम खाट से जा जुड़ो और तिल-तिलकर मरो। सभी अपना मतलब साधना चाहते हैं।

आज मेरे साथ एक विचित्र घटना घटी।

मैं खिड़की के शीशों के पीछे खड़ा बाहर की ओर देख रहा था जब मुझे किसी का साया फाटक के पास डोलता नजर आया। कोई आदमी फाटक खोलकर अन्दर आने की कोशिश कर रहा था। मैंने नौकर को बुलाकर कहा कि कह दो, घर पर नहीं हैं। मगर वह पहले ही फाटक खोलकर अन्दर आ चुका था। उसे आँगन लाँघते देखकर ही मेरा शरीर घृणा और भय से सिहर उठा। वह जमीन पर छड़ी पटपटाता, लड़खड़ाता-सा, अन्दर चला आ रहा था—लकवे का मारा। मैंने नौकर से कहा कि इससे कहो, चला जाए, और नौकर को हिदायत दी कि सभी दरवाजे और खिड़कियाँ फौरन बन्द कर दे। पर नौकर के कहने पर भी वह आदमी नहीं टला; बल्कि आँगन में रखी कुर्सी पर बैठ गया। यह कुर्सी मैंने जान-बूझकर आँगन में रख छोड़ी है ताकि जो भी आए, उसे थोड़ी देर के लिए जरूर ही धूप में बैठना पड़े। लकवे के मारे लोग भी इस तरह घरों के अन्दर चले आते हैं। उन्हें तो किसी अस्पताल में बन्द रखना चाहिए।

"वह नहीं टलेगा जी, आपको मिलना ही होगा। वह कहता है, उसकी आपसे पुरानी जान-पहचान है।"

मैं फिर खिड़की के शीशों के पीछे से उसे पहचानने की कोशिश करने लगा। उसका चेहरा खिड़की की ओर ही था, और उसकी छोटी-छोटी आँखें खिड़की पर ही लगी थीं। पीला, पिचका हुआ चेहरा, और थूथने की तरह आगे को बढ़ा हुआ मुँह। बिलकुल बुत की तरह निःस्पन्द खिड़की की ओर देखे जा रहा था।

मेरा दिल धक-से रह गया। यह तो अमरनाथ है! बरसों पहले इसे लकवा मार गया था, यह मैं जानता था। उसे पहचानते हुए मन में थोड़ी तसल्ली हुई कि यह मौत की ड्योढ़ी में या तो पहुँच चुका है या पहुँचने वाला है जबकि मैं अभी तक उसके बाहर हूँ। यह क्यों आया है? अपनी बदनसीबी का दुखड़ा रोने आया होगा, या फिर पैसे माँगने, वरना अपना घिनौना, कीटाणुओं से भरा शरीर घसीटता मेरे घर की दहलीज पर क्यों चला आया है?

"बैठा रहने दो धूप में। दस-पन्द्रह मिनट और बैठ ले। मेरे लिए कुर्सी आँगन के कोने में डाल दो। हवा का रुख देख लेना। उसकी हवा मेरी तरफ नहीं आए।"

फाटक पर उसे खड़ा देखकर ही मेरा माथा ठनका था। लगा था, जैसे दुर्भाग्य की छाया डोल रही है, और मन आशंका से भर उठा था।

लगभग आधे घंटे बाद मैं उसके पास गया। उसके माथे पर पसीने की हल्की-सी परत आ गई थी। वह अभी भी निश्चेष्ट-सा सामने की ओर देखे जा रहा था। मुझे देखकर उसने कुर्सी पर से उठने की कोशिश की। अपने लरजते-काँपते बाएँ हाथ को दाएँ हाथ में लेकर उसने उसे कुर्सी की बाँहों पर रखा। फिर अपनी निरुद्ध बाईं टाँग को, जो दाईं टाँग से उलझी पड़ी थी, दाएँ हाथ से अलग किया। इस बीच उसकी छड़ी कुर्सी की बाँहों पर से खिसककर नीचे जा गिरी थी, और अब वह उससे उठाई नहीं जा रही थी।

"बैठे रहो, बैठे रहो, अमरनाथ, उठने की जरूरत नहीं।" मैंने कहा और उससे पाँच गज दूर आँगन के एक कोने में कुर्सी पर जा बैठा। मुझे फिर से तनिक सन्तोष हुआ। यह बुरी तरह घिसटने लगा है।

"अधरंगवाले आदमी को मित्रों-सम्बन्धियों के घर नहीं जाना चाहिए, क्योंकि वे लोग इसे अपशकुन मानते हैं।" उसने कहा और कहकर मुस्कराने लगा।

उसकी छोटी-छोटी आँखें मुझ पर लगी थीं और होंठों में से बड़ी दुबली, फुसफुसाती-सी आवाज आ रही थी। मुझे लगा, जैसे किसी बुत के होंठ हिलने लगे हैं, और उनमें से हवा फुसफुसाकर निकलने लगी है।

"मैं अब दिल्ली में आ गया हूँ। लेकिन सुबह आठ बजते ही सड़कों पर मोटरें-लारियाँ दौड़ने लगती हैं, अच्छा-भला आदमी भी सड़क पार नहीं कर पाता। मैं लकवे का मारा...." और वह फिर मुस्कराने लगा। पतले-पतले होंठों के खिंच जाने से उसके लम्बे-लम्बे दाँत, जो अब तक छिपे थे, सहसा प्रकट हो गए। लेकिन उसका शरीर, ज्यों-का-त्यों, बुत बना बैठा रहा और आँखें मेरे चेहरे पर लगी रहीं।

"जिन्दगी में थपेड़े तो सभी को पड़ते हैं पर एक थपेड़े और दूसरे थपेड़े के बीच साँस लेने का वक्त मिल जाता है। मुझे वह भी नहीं मिला।"

मैं चौकस हो गया। मेरी भावनाओं को उद्वेलित कर यह जरूर मुझसे कुछ माँगने

आया है। यह आदमी मेरा नजदीक का सम्बन्धी था, लेकिन बुढ़ापे तक पहुँचते-पहुँचते सभी लोग अपने-अपने बिलों में घुस जाते हैं—अपने-अपने भाग्य से, अपनी-अपनी बीमारियों से जूझने लगते हैं, पर यह अपनी छड़ी पटपटाता मेरे बिल के अन्दर क्यों घुस आया है? क्या यह नहीं जानता कि मैं यहाँ किसी से भी मिलना नहीं चाहता? और यह अपना कोई बखेड़ा लेकर चला आया है, मेरी उम्र कम करने के लिए। इसे इतनी लम्बी भूमिका बाँधने की क्या जरूरत है?

"सुभद्रा कैसी है?" मैंने बात बदलने की कोशिश करते हुए उसकी पत्नी के बारे में पूछा।

"सुभद्रा को गठिया हो गया है। बिस्तर पर पड़ी रहने लगी है।" वह बोला, "पर मैं उसे ठीक कर लूँगा, चिन्ता की कोई बात नहीं। होम्योपैथी में गठिया के लिए अच्छी-अच्छी दवाइयों के नाम मिलते हैं। मैं गली-मुहल्ले के लोगों को भी होम्योपैथी की दवाइयाँ देता रहता हूँ, मेरी तशखीस अच्छी है।"

वर्षों पहले, अतीत के धुँधलके में से मुझे उसका चेहरा उभरता-सा नजर आया। तब यह साइकल चलाया करता था और सिर पर पगड़ी बाँधा करता था। इसकी छोटी-सी बच्ची का चेहरा भी मेरी आँखों के सामने घूम गया जिसे यह उन दिनों साइकल के पीछे बिठाये घूमता फिरता था।

"बेटी कैसी है? आजकल कहाँ पर रहती है?"

"ब्याह के बाद ससुराल गई थी, पर लौट आई है," वह फुसफुसाया, "बेटी को ससुरालवालों ने घर से बाहर निकाल दिया। उसे तपेदिक हो गया है। ठीक ही हुआ जो घर आ गई! यहाँ पर मैं उसका इलाज तो कर सकता हूँ। अब वह बहुत-कुछ ठीक भी हो गई है, लेकिन..."

"लेकिन क्या?"

"ससुरालवालों ने बेटी को तो निकाल दिया है पर उसके बेटे को अपने पास रख लिया है। बच्चे को अपनी माँ से मिलने नहीं देते। अब माँ अपने बच्चे को ही न मिल सके तो इसका तपेदिक कैसे ठीक हो सकता है?"

उसने सन्तुलित तर्कसंगत आवाज में कहा, मानो प्रत्येक अनुभव में से कोई-न-कोई निष्कर्ष निकालता रहता हो!

"इसे तन्दुरुस्त तो कर लूँगा। अधरंग का रोगी बनने पर आधा डॉक्टर तो मैं खुद बन गया हूँ।"

उसके लम्बे-लम्बे दाँत फिर नमूदार हो गए। वह हँस रहा था।

"गली-मुहल्ले के लोग तो अब मुझे डॉक्टर कहकर बुलाते हैं। सभी को दवाइयाँ देता फिरता हूँ..."

और उसके गले में से घरघराती-सी हँसी की आवाज आई।

"कुदरत इनसान की हमेशा मदद करती है," वह कह रहा था, "मैं अधरंग

का मारा, और पत्नी गठिया की मारी। बेटी हम दोनों की देख-भाल करने घर पर आ गई है। मैं बेटी की देखभाल करता हूँ, उसका इलाज करता हूँ। वह हम दोनों की देखभाल करती है।''

वह फिर से मुस्करा रहा था। उसकी छोटी-छोटी आँखों में सुई की नोक जितने, रोशनी के दो छोटे-छोटे कण चमकने लगे थे।

''कुदरत अपने तरीके ढूँढ़ लेती है। उधर उसने हमसे बेटा छीनकर हमें अकेला कर दिया, इधर बेटी को बेघर करके हमारे पास भिजवा दिया। इसी तरह एक सहारा टूटता है, और दूसरा बनता है।''

यह कहना क्या चाहता है? क्यों अपना दुखड़ा रोए जा रहा है? मुझे क्यों परेशान करने चला आया है?

''बेटा भगवान को प्यारा हो चुका है,'' वह फुसफुसा रहा था, ''वह चला गया, वरना न जाने कितने बरस तक उसे बूढ़े माँ-बाप के साथ घिसटना पड़ता, हमारी सेवा करनी पड़ती! अब तो वह ऊपर है, और हम जल्दी ही उससे जा मिलेंगे। दो-तीन साल की ही बात रह गई है।''

उसके होंठ खिंच गए, दाँत फिर से प्रकट हो गए। होंठों के आसपास चमड़ी में फिर कम्पन हुआ। एक क्षीण-सी मुस्कान फिर उसके होंठों पर आ गई।

''बेटा जीता भी रहता तो भी मैं उसे परेशान नहीं करता। आदमी को अपने पर निर्भर होना चाहिए। अधरंग हुआ तो मैंने सोचा, मैं और कोई काम तो नहीं कर सकता, बीमा का काम जरूर कर सकता हूँ। मैं थोड़ा-बहुत बीमा का काम करके अपनी गुजर चला लेता हूँ।''

फिर वह उसी तरह मुस्कराते हुए बोला, ''जान-पहचान का कोई आदमी हो, या रिश्ते-बिरादरी का तो मेरा खयाल रखना। मुझे उसकी पॉलिसी दिलवा देना।''

अब समझा। यह बीमा की पॉलिसी लेने मेरे घर आया है। मेरा मन अन्दर-ही-अन्दर से कठोर होने लगा। भिखारी लोग मुझे इसीलिए पसन्द नहीं हैं कि वे अपनी मजबूरियों और फटेहाली का रोना रोकर पैसे माँगते हैं, अपना स्वार्थ सिद्ध करते हैं। यह अपनी बदनसीबी की दुहाई देकर बीमा की पॉलिसी लेना चाहता है।

''मैं कोशिश करूँगा,'' मैंने औपचारिकता से कहा, और मुँह फेर लिया।

एक क्षीण-सी मुस्कान अभी भी उसके होंठों पर काँप रही थी।

''मरने से पहले बेटा अस्पताल में था,'' वह फुसफुसाया, ''एक दिन पड़ा-पड़ा कहने लगा, 'हमारी गली में अभी भी कुत्ते भूँकते हैं?' मैंने कहा, 'हाँ, बेटा, भूँकते हैं।'...'और भिखारी अभी भी गाता है—वह, जो गाकर भीख माँगा करता था? और पड़ोस में अंकल शराब पीकर आते हैं और ऊधम मचाते हैं?' कहते हुए बेटा खिलखिलाकर हँस दिया, 'हमारा मुहल्ला बहुत अच्छा है।' वह बोला, 'और

गोपी के बच्चे क्या अभी भी हमारे घर के फाटक पर झूलते रहते हैं?' फिर सिर एक ओर को लटकाए चुप हो गया। 'गोपी से कहना, मुझे मिलने के लिए आए। यहाँ पर कुत्ते क्यों नहीं भूँकते?' ...तभी मैंने जाना कि ये चीजें बड़ी बेशकीमत हैं, वरना वह इनके लिए इतना तरस-तरस क्यों जाता? मरनेवाले के मुँह से निकलनेवाला एक-एक शब्द ध्यान से सुनना चाहिए।''

उसकी छड़ी फिर से कुर्सी की बाँही पर से फिसलकर नीचे गिर गई थी, और वह झुककर उसे उठाने की कोशिश कर रहा था।

''दुःख की काली गुफा में से लौ फूटती है। वह मैंने देखी है। सचमुच दुःख में से रोशनी की लौ फूटती है।'' अमरनाथ बुदबुदाया, ''एक दिन बेटा डॉक्टर से कहने लगा, 'डॉक्टर साहब, मैं धूप देखना चाहता हूँ। मेरी खाट बरामदे में डलवा दीजिए।' डॉक्टर मान गया। उसके बाद दिन में घंटे-भर के लिए उसकी खाट बरामदे में ले जाते। ढलती धूप के चित्ते सामनेवाले मकानों की दीवारों पर बिछे रहते। वह मन्त्रमुग्ध-सा उन्हें निहारता रहता। मुझे मालूम नहीं था कि धूप भी इतनी बेशकीमत है, मरनेवाले को धूप की इतनी ज्यादा ललक होती है। मुहल्ले में से जो कोई उससे मिलने आता, वह उसी का हाथ पकड़ लेता। गोपी आई तो उसका हाथ पकड़ लिया, छोड़े ही नहीं, 'मैं तुम्हें नहीं जाने दूँगा। चली जाओगी तो मैं कभी नहीं बोलूँगा...' मरनेवाले के हाथ से तो चीजें छूट रही होती हैं न, वह इनकी कद्र जानता है। मैंने सचमुच उसके हाथ से चीजें छूटते देखी हैं।...''

फिर वह अपनी छड़ी को टटोलने लगा और उसकी हत्थी हाथ में आ जाने पर लड़खड़ाता हुआ उठ खड़ा हुआ।

''बहुत दिनों से मेरा मन तुमसे मिलने को कर रहा था। मैं कहूँ, दिल्ली में आए इतने दिन हो गए, मैं तुमसे मिला तक नहीं। दिल को बड़ी कोफ्त होती। मैं तुम्हारे किसी काम नहीं आ सकता, तुम्हारा कुशल-क्षेम तो पूछ सकता हूँ। हमें एक-दूसरे की सुध लेते रहना चाहिए...'' फिर फाटक की ओर मुड़ते हुए बोला, ''तुम्हें पेट की शिकायत रहा करती थी न? अब कैसे हो?''

मैंने खड़े-खड़े सिर हिला दिया। न हाँ में जवाब दिया, न ना में। इसे कैसे याद आया कि मुझे पेट की शिकायत रहा करती थी?

''अगर पेट की शिकायत रहती हो तो तुम मुझे उसकी अलामतें बता दो, मैं तुम्हारे लिए किताब में से पढ़कर दवाई ढूँढ़ निकालूँगा। तुम्हें जरूर फायदा होगा। मेरी तशखीस अच्छी है।'' वह लड़खड़ाता हुआ, छड़ी पटपटाता, फाटक के पास जा पहुँचा, और जैसे-तैसे उसे खोलकर घर के बाहर निकल गया।

थोड़ी देर बाद मैंने खिड़की के शीशों में से देखा, वह पहले की तरह छड़ी पटपटाता, धूप के चकत्तों को लाँघता, आगे बढ़े जा रहा था।

अमरनाथ क्यों आया था? वह क्या कहना चाहता था? क्या पैसे माँगने आया

था? अपना दुखड़ा रोने? बीमा की पॉलिसी लेने? वह आया भी था या नहीं? अमरनाथ तो कब का मर चुका है। उसे मरे तो वर्षों बीत चुके हैं। वह इसी तरह कभी-कभी छड़ी पटपटाता चला आया करता था। और यही कुछ सुनाकर लौट जाया करता था। क्या मैं किसी तन्द्रा में खो गया था? क्या मैं अभी भी तन्द्रा में हूँ? या क्या अमरनाथ सचमुच नहीं मरा है?...